헬 블레이드

Hell Blade

헬 블레이드

6 지옥재림 〈완결〉

정희재 퓨전 판타지 소설
BBULMEDIA FANTASY STORY

뿔미디어
뿔

Hell Blade

Contents

Chapter1

디어린 정보길드

언제부터인가 세상에는 큰 변화가 일기 시작했다.

서서히 시작된 그것은 불행히도 좋은 쪽으로의 변화가 아니라 나쁜 변화였다.

눈이 내리지 않는 남부 지역에 폭설이 내리는가 하면 지진이 일어나지 않는 지역에 큰 지진이 일어났으며, 가뭄이나 홍수 같은 재해가 수시로 발생하기 시작하는 것이었다. 그리고 이러한 변화는 알트라스 대륙의 전 지역에서 일어나고 있는 현상이었다. 동대륙과 서대륙을 가리지 않았다.

천재지변.

그것은 진정 하늘이 내리는 재앙과도 것이었다. 사람들은 이러한 재해가 혹시 세상이 멸망의 길로 들어서기 직전에 일어나는 그런 현상이 아닐지 걱정을 하기 시작했다.

대륙의 사람들은 종교를 찾기 시작했다.

마음이 불안하니 초월적인 존재에게 몸을 의탁하고 싶은 것이었다.

당연히 세상엔 사이비 종교들이 늘어나기 시작했다.

사이비 종교들은 세상이 곧 멸망할 것이라며, 그렇지 않아도 불안에 떠는 사람들을 더욱 불안케 해 그들의 재산을 가로채기 시작했다. 물론 그렇게 사기를 치는 사이비 종교의 교주들은 대부분이 척결이 되었다.

각 지방에 있는 영주들이 영지민들을 불안케 하는 일은 그 누구도 용서치 않은 것이었다. 하지만 그렇게 한다고 해서 사람들의 불안한 마음이 사라지는 것은 아니었다.

불안한 마음을 잠재울 수 있는 확실한 방법.

그것은 간단하다. 지금 세상에 일어나고 있는 재해가 조금이라도 줄어들면 되는 것이다. 하지만 그것은 인력으로 어떻게 할 수 있는 일이 아니었다.

재해는 하늘이 내리는 것이었고 그것은 또한 줄어드는 게 아니라 오히려 날이 갈수록 늘어만 가고 있었기 때문에 제국이든 왕국이든 힘을 쓸 수가 없었다.

불안한 대륙, 불안한 사람들…….

과연 대륙인들의 불안한 마음은 언제쯤에나 가라앉혀질 것인가.

쾨쾅!

귀를 멍멍하게 할 정도의 커다란 굉음이 푸비우스 산에서 울려 퍼졌다. 또한 그 굉음은 한 번으로 그치는 게 아니라 연속적으로 들려왔다.

쾨앙! 쾨쾨쾨쾨쾅!

화산 폭발이었다.

휴화산이었던 푸비우스 산이 기지개를 켜며 간만에 활동을 시작하고 있는 것이었다.

"좀 더 멀리 피해 있어야겠어요."

리렌시아는 바삐 움직이며 푸비우스 산 근처에 터를 잡고 살아가는 마을 사람들을 대피시켰다.

"빨리, 나를 따라오시오."

"어이! 거기, 그렇게 멍하니 서 있기만 하면 어떻게 해? 지금은 목숨을 보존할 때라고. 마을 일은 잊어버려!"

"아, 알았습니다."

베로와 그월더 두 기사는 용병 복장의 차림새로 정신없이 뛰어다니고 있었다. 리렌시아가 가리키는 안전한 장소로 마을 사람들을 대피시키느라 정신이 없었다.

쾨앙! 화르르르르르─

시뻘건 불길, 화산재에 의해 푸비우스 산은 빠르게 타 들어가기 시작했다. 야생 동물의 경우는 갑작스러운 사태에 미처 산 아래로 대피를 하지 못하고 사방에서 다가오고 있는 화마에 하나 둘씩 쓰러져 가야 했다.

"으아아앙!"

그때 어디선가 아이의 울음소리가 들려왔다. 그 울음소리
는 산의 중턱에서 들려오고 있었다.

"으아앙, 엄마아아아……!"

주변의 시끄러운 상황으로 인해 그 울음소리는 멀리 퍼져
나가지 못하고 안으로 삼켜지고 있었지만 리렌시아만큼은 충
분히 들을 수 있었고 또한 아이가 어디에 있는지 알 수가 있
었다. 그건 아이의 울음소리를 들은 게 아니라 디텍트 마나
마법으로 찾아낸 것이기 때문에 가능한 것이었다.

"이런, 위험하구나."

여덟 살 정도로 보이는 남자 아이는 지금 시뻘건 불길에 가
로막혀서는 산 아래로 피하지 못하고 있었다. 그냥 자리에 주
저앉아서는 울고만 있는데 시간이 조금만 흐른다면 그 아이
는 불길에 휩쓸려 죽음을 맞이할 것이 틀림없어 보였다.

"아이스 쉴드!"

리렌시아는 몸에 방어 마법을 펼치고는 재빨리 다시 산 위
로 오르기 시작했다. 그러자 50여 미르 뒤에 있던 베로가 그
모습을 보고는 화들짝 놀라서 큰 소리로 외쳤다.

"아니, 어디를 가시는 겁니까? 위험합니다, 리렌시아 님!
불길이 너무 거셉니다."

"괜찮아요, 베로 기사님. 저는 7써클의 대마도사입니다."

7써클의 대마도사!

대륙에서도 몇 명 없는 위대한 자다.

리렌시아는 베로를 대마도사란 말로 안심시켜 주고는 걸음을 좀 더 빨리했다. 하지만 그녀의 발걸음은 생각처럼 빠르지 못했다.

화르르르르르르―

거센 불길. 매우 위태위태해 보였다. 아이는 당장이라도 그 무서운 불길에 휩싸여 한 줌의 재가 되어 사라질 듯 보였다. 결국 리렌시아는 마법을 한 번 더 발휘하기로 결심했다.

"블링크!"

4써클에 자리한 공간 계열의 마법이 발휘가 되자 그녀는 연기처럼 그 자리에서 사라졌다. 사라진 그녀가 다시 나타난 곳은 바닥에 주저앉아 울고 있는 아이의 뒤.

"으아아앙, 엄마아아아……!"

"애야, 안심하렴."

리렌시아는 아이의 어깨를 톡톡 건들고는 자신의 손을 내밀었다.

"으아아, 누…… 누구세요?"

화들짝 놀라는 아이. 울음이 저도 모르게 삼켜진다.

"안심해. 이 누나는 마법사야. 그러나 얼른 내 손을 잡아. 불길이 점점 심해지고 있으니."

"아아……!"

아이는 리렌시아가 자신을 마법사라고 소개하자 그제야 안심하는 그런 표정을 지었다. 마법사는 어린아이들부터 어른들에 이르기까지 선망의 대상이다. 불가능해 보이는 일을 가능하게 만드는 위대한 사람들.

결국 아이는 리렌시아가 내미는 손을 잡았고 리렌시아는 서둘러 또 다른 마법을 준비했다. 블링크 마법의 경우는 짧은 거리를 한 사람만 공간 이동시켜 줄 수 있는 마법인지라 그녀는 마력 하트에 저장되어 있는 6써클의 공간이동 마법을 얼른 펼쳤다.

"텔레포트!"

화아아아아악.

리렌시아와 아이는 빛이 이는 공간 속으로 사라졌고 그 뒤로 곧장 거대한 화마가 그녀와 아이가 있던 자리를 집어삼켰다.

화르르르르르르.

고열의 열기, 수풀이 순식간에 검게 타오르며 사라진다.

아슬아슬한 광경이었다. 시간이 조금만 더 지체되었더라면 아이는 수풀처럼 검게 타올랐을 것이다.

빛은 다시 한 번 일었다.

사라졌던 리렌시아와 아이는 안전한 곳에 다시 그 모습을 드러냈다. 푸비우스 산에서 800여 미르 정도 떨어져 있는 작은 개울이 흐르는 곳.

그곳엔 900여 명의 마을 사람들과 함께 그월더와 베로가
서 있었다.

"대니야! 너 이 녀석, 어디에 있었던 거야?"

그때 마을 사람들 틈에서 몇 명의 사람이 리렌시아가 있는
곳으로 빠르게 다가왔다.

부부로 보이는, 이십 대 후반의 허름한 차림의 남녀.

"아빠, 엄마아아……!"

리렌시아의 손을 잡고 있던 대니란 이름의 아이는 아빠와
엄마가 놀란 얼굴을 한 채 다가오자 빠르게 뛰쳐나가 부모의
품에 안겼다.

"으아아아아아앙!"

크게 우는 아이. 흩어졌던 가족은 그렇게 다시 하나가 되었
다.

"감사합니다, 정말 감사합니다."

아이의 부모는 리렌시아 일행에게 연방 고개를 조아리며
감사의 인사를 전했다. 그리고 잠시 후에 마을 사람들이 있는
곳으로 발걸음을 옮겼다. 특이하다. 그들의 발걸음에는 가벼
움과 함께 무거움이 공존해 있었다.

가벼운 발걸음은 아이를 찾았음에 의한 것이었고 무거운
발걸음이 의미하는 것은 삶의 터전이 사라졌음에 기인한 것
이었다. 앞으로의 살길이 막막한 것이다.

"다행히 화산 폭발이 약하군요."

“예, 그러네요.”

“저는 처음에 깜짝 놀랐습니다, 리렌시아 님. 말로만 들어보았던 화산 폭발을 처음으로 보게 돼, 혹시 여기서 그냥 죽는 게 아닌지 그런 걱정을 다 했습니다.”

리렌시아와 베로, 그리고 그월더는 다 같이 모여서는 푸비우스 화산을 바라보았다.

쿠릉! 쿠르릉……!

굉음은 많이 약해졌다. 용암은 조금 흐르다가 말았고 화산재 또한 조금 발생하다가 말았다.

다행이었다.

삶의 터전은 비록 화마에 사라지고 없어졌지만 그래도 모두들 무사할 수 있었으니.

“하아아, 근데, 정말 세상이 어찌 되려고 요새 들어 이런 재해들이 자주 발생하는 것일까요?”

그월더는 침중한 눈빛으로 우려 섞인 목소리를 냈다.

“보통 일이 아니에요. 신전에서는 괜찮다고만 하고 아무런 대책을 내놓지 못하고 있으니 말이지요.”

“……”

리렌시아는 침묵했다.

그월더는 베로에게 시선을 주었다.

“베로 너는 어떻게 생각해? 요즈음 들어 일어나고 있는 현상에 대해서 말이야.”

"으음, 잘 모르겠다. 하지만 언제나 그렇듯 한 가지만은 확실히 알 수 있겠어."

"뭔데?"

"재해라고 하는 것은 보통 어느 한 지역에서 발생하는 것이잖아. 한데 지금처럼 대륙 곳곳에서 발생하고 있는 걸로 봐서 이것은 어떤 징조를 나타내는 것이라 할 수 있겠어."

"징조? 혹시 그것은……."

"몰라, 그 이상은. 뭐, 일부에서는 세상이 멸망하려고 이런 재해들이 끊임없이 일어나고 있다고 하지만 나는 거기까지는 모르겠어. 그냥 좋지 않은 징조 같아."

그윌더와 베로는 시선을 돌려 리렌시아를 바라보았다.

7써클의 대마도사인 그녀.

그녀라면 자신들보다 좀 더 많은 것을 알고 있지 않을까 그런 생각이 들었다.

스윽.

리렌시아는 고개를 들어 하늘을 바라보았다. 그리고 두 눈을 감고는 세상에 퍼져 있는 마나를 느껴 보았다.

변함이 없었다.

마나는 한결같은 모습이었다. 아니, 그 한결같은 모습에 어떤 알지 못할 느낌이 전해져 오고는 있었다. 하지만 자세히 알 수는 없었다.

'묘한 느낌이야. 이건 불안한 느낌이라고 해야 하는 것일

까? 혹시 마나가 세상에 일어나고 있는 어떤 징조에 불안을
느끼고 있는 것일까?

모르겠다. 정보가 너무도 부족했다.

"저도 잘 모르겠군요."

리렌시아는 자신을 바라보고 있는 두 기사에게 자신이 생
각하고 있는 바를 얘기했다.

"아주 오래전, 우리가 살고 있는 이곳 중간계엔 큰 혼란이
찾아왔었어요. 천상계의 한 세계를 차지하고 있는 마계가 침
입을 해 온 것이지요. 마왕과 마족, 그리고 마수들이 힘을 드
러냈고 그때 신전에서는 세상에 큰 위기가 찾아왔다고 사람
들에게 알렸어요. 힘을 모아야 한다고 했지요. 결국 마계의
중간계 침입 사건은 드래곤들에 의해 쉽게 평정이 되었어요.
그들 마왕이나 마족들은 이곳 중간계에서는 제대로 힘을 쓸
수가 없었으니까요. 헌데 지금은 신전이나 드래곤들에게서나
아무런 반응들이 없어요."

"……"

"……"

그월더와 베로는 두 눈을 빛내며 리렌시아가 하는 말을 귀
담아들었다.

"이건 다시 말해 현재 대륙에서 동시다발적으로 일어나고
있는 재해들이 마계와는 아무런 연관이 없다는 것을 뜻해요.
신전이나 드래곤은 그런 일에 대해서는 매우 민감하니까요.

제 생각에는 이제껏 한 번도 경험해 보지 못한 그런 것이, 대륙의 역사에 기록되어지지 않은 그런 일이 현재 일어나려 하고 있는 게 아닐까 싶네요.”

“으음…….”

“한 번도 경험해 보지 못한 것이라…….”

그월더와 베로는 팔짱을 낀 채 리렌시아가 하는 말을 곱씹어 보았다. 왠지 마계의 마왕이 인세에 강림했다는 말보다도 한 번도 경험해 보지 못한 일이 일어나고 있는 게 아니냐는 그 말이 더 불길하게 느껴졌다.

리렌시아가 이어서 말했다.

“어쩌면 주인님은 지금 대륙에 일어나고 있는 현상에 대해 보다 많은 걸 알고 계실지 몰라요. 그러니 우리 좀 더 빠르게 주인님을 찾을 수 있도록 해요.”

“예, 알겠습니다.”

“여기서 조금만 더 가면 칼마 시란 곳이 있다고 하니 그곳에서 정보길드를 찾으면 쉽게 주군에 대한 어떤 정보를 얻을 수 있을 겁니다.”

리렌시아는 고개를 끄덕였다.

“예, 이번엔 그곳에서 주인님을 꼭 찾을 수 있으면 좋겠네요. 이곳 서대륙을 떠돈 지도 벌써 6개월이 넘어가고 있으니 말이에요.”

시간이 꽤나 흘러갔다.

주인님을 찾는 일이 이렇게까지 오래 걸릴 줄은 리렌시아나 두 기사나 짐작조차 하지 못했다.

'주인님은 정말 너무한 것 같아. 두 달 전에 한 번 더 그 텔레파시 마법과 비슷한 방식으로 뜻을 보내 주시고는 그다음부터는 연락도 안 하시니 말이야. 자신이 어디에 있는지는 말도 안 해 주시고…….'

리렌시아는 주인님이 야속하다고 생각했다.

자신은 매일같이 주인님을 생각하고 있는데 주인님은 홀로 어딘가에서 수련만 쌓고 있는 것 같아 속이 상했다.

"휴우우……."

주인님을 생각하니 한숨이 절로 나온다. 이번엔 반드시 주인님이 어디에 계신지 찾을 수 있으면 좋겠는데.

"이제 푸비우스 화산이 잠잠해졌군요."

베로가 생각에 잠겨 있는 리렌시아를 깨웠다.

"불길이 계속해서 번지고 있는데 아무래도 다른 지역에까지 피해가 가겠습니다. 비라도 한바탕 쏟아져 저 불길을 잠재울 수 있으면 좋겠군요."

화르르르르르르─

화산 폭발로 일어난 불길은 바람에 의해 빠르게 북으로 향하고 있었다. 저런 식으로 계속 번지다가는 울창한 살림이 며칠 내로 벌거숭이산이 될 듯싶었고 거기에 다른 마을에도 크나큰 피해를 줄 것 같았다.

우우우우웅.

대기의 마나가 잘게 흔들린다.

리렌시아는 마법을 캐스팅하기 시작했다. 그녀는 베로의 말에 7써클에 있는 비를 내리게 하는 마법을 펼칠 생각을 한 것이다.

원래 날씨를 조종하는 컨트롤 웨더는 8써클에 자리하고 있는 마법이지만 7써클에도 쓸 만한 것이 하나 존재하고 있었다. 그것은 소나기를 내리게 하는 마법이다.

널따란 지역이 아닌 좁은 지역을, 그리고 긴 시간이 아닌 짧은 시간 동안에만 비를 내리게 할 수 있는 마법이 7써클에는 있었다.

"레인 샤워!"

그녀의 입에서 마법의 시동어가 흘러나왔다.

그러자 하늘에서는 곧바로 시커먼 먹구름이 몰려와 불길이 일고 있는 지역에 강한 비를 내리기 시작했다.

쏴아아아아아.

오래간만에 내리는 비.

리렌시아는 지금의 이 소낙비가 마을 사람들의 무거운 마음을 조금이나마 씻겨 주기를 바랐다.

*　　　*　　　*

수인족과 드워프족, 그리고 엘프족이 연합체를 이루고 있는 펠린디온.

이 펠린디온과 북으로 국경을 맞대고 있는 나라는 인간의 나라인 레반 왕국이다. 이 레반 왕국의 북부에는 칼마란 이름의 도시가 있었는데 리렌시아 일행은 오늘 오후에 이곳 칼마 시에 도착할 수 있었다.

그들은 칼마 시에 도착하자마자 제일 먼저 한 식당에 들러 음식을 들었고 식사를 모두 끝낸 다음에는 곧장 시의 번화가를 뒤져서는 정보길드를 찾았다.

어렵지 않게 찾을 수 있었다.

디어린 정보길드.

리렌시아 일행은 칼마 시에 있는 그 디어린 정보길드에 한 가지 정보를 의뢰했다. 그리고 얼마 지나지 않아 의뢰한 그 정보를 눈으로 볼 수 있게 되었다.

창문이 크게 나 있는 실내다.

실내에는 지금 붉은빛이 나는 테이블을 사이에 두고 두 남녀가 앉아 있었고 주위에는 세 사내가 서 있었다.

사무용 의자에 앉아 있는, 키가 182다르(cm)에 단단해 보이는 체격, 거기에 얼굴은 온통 칼자국으로 도배를 이루고 사내가 서류철을 내밀었다.

"이겁니다."

길드장인 크린비스.

그는 3층의 접객실에서 손님이 원하는 정보를 찾아 가지고 와서는 지금 전해 주고 있는 중이다.

"찾았나요?"

리렌시아가 서류 뭉치를 들고는 묻는다.

"베스렐이란 이름의 사내 말이에요."

"아닙니다, 손님. 사실 베스렐이란 이름의 사내는 이곳 왕국에서는 매우 흔합니다. 한데 손님이 말씀하시는 2미르에 가까운 체격에 얼굴이 미남이고 또한 미간에 불꽃 모양의 주름이 있다는 사내는 그 어디서도 찾을 수가 없었습니다. 무력이 가히 상상할 수 없을 만치 뛰어나다고 하셔서 그쪽 방면으로도 알아봤지만 이곳 레반 왕국에서는 그에 관한 한 특별한 사건은 벌어지지 않았습니다."

"으음, 예에, 그렇군요."

실망의 표정을 감추지 않는 리렌시아.

"하지만 지금 전해 드린 그 서류를 잘 읽어 보시면 손님이 원하시던 또 다른 정보는 보실 수 있을 겁니다."

크린비스는 말을 끝마치고는 리렌시아 일행을 찬찬히 살펴보았다.

오후 2시경에 찾아온, 돈 좀 있겠다 싶은 손님들.

가장 먼저 정보 서류를 읽고 있는 금발의 리렌시아가 그의 눈을 밝혀 준다.

너무도 아름다웠다.

눈을 떼기가 힘들 정도다. 크린비스는 자신이 일터로 있는 이곳 칼마 시에서 리렌시아보다 아름다운 여인을 일찍이 본 적이 없었다.

청순하면서도 깨끗한 느낌을 풍기는 순백의 아름다움에 사람의 마음을 편안하게 해 주는 묘한 기운을 풍기는 여인이었다. 음욕을 크게 자극하는 그런 색감이 있는 여자는 아니었지만 이런 여자와 결혼을 하면 참으로 행복하겠다 싶었다.

'입고 있는 로브와 가슴에 새겨져 있는 마크를 봐서는 마법사 같은데⋯⋯. 으음, 근데 저런 문양의 마크를 달고 있는 마법사의 탑은 이제껏 단 한 번도 본 적이 없단 말이야.'

크린비스는 속으로 고개를 갸웃거렸다.

그는 정보길드의 장으로서 서대륙에 존재하는 마법사의 탑은 모두 다 알고 있었다. 각각의 마법사의 탑이 가지고 있는 고유의 마크를 전부 기억하고 있는 것이다. 한데 지금 처음 보는 마크가 나타났다. 크린비스는 자신이 알지 못하는 그런 마법사의 탑이 요사이 새로 생긴 게 아닌지 그런 생각을 하게 되었다. 그러다가 또 다른 생각이 퍼뜩 떠오른다.

'혹시⋯⋯ 혹시 동대륙에서 온 마법사인 걸까?'

그럴듯한 생각이지만 이내 다시 속으로 고개를 가로젓는 크린비스다.

'에이, 아니겠지. 그곳에서 여기까지 거리가 얼마인데. 어

쨌든 저런 여자와 한 방을 사용할 수 있으면 정말 원이 없겠군. 단 하룻밤만이라도 말이야.'

마법사로 보이는 손님은 꺾기가 두려운 그런 청순한 느낌의 여인이었지만 크린비스의 마음속에서는 서서히 음욕이 일기 시작했고 그의 두 눈은 마음을 대변하기라도 하는 듯 번들거렸다.

그는 잠시 동안 더 리렌시아를 이상한 눈빛으로 쳐다보고는 이번엔 시선을 들어 리렌시아의 뒤에 서 있는 용병 차림의 두 사내를 바라보았다.

그월더와 베로.

그 두 기사의 눈과 크린비스의 눈이 마주쳤다. 그러자 크린비스의 몸이 저도 모르게 움찔거리게 되었다.

'헉—!'

그월더와 베로는 크린비스를 잡아먹을 듯한 그런 눈빛으로 쳐다보고 있었던 것이다.

'저, 저 죽일 놈이 감히 누구를 넘보는 거야. 감히 그런 이상한 눈길로 우리 리렌시아 님을 훔쳐보다니……! 확 눈깔을 뽑아 버릴까 보다.'

'용서하기 힘든 녀석이군. 감히 리렌시아 님을…….'

마음에 살기가 들어차니 몸속의 오러가 반응을 보여 기세가 생겨났다.

스스스스슷.

'으윽, 뭐, 뭐지……?'

크린비스는 갑자기 전신에서 쌀쌀하다 싶은 그런 느낌이 전해 오자 당황하고 말았다.

현재 그월더와 베로는 검술이 소드 익스퍼트 상급의 경지에 있었다. 그리고 그 상급의 경지는 무르익을 대로 익어 조만간 검술 경지가 또다시 상승할 듯싶었다.

지난해 주군과 함께했던 무도수행이 큰 도움이 되었다.

또한 그 뒤로도 끊임없이 이어진 개인수련과 기사단에서의 대련에 몬스터들과의 싸움, 그리고 무엇보다도 주군이 전해준 오러 연공법을 비롯한 여러 가지 기법들이 그들의 실력을 빠르게 상승시켜 주고 있는 것이었다.

기세를 일으키는 것은 오러를 다루는 능력이 상승하다 보니 저절로 깨닫게 되었는데 지금 두 기사의 기세는 크린비스에게 집중이 되고 있는 것이었다. 크린비스가 비록 정보길드의 장이 될 만큼 독한 구석이 있고 무력도 훌륭한 편이기는 하지만 감히 상급의 기사들에게 대적할 수 있을 정도의 실력자는 아니었다.

그때다. 서류를 읽고 있던 리렌시아에게서 갑자기 크게 탄성이 흘러나왔다.

"아아! 여기에 있군요."

그녀의 탄성에 그월더와 베로는 크린비스를 향해 내쏘고 있던 기세를 빠르게 갈무리하고는 바로 물어보았다.

"뭡니까? 뭔가 중요한 단서라도 찾아내신 겁니까?"

"혹시 주군의……?"

"호호, 예, 그래요. 아주 중요한, 주인님을 찾을 수 있는 단서를 이제야 발견했네요."

리렌시아의 얼굴 표정은 이 순간 더없이 밝아 보였다. 입가에 매달린 미소는 점점 커져만 갔다.

베로가 급히 다시 물었다.

"어떤, 어떤 단서입니까?"

"드래곤이에요."

"드래곤이요? 그렇다면 혹시 그 드래곤이…….."

기대감의 눈빛을 내보이는 그월더와 베로.

그들의 머릿속에 예상되어지고 있는 일은 곧 리렌시아의 입에서 확실한 것이 되어 흘러나왔다.

"예, 블랙 드래곤 한 마리가 죽었다고 하네요. 그것도 청소년기의 드래곤이 아니라 성인이 된 드래곤을 누군가가 쓰러트렸다고 합니다."

그녀의 대답이 끝나기가 무섭게 그월더와 베로의 입에서 작게 탄성이 흘러나왔다.

"오오, 그래요?"

"예, 여기 서류에 자세히 적혀 있네요."

"하하하하, 그럼 틀림이 없는 거로군요. 정말 잘됐습니다, 잘됐어요. 드디어 주군을 찾을 수 있는 큰 단서를 발견해 냈군요.”

“호호, 그래요. 정말 기쁘네요.”

한시름을 놓았다는 듯이 즐겁게 떠드는 세 사람.

그들의 그 같은 반응에 리렌시아의 앞에 앉아 있던 크린비스는 속으로 고개를 갸웃거렸다.

‘뭐지? 몇 개월 전에 있었던, 드래곤을 죽였다는 그 미지의 인물을 이들은 매우 잘 알고 있는 듯하네? 아니, 잘 알고 있는 게 아니라 주군이라는 단어를 쓰는 걸로 봐서는 그 인물의 측근들인 것 같아.’

크린비스가 조금 전 리렌시아에게 전해 준 정보 서류에는 드래곤에 관련된 최근의 사건들이 기록되어져 있었다. 그가 리렌시아에게서 의뢰 받은 일은 베스렐이란 이름을 가진 사내를 찾는 것과 드래곤에 관련된 최근의 사건들이었던 것이다.

‘으음, 이거 아무래도 내가 엄청난 정보를 얻게 된 것 같군. 펠린디온에 나타났다는 그 미지의 드래곤 슬레이어. 후후후, 그자의 정체를 우리 디어린 정보길드에서 가장 먼저 입수하게 된 것 같아.’

펠린디온과 국경을 맞대고 있는 곳은 모두 세 개의 왕국이었는데 그 왕국 내에 있는 정보길드들은 요새 한 가지 사건으로 인해 바삐 움직이고 있었다.

4개월 전부터 은밀히 퍼지기 시작한, 드래곤 슬레이어가 나타났다고 하는 소문. 그 소문의 진상을 파헤치기 위해 각국에 있는 정보길드에서는 요원들을 유사 인류의 연합체인 펠린디온으로 보냈다. 하지만 얻은 것은 아무것도 없었다.

드래곤의 사체가 실제로 있다는 것은 알아냈지만 그 드래곤을 누가 죽였는지는 끝내 알아내지 못한 것이다.

한데 지금 이곳 디어린 정보길드 내에서 그 실체가 조금 벗겨지려 하고 있는 것이었다.

'이들이 나에게 의뢰한 일은 베스렐 갈루안스란 이름을 가진 인물을 찾아 달라는 것이었어. 그렇다면 그 인물이 블랙 드래곤을 죽인 사내일 확률이 매우 큰 것이야.'

크린비스는 지금 자신이 생각하고 있는 것이 틀림없다고 생각했다. 베스렐이란 이름의 사내가 드래곤 슬레이어일 것이라 확신했다.

"헌데 그 드래곤은 어디서 죽었다고 합니까?"

베로의 질문에 리렌시아는 짧게 대답해 주었다.

"펠린디온이라네요."

"펠린디온이요?"

"예. 정보 서류에는 펠린디온이 남부에 자리하고 있는 세 종족의 연합체라고 쓰여 있군요. 이곳 레반 왕국과는 국경을 맞대고 있다고 하니 이제는 다른 곳으로 갈 필요 없이 바로 그곳으로 가면 될 듯해요."

"헌데 리렌시아 님."

이번엔 그월더의 질문이다.

"방금 펠린디온이라고 하는 곳은 세 종족의 연합체라고 하셨는데 그들은 어떤 종족들을 말하는 건가요? 그리고 드래곤이 쓰러진 장소는 구체적으로 어디인지요?"

"예에, 그 세 종족은 수인족과 드워프족, 그리고 엘프족이라고 하네요. 그리고 블랙 드래곤이 쓰러진 장소는 엘프족 중에서도 바람의 엘프들이 모여 살고 있는 라넬 지역이라고 합니다."

"아아, 그렇군요."

그월더는 고개를 찬찬히 끄덕였다.

"펠린디온이라…… 정말 신기하군요. 인간에 비해 소수라고 할 수 있는 수인족과 드워프족, 그리고 엘프족이 연합을 해 하나의 국가처럼 만들다니 말이에요."

"그렇죠. 확실히 이곳은 서대륙이라 그런지 동대륙과는 여러모로 다른 점이 보이네요."

스윽.

리렌시아는 자리에서 일어났다.

"그럼 우리 이제 펠린디온으로 떠나기로 해요."

"예, 좋습니다."

"하하하, 서대륙을 헤맨 지 6개월여 정도 만에 드디어 주군이 계신 곳으로 짐작되어지는 장소로 가게 되는군요. 이번엔 마차나 말을 빌리지 말고 그냥 공간이동 마법을 사용해 최대한 빨리 펠린디온으로 갔으면 좋겠습니다.”

“호호, 예에, 저도 그렇게 할 생각이었답니다.”

리렌시아는 어정쩡한 자세로 서 있는 크린비스에게 한 가지 정보를 더 의뢰했다.

“크린비스 씨! 펠린디온으로 향하는 곳의 지리를 상세히 알려 주셨으면 좋겠네요.”

“그냥 가는 길만 상세히 알려 드리면 되는 겁니까?”

그의 물음에 리렌시아는 고개를 가로저었다.

“아니요.”

“그럼?”

“텔레포트 마법을 사용할 수 있게 각 지역의 좌표를 알려 주셨으면 해요. 이곳 칼마 시에서부터 펠린디온으로 향하는 최단거리의 좌표들을요.”

“아아! 예에, 그러시군요.”

크린비스는 조금 놀랐다는 듯이 두 눈을 동그랗게 떴다.

상대는 방금 텔레포트 마법을 사용할 것이라 했다. 그렇다는 것은 다시 말해 눈앞에 있는 이 금발의 아름다운 여인이 6써클 이상의 마도사란 얘기였다.

‘정말 놀랍군. 이 아가씨는 천재 중의 천재인 건가? 많이 봐 줘야 20대 중반 정도로 보이는데 벌써 마도사의 경지에 들다니 말이야.’

“뭐 해요? 설마 이곳 길드에는 공간이동 마법을 사용하는

데 필요한 좌표가 없는 건가요?”

“아아, 아닙니다. 잠시만 기다리십시오.”

리렌시아의 말에 크린비스는 퍼뜩 정신을 차리고는 자신의 뒤에 서 있는 사내를 시켜 문밖에 있는 서기에게 당장 공간이 동을 하는 데 필요한 좌표를 가지고 오게 했다.

잠시 후, 리렌시아 일행은 크린비스에게서 펠린디온에 이르는 최단거리의 좌표를 건네받고는 곧 디어린 정보길드를 나섰다.

밖으로 나간 그들은 아무도 없는 적당한 장소에서 텔레포트 마법을 사용해 바람처럼 사라졌고 그 뒤로 디어린 정보길드는 매우 바쁘게 돌아갔다.

“각 왕국에 있는 정보부에 연락을 넣어. 드래곤 슬레이어의 정체가 밝혀졌다고.”

크린비스의 그 말은 길드원들을 놀라게 하기에 충분한 것이었다. 드래곤 슬레이어의 정체가 밝혀졌다니…… 이것은 진정 대사건이라 할 만한 것이었다.

Chapter2

무한비만증의 최후

콰콰콰콰콰콰!

폭포수가 시원스럽게 쏟아져 내리고 있다.

때는 10월이지만 안개의 산이 위치한 이곳은 아직도 더운 기운이 물씬 풍기고 있어 폭포수가 더욱 고맙게 느껴진다. 천공에 떠 있는 뜨거운 태양 빛은 이곳 계곡이 있는 곳에서만큼은 그 힘을 제대로 쓰지 못하니 누군가가 만일 나들이를 계획하고 있다면 이곳이 제격이라 할 수 있었다.

질겅질겅.

"쳇! 더럽게도 맛없군. 혀가 다 마비가 될 지경이야."

베스렐은 계곡의 위에 자리를 깔고 앉아서는 무언가를 씹고 있었다. 그의 오른손에 들린 것은 손가락 길이의 풀뿌리로 붉은빛을 내고 있었는데 그것의 이름은 루크였다.

쓴맛이 나는 루크는 몸의 독소를 해독해 주는 동시에 기운을 북돋아 주는 역할도 하기에 베스렐은 3일에 한 번 식사를 할 때면 그 루크를 다른 음식에 비해 더 많이 먹었다.

한데 뭔가가 조금 이상하다. 루크를 씹고 있는 베스렐.

달라져 있었다. 분명 몇 개월 전까지만 해도 그는 뚱뚱보 돼지였다. 한데 지금은 뚱뚱보라고 하기에는 많이 어색할 정도로 멋있게 변해 있었다.

예전 전성기 때의 그 잘생긴 얼굴이 태양 빛 아래에 다시 그 모습을 드러내고 있는 것이었다.

피나는 노력이, 그리고 오행진결상에 있는 고목신공이 무한비만증을 맞이해 잘 싸워 주어 그렇게 다시 멋진 모습으로 변한 것이었다.

"에이, 맛이 없지만 그래도 어쩌면 이 루크를 마지막으로 먹게 되는 순간일지도 모르니 열심히 먹어 두자."

루크를 먹는 게 어쩌면 마지막일지도 모른다는 그 말.

왠지 예사롭게 느껴지지 않는 말이다.

질겅질겅.

질기디질긴 루크.

베스렐은 식습관이 입 안에 든 음식은 무엇이든, 심지어 그게 마시는 물이라고 해도 50번 이상씩 꼭꼭 씹어 먹는지라 맛 없는 루크도 마찬가지로 50번 이상씩 꼭꼭 씹어 댔다. 어떻게 보면 악착같이 씹는 느낌이다.

“지금 최대한 많이 먹어 두고 오후부터는 보름간의 폐관수 련에 들어가는 거야. 써클의 방에 들어가 마법을 수련할 때처 럼 이번에 오행수련동에 들어가 무공을 연마하면 그때는 아 무것도 먹어서는 안 돼.”

폐관수련을 함에 있어 가장 힘든 점은 먹는 일이다.

배고픔의 고통을 참고 온 정신을 수련에만 힘써야 원하는 무공 경지에 들어설 것이다.

스윽.

베스렐은 입가에 새로운 루크 하나를 물고는 고개를 들어 하늘을 바라보았다.

“으음……”

하늘은 전과 다름이 없었다.

붉은 태양과 하얀 구름은 언제나처럼 푸르른 하늘 위에 떠 있었다. 하지만 베스렐의 미간은 무언가 마음에 들지 않는 것 이라도 있는지 살짝 찌푸려졌다.

“점점 심해지네? 대기의 기운이 흔들리고 있어.”

기감을 통해 바라본 세상.

그 세상은 한 4개월여 전부터 불안한 모습을 보이고 있었 다. 이곳 원 마나가 잠들어 있는 지역은 괜찮지만 다른 곳에 서는 마나가 불안에 떨며 베스렐 그에게 무언가를 알려 주려 하고 있었다.

정확히 뭐라고 꼬집어 말할 수 없는 그 무엇.

“좋지 않은데……. 감이 너무 좋지 않아. 마나가 불안에 떤다는 것은 세상에 큰일이 벌어지려 하고 있다는 말이야. 이런 일은 이제껏 없었던 일이지. 하지만 움직일 수는 없어. 지금 나는 무공에 있어 매우 중대한 기로에 서 있기 때문에 이곳을 떠날 수는 없어.”

베스렐은 신경질이 나는지 고개를 세차게 흔들었다.

“젠장할……! 나가서 세상이 어찌 돼 가고 있는지 알아보고 싶은데 말이야.”

마음은 벌써 바깥세상에 가 있다.

하지만 몸까지 가서는 안 된다. 베스렐은 바깥에 나가 있는 마음을 다시 불러들였다.

“에이, 할 수 없군. 보다 빨리 무공의 경지를 높이는 수밖에. 한 걸음…… 단 한 걸음만 더 나아가면 원하는 경지에 들 수가 있을 테니 최선을 다하자.”

베스렐은 저절로 발휘가 되는 기감을 강제로 거두어들였다. 기감을 통해 세상을 보면 자꾸만 마나가 불안에 떨며 베스렐 그에게 뭔가를 알려 주려 하기 때문에 신경이 쓰였다.

지금은 무공의 경지를 높일 때였다. 온 마음을 무공에 바쳐야지만 절대의 힘을 얻을 수 있었다.

부스럭.

베스렐은 자리에서 일어났다.

그는 천공의 정점을 지나가고 있는 붉은 태양을 한번 바라보더니 곧 유령비의 섬전결을 펼쳐 바람처럼 사라졌다.

　　오행수련동.
　　이곳은 원 마나가 자리를 잡고 있는 곳으로서 사람으로 치자면 집과 같은 장소였다. 원 마나가 편안히 쉴 수 있는 그런 곳이 바로 여기 오행수련동인 것이다.
　　그리고 이곳은 베스렐이 익히고 있는 오행진결과 매우 잘 맞았다.
　　오행진결은 그 궁극이 무극(無極)의 세계로 가는 것이고 원 마나의 경우는 원래부터가 무극 속에 포함이 되어 있는 것이었다. 당연히 그 둘은 찰떡궁합인 것처럼 잘 맞을 수밖에 없었다.
　　스윽, 척.
　　자리에 앉았다.
　　반들반들 윤기가 나는 백색의 바닥에 가부좌의 자세로 앉으니 베스렐의 머릿속은 서서히 무공에 관한 생각들로 가득 차기 시작했다. 습관이 되어 버린 것이다.
　　"후으읍, 휴우우우……."
　　호흡을 길게 가져가니 마음이 차분해진다.
　　몸속에 쌓인 탁기는 그 순간 원 마나에 흡수가 되어 사라졌다. 사실 베스렐 그의 몸에는 탁기라고 할 만한 것이 거의 없었다. 그 이유는 그의 몸속에 완전히 자리를 잡은 오행진기가 베스렐의 몸에 탁기가 쌓일 만하면 즉시 일어나 청소를 해 버리기 때문이다.

'정말 이렇게까지 시간이 오래 걸릴 줄은 생각지도 못했어. 그날 이후로 벌써 6개월이나 지나가고 말았으니 말이야. 세상일이라고 하는 것은 정말 뜻대로 되는 게 아닌가 봐.'

베스렐은 눈을 가늘게 뜬 채 잠시 생각에 잠겼다.

본격적인 오행진결의 수련에 앞서 복잡한 머릿속의 생각을 지우려는 것이었다.

'으음, 오행진결……! 이것은 일반의 다른 무공들과 비교하면 딱히 그 경지를 나누기가 힘들어. 고루불사마공이나 다른 4대 무공처럼 몇 성의 경지라고 구분을 짓기가 쉽지 않지.'

베스렐은 현재 자신의 무공 경지를 정확히 파악하지 못하고 있었다. 예전 고루불사마공을 익힐 때하고는 달랐다.

그날 바람의 엘프족 마을에서 블랙 드래곤을 처치한 뒤로 6개월이라는 시간이 흘렀고 그 짧지 않은 시간을 베스렐은 내내 무공수련에만 힘썼다. 원 마나의 도움으로 오행진결은 빠르게 성장했고 현재 그의 단전은 오행진기로 넘쳐흐르고 있었다. 한데 베스렐은 자신의 오행진결이 어느 정도의 경지에 이르러 있는지 정확히 몰라 조금 답답했다.

'오행진결의 궁극은 무극의 세계로 가는 것이야. 궁극은 그렇게 정해져 있어. 한데 그 아래에 있는 단계는 딱히 뭐라고 하기가 힘들어. 지금 나의 무력을 고루불사마공이라 치고 비교를 하자면 11성의 경지이거나 아니면 그보다 약간은 위일 거야. 물론 약간 위라고 해서 12성의 경지는 아니야. 고루불사마공의 12성 경지는 궁극이라고 할 수 있는 것이고 그것은 11성과는 비교 자체가 불가능하니까. 고루불사마공이 궁극의 경지에 이르렀다는 것은 죽음의 신이 되었다는 말과 다름이 아니니 그건 당연한 일이야. 으음, 그렇다면 지금 나의 오행진결은……'

"후으읍, 휴우우우……."

베스렐은 생각을 멈추고는 잠시 호흡을 가다듬었다. 약간 답답한 마음이 들어 긴 호흡을 통해 마음을 안정시켰다. 그리고 다시 생각을 이어 나갔다.

'오행진결을 한번 억지로 경지를 나누어 보자면 아마 지금 나의 경지는 10성의 경지일 거야. 그렇다면 지금부터는 그 위인 11성에 이르도록 노력해야 해. 내가 처음 오행진결을 만들 때, 그러니까 전생의 여국현이 오행진결을 창안할 때를 생각해 보면 궁극의 아래 단계에는 오행신성령이라고 하는 게 생성이 될 것이라 예상을 했었어. 그렇다면 지금부터 하는 폐관 수련에서는 내 몸속에 오행신성령의 싹을 틔워야 하는 거야.'

오행신성령(五行神聖靈).

이것은 오행진기가 성숙의 경지에 이르면 나타나는 것으로 도가(道家)에서 말을 하는 양신(陽身)과 비슷한 개념의 것이다.

　또한 이 오행신성령은 고루불사마공이 11성의 경지에 이르면 나타나는 고루마백령과도 비슷한 것이라 할 수 있었는데 이 고루마백령은 전에 베스렐이 한번 보여 준 적이 있었던 것이다. 전에 마델즈 왕국을 끝장낼 때 고루마백령은 마왕과도 같은 모습으로 나타났었다.

　무서운 위력이었다. 소드 마스터나 마도사의 기운을 순식간에 흡수하는 아주 끔찍한 마물과도 같은 능력을 그 고루마백령은 보여 주었다. 하지만 그 무력이나 권능 같은 것에 있어서는 오행신성령이 고루마백령에 비해 더 뛰어나다. 아니, 비교 자체가 불가능할 정도로 월등했다.

　'오행신성령. 이것만 이루고 나면 떠난다. 이곳을 벗어나 바로 세상의 마나가 불안해 하는 이유를 알아보고 그다음엔 그 죽일 놈의 원수 자식인 카스트리온을 찾아가 아주 개박살을 내 주는 거야.'

　우우우우우웅.

　순간, 베스렐의 주위에 있던 원 마나가 잘게 떨며 공명음을 일으킨다.

　원 마나는 지금 베스렐의 마음을 읽고 있었다. 그가 누군가를 향해 살기를 일으키자 원 마나는 겁에 질려서는 제발 마음을 편안하게 하라고 칭얼거리고 있는 것이다.

　'아아, 이런……! 내가 또 흥분을 하고 말았군. 그 죽일 놈

의 자식만 생각하면 나도 모르게 흥분을 하고 마니 이걸 도대체 어찌하면 좋을지…….'

베스렐은 속으로 고개를 살래살래 내저었다.

그는 오랜 정신수련으로 웬만한 일에는 흥분을 하지 않는 그런 경지에 이르러 있었다. 한데 그게 카스트리온에게로 생각이 미치면 달라진다. 자신도 모르게 마음속에서 살기가 크게 치솟는 것이다.

3살의 어린 나이 때부터 시작한 지독한 다이어트.

그때 그는 얼마나 힘들었던가.

사는 게 싫을 정도로 너무나 힘들어 그는 남몰래 울기도 많이 울었다. 나중에는 그 살 빼는 일로 인해 유순했던 성격이 독종의 기질로 바뀌어졌다. 아무리 어려운 상황이 닥쳐와도 절대로 포기하지 않는, 목표로 한 것은 무슨 일이 있더라도 이루고 말겠다는 그런 독종의 기질이 만들어진 것이다.

우우우우우웅.

원 마나는 계속해서 칭얼거렸다.

그만 마음을 가다듬고 무공을 수련하라고 다그친다.

'후후, 알았다. 그만 보채라. 지금부터는 그럼 본격적인 수련에 들어가도록 할 테니까.'

베스렐은 호흡을 한 번 더 길게 이끌어 주었다. 그리고 곧바로 혀끝을 위에 있는 치아 뒷부분에 갖다 붙이고는 숨을 규칙적으로 들이마시고 내쉬기를 반복했다.

'보름 전부터 하기 시작한, 오행진결의 또 다른 중요 구결인 상극결(相剋訣). 그것이라면 지금의 경지를 더 높일 수 있을 거야. 거의 다 왔으니 이제는 집중을 얼마나 더 하느냐에 달려 있어.'

오행진결에는 세 가지의 중요 구결이 존재하고 있다.

상생결과 상극결, 그리고 무극결이 있다.

그동안 베스렐은 오행진결을 익힘에 있어 상생결의 도움을 받아 빠른 시간 내에 어느 정도 경지에 오를 수가 있었다. 물론 원 마나의 도움도 빠질 수는 없는 일이지만 어쨌든 이 상생결로 인해 생각보다 빠르게 경지에 이른 것이다. 한데 이 상생결이 어느 정도 경지에 이르자 더 이상 도움이 되지 않고 있었다.

커다란 벽에 가로막힌 듯 더 이상 앞으로 나아가지를 않는 것이다. 벌써 4개월이 넘게 제자리걸음을 하고 있었는데 아무래도 상생결을 통해서는 시간이 좀 더 많이 흘러야 원하는 경지에 이를 수 있겠다 싶었다.

시간을 아끼고 싶은 베스렐.

그래서 보름 전부터 오행진결을 수련할 때는 상극결을 통해서 하게 되었다.

서로 돕는 상생이 아닌 서로를 배척한 상극.

그것은 변화를 일으킨다.

상생이 발전이라면 상극은 혁명이다.

　기존의 체계를 부수고 새로운 체계를 세울 수 있는 힘이 상
극결에는 있는 것이다. 물론 상극결은 상생결에 비해 위험이
라고 하는 좋지 못한 것을 수반한다. 혁명이라고 하는 것은
잘되면 세상을 바꾸지만 실패를 하면 혁명을 일으킨 사람들
을 죽음으로 몰고 가는 것이기 때문이다.

　하지만 위험이 상존하는 만큼 보다 빨리 새로운 세계에 발
을 디딜 수가 있는 것이었다.

　'좋아, 그럼 시작해 볼까.'

　베스렐은 곧바로 마음속에 오행진결의 중요 구결 중에 하
나인 상극결을 떠올리기 시작했다.

　'가장 첫 번째인 수극화(水克火)! 물은 불을 극한다.'

　상극결을 시행하니 단전에 자리한 오행진기가 바로 들썩이
기 시작했다.

　우우우우우웅.

　단전의 하부에서 쉬는 시간을 가지고 있던 검은빛의 수류
진기. 녀석은 중부에 자리한 정토진기를 지나쳐서는 상부에
자리하고 있는 화령진기의 방으로 침입했다.

　그것은 명백한 불법 침입이었다.

　화가 난 붉은빛의 화령진기. 녀석은 수류진기를 애초부터
그다지 좋아하지 않았고 그건 수류진기도 마찬가지인지라 둘
은 만나자마자 싸우게 되었다.

　강렬한 불의 기운.

부드러운 물의 기운.

화령진기는 그 폭급한 성질 그대로 온몸을 불사르며 수류진기에게 주먹을 날렸고 수류진기는 부드러운 몸동작으로 그의 모든 공격들을 감싸 안아서는 식혀 주었다.

치지지지직.

연기가 피어오른다.

세상을 태울 듯이 거세게 일었던 화령의 불길은 점점 약해지기 시작했다.

화령진기는 당황했다. 자신과 맞지가 않았다.

화령진기는 수류진기가 자신으로서는 상대하기가 매우 까다로운 그런 상대임을 알고는 울분이 일었다.

자신의 방을 무단으로 침입한 수류진기를 혼내 주어야 하는데 이렇게 당하고 있으니 미칠 것만 같았다. 하지만 자신의 힘으로는 저 얄미운 녀석을 어떻게 할 수가 없었다.

그럼 앞으로도 계속 이렇게 당해야만 하는 것일까? 그냥 녀석에게 자신의 방을 양보해야만 하는 것일까?

아니다. 그럴 수는 없었다.

화령진기는 자신이 죽더라도 수류진기를 태워 버리기로 마음먹었다. 자신의 원정지기를 폭발시켜 수류진기와 함께 동사(同死)를 하기로 결심한 것이다.

지이이이잉.

마음의 결심이 서자 단전의 상부에 위치한 화령진기의 방이 잘게 떨리기 시작했다.

위험한 순간이었다.

시간이 조그만 더 흐르면 단전이라고 하는 진기의 집은 다시 예전처럼 부서질 것이다. 아니, 지금의 상황은 단순히 단전이 부서지는 것에서 끝나지 않고 몸의 주인인 베스렐의 목숨을 잃게 할 수도 있는 그런 위험한 순간이었다.

바로 그때였다.

베스렐의 마음속에 상극결의 다음 구결이 새겨졌다.

'두 번째인 화극금(火克金)! 불은 쇠를 극한다.'

당장 원정지기를 폭발시키려고 했던 화령진기.

허무했다. 녀석은 거대한 의지 앞에 고개를 숙이고는 즉시 우부에 자리하고 있는 흰색의 금황진기의 방으로 침입했다.

우우우우우웅.

좀 전과 같은 모습이 연출되기 시작했다.

금황진기는 자신의 방을 침입한, 마음에 들지 않는 화령진기를 향해 냅다 달려들었고 화령진기는 좀 전과는 다르게 금황진기를 쉽게 상대할 수 있게 되었다. 상대와 같은 양의 힘을 쓰게 되면 자신이 우위에 서게 되니 이것보다 편한 싸움은 없었다.

'세 번째인 금극목(金克木)! 쇠는 나무를 극한다.'

마음이라고 하는 하얀 도화지 속에 새겨지는 구결들.

베스렐은 계속해서 상극결을 이용해 오행진결을 수련해 나졌다.

네 번째인 목극토(木克土).

다섯 번째인 토극수(土克水).

그렇게 다섯 가지의 상극결을 차례대로 운행해 나가며 서로 극한의 힘을 발휘하게 하였다.

자신의 방에서 뺨을 맞고 남의 방에 가서 화풀이를 하는 다섯 진기들.

지이잉. 지이이잉.

잘게 떨린다. 시간이 흐를수록 위험한 순간들은 더 자주 생기기 시작했다. 다섯 진기는 자신의 방을 지키기 위해 필사적이었다. 초대하지 않은 녀석이 자신의 방으로 침입을 해 오면 전보다 더 강한 공격으로 격퇴시키기 위해 애썼다.

그리고 그렇게 할수록 베스렐의 내부에서는 미약하게나마 변화가 일기 시작했다. 위험을 수반하기는 하지만 그래도 새로운 세상을 보다 빨리 보여 줄 수 있는 상극결!

그것은 양날의 칼인 것이다.

*　　　*　　　*

고룡인 카스트리온에 의해 탄생한 무한비만증.

녀석은 한동안 행복했었다.

베스렐이란 이름을 가지고 있는 사내. 그 사내의 살을 창조주의 명에 따라 다시 무한으로 찌울 수가 있어 더없이 행복했었다.

한 마을에서 같이 생활을 했던, 자신의 목숨을 위태롭게 했던 고루불사마공.

속이 다 시원했다. 단전이라고 하는 집이 천재지변으로 인해 부서지자 고루불사마공은 안녕이란 인사도 없이 그냥 소멸하고 말았다.

무한비만증은 녀석이 사라지기가 무섭게 흥겨운 콧노래를 부르며 빠르게 베스렐의 살을 다시 찌우기 시작했는데 몇 달 전에는 힘들게만 보였던 200크롬 대의 신세계를 마침내 경험할 수 있게 되었다. 정말 눈물이 나도록 행복한 무한비만증이었다. 하지만 좋은 일 뒤에는 항상 나쁜 일이 함께 따라다니는 모양이다. 행복은 두 달을 넘기지 못했다.

"하아아……. 정말 인간들이 흔히 하는 말로 눈물이 다 나려고 하는군. 복이 없어도 어떻게 이리도 없을 수가 있는 것일까?"

무한비만증은 어울리지 않게도 작게 한숨을 내쉬었다.

희망이 보이지 않으니 패배자들이나 하는, 평소에 하지 않던 그런 한숨을 내쉬고 말았다.

"나와 극성이라고 할 수 있는 고루불사마공. 그 녀석이 떠나자 나는 이 세상을 다 얻었다는 생각에 느긋이 베스렐의 살을 다시 찌웠어. 헌데…… 헌데 어떻게 그렇게 이상한 괴물이 또다시 나타날 수가 있는 것이냔 말이야."

시작은 고루불사마공보다 느렸다.

그래서 별거 아닌 놈이라 생각했다.

하지만 그 같은 생각은 착각이었고 나중에는 일이 걷잡을 수 없을 정도로 커지고 말았다.

"고목신공. 이 못된 놈이 내가 힘들게 쌓아 올린 살을 다시 빼 가고 있으니……. 그 녀석 혼자라면 어떻게든 버텨 볼 수가 있겠는데 그 녀석에게는 친구들이 있으니 이건 나로서도 어떻게 할 수가 없어. 정토신공. 화령신공, 금황신공, 수류신공. 이 자식들이 그냥 가만히만 있어 주면 좋겠는데……."

고목신공.

이 녀석은 고루불사마공과 비교를 하자면 그 힘이 많이 약했다. 살을 빼는 기능은 둘 다 가지고 있었지만 그 살을 빼는 속도와 최종적으로 나타나는 신체의 모습이 많이 달랐다.

고목신공은 그걸 익히고 있는 사람을 고목나무처럼 비쩍 마르게 만든다. 생명의 기운이 다한 메마른 나무처럼 보이게 하는 것이다.

하지만 고루불사마공은 거기서 한술을 더 뜬다.

자신을 익히고 있는 주인을 비쩍 마르게 하는 것에서 끝내지 않고 뼈만 남은 고루(骷髏)로 만들어 나중에는 죽음의 신이 되게 하는 것이었다.

고목신공과 고루불사마공은 이처럼 살을 빼는 기능에 있어서는 같지만 그 결과물에 있어서는 큰 차이를 보인다. 당연히 무한비만증은 처음 고목신공이 나타났을 때 전에 있던 고루불사마공과 비교를 해서는 별거 아닌 놈으로 치부를 하게 되었다. 녀석이 살을 빼면 자신의 힘으로 다시 찌울 수 있겠다 싶은 것이었다.

하지만 다른 네 가지의 신공들이 본격적으로 나서게 되자 상황이 급변하기 시작했다.

고목신공의 힘은 서서히 증폭이 되기 시작했다.

다른 네 가지 신공의 도움을 받아서는 고루불사마공과 거의 차이가 없이 무서운 속도로 베스렐의 살을 빼기 시작한 것이다. 그리고 현재에 이르러서는 무척이나 기뻐할 만한 그런 몸무게를 베스렐이란 이름의 주인에게 선물로 안겨 주었다.

"현재 베스렐의 몸무게는 105.6크롬. 전에 고루불사마공이 마지막에 이루었던 107.3보다 좀 더 빠진 상황이야. 그리고 지금 나는 그때보다 더 심각한 목숨의 위협을 받고 있어."

105.6크롬(kg).

진정 놀랄 만한 숫자다.

107.3이라는 숫자는 고루불사마공이 할 수 있었던 최선의 결과물이었다. 아무리 노력을 해도 107.3크롬이라는 몸무게에서 더 이상 줄일 수는 없었다.

마(魔)의 벽이었다. 결코 넘을 수 없는, 하늘이 만든 벽이었다. 한데 그런 마의 벽을 오행진결은 마침내 깨부수고 105.6크롬이라는 새로운 결과물을 내놓은 것이다.

“으음, 정말 어떻게 해야 할지 모르겠군. 오행진결은 점점 더 그 힘을 키우며 나의 목숨을 노리고 있는데, 내가 할 수 있는 일은 아무것도 없으니…….”

상황은 시간이 흐를수록 암울해져만 가고 있었다.

고루불사마공이 베스렐의 신체를 지배하고 있을 때보다 오행진결이 지배하고 있는 지금이 무한비만증에게 있어서는 더욱 힘들고 목숨의 위협을 받고 있는 상황인 것이다.

“생각해야 해. 내가 살 수 있는 방법을 찾아야 해. 이 베스렐이란 이름의 독종은 어쩔 수 없이 포기한다 하더라도 이 녀석이 결혼을 해서 후손이 생기면 그 후손에게라도 내 힘이 이어질 수 있도록 해야 해.”

결국 최선의 방법은 이것이었다. 어떻게든 살아남아 다음 생을 기대하는 것이다.

오행진결이라는 이름의 괴물이 베스렐의 후손에게까지 이어지지는 않을 테니 후손이 탄생할 때까지는 어떻게든 버텨서 그 후손에게로 넘어가는 것이다.

“어떻게 해야 할까? 과연 어떻게 하면 오행진결로부터 살아남을 수가 있을까?”

저주라고 하는 힘은 포기를 모른다.

무한비만증은 눈을 감았다.

그리고 깊은 사유의 세계 속으로 빠져 들어갔다.

어떻게 하면 자신이 소멸하지 않고 갈루안스 가의 대를 끊어 놓을 수가 있을지 생각에 생각을 거듭했다.

그건 쉽지 않은 일이었다.

하지만 어떻게든 생각해 내야 했다.

갈루안스 가의 사람들을 비만으로 죽여 대를 끊어 놓는 일은 그가 창조주로부터 받은 사명이기 때문이다.

'으응?'

작은 파문이 인다.

어두운 공간이었다. 그리고 지금 이 어두운 공간 속에는 한 사내가 서 있었다. 그 사내는 베스렐이었고 베스렐은 왜 자신이 이런 낯설고 어두운 공간 속에 서 있는 것인지를 의아해하고 있었다.

'나는 분명 방금 전까지도 오행수련동에서 수련을 쌓고 있었는데…… 눈을 떠 보니 이런 이상한 곳에 서 있네? 이게 어떻게 된 일일까?'

한 치 앞도 보이지 않는 어두운 공간.

분명 자신은 오행진결을 수련하고 있었다. 어디로 이동한 게 아니라 계속해서 수련을 쌓고 있었으니 이곳은 수련을 하는 와중에 저도 모르게 들어서게 된 공간일 것이다.

'으응? 뭐야?'

베스렐은 무심코 왼손을 들어 코를 후비려다가 깜짝 놀라고 말았다. 왼손에서는 지금 빛이 나고 있었던 것이다.

빛은 푸른색이었고 그 푸른빛의 왼손에서는 하나의 기운이 느껴지고 있었다.

'이상하네? 왜 고목진기가 왼손에서 느껴지지? 으음, 그럼 혹시 오른손도……?'

베스렐은 즉시 오른손을 들어서는 바라보았다.

그러자 짐작한 게 맞아 들어갔다.

'새하얀 빛. 역시 오른손에는 금황진기의 기운이 느껴지는구나. 이건 그렇다면 그거야. 내가 원하던 그 경지에 들어선 거야. 신체의 다른 부위를 마저 확인해 보면 보다 확실히 알 수가 있겠어. 왼발과 오른발, 그리고 머리를……'

확인하는 일은 순식간에 이루어졌다.

그리고 그 확인은 베스렐에게 기쁨으로 다가왔다.

먼저 왼발에서는 검은빛의 수류진기가 느껴지고 있었고 오른발에서는 붉은빛의 화령진기가 느껴지고 있었으며 머리는 볼 수가 없었지만 느낌으로는 황금빛의 정토진기가 느껴지고 있었다. 또한 베스렐 그의 윗배 부근에서는 오행의 다섯 진기가 서로 모여서는 휘돌고 있었다.

우우우우우웅.

오행신성령이었다.

베스렐은 마침내 궁극의 아래 단계라 할 수 있는, 오행신성령을 이루는 경지에 들어서고 만 것이다.

'후후후.'

속으로 작게 웃음을 짓는 베스렐.

크게 웃고 싶었지만 참았다.

크게 웃는 것은 나중에 그 죽일 놈의 카스트리온을 때려잡은 뒤에 해도 늦지가 않았다. 그리고 지금은 자신이 서 있는 이 어두운 공간의 정체를 아는 일이 중요했다.

눈을 감았다.

호흡을 가다듬으며 자신의 내면을 관조했다.

그러자 곧 어떠한 정보가 그의 머릿속에 그림처럼 그려져 모든 걸 알려 주기 시작했다.

'이곳은…… 이곳은 이제 보니 물질계가 아니라 아스트랄 계였구나. 나는 지금 정신체로, 아니, 오행신성령에 정신을 싣고는 아스트랄계에 들어선 거야. 그리고 이곳은 아스트랄 계에서도 나의 정신 공간이라고 할 수 있는…… 그래, 이곳은 자아계야. 자아계……!'

아스트랄계.

이 세계는 중간계, 또는 다른 말로 물질계라고 하는 곳과는 다르게 정신으로서만 존재하는 곳이다.

형태는 있지만 그 형태는 뜻에 의해 얼마든지 바뀔 수가 있는 곳. 보통 이런 아스트랄계에 존재하는 것들은 대부분이 신이거나 신적인 힘을 지니고 있는 초월자들이다.

'아스트랄계. 이곳은 내가 마법을 연구할 때 나름대로 단계를 나누어 놓았지.'

베스렐은 흥미가 크게 일어 계속해서 아스트랄계에 대해 생각을 이어 나갔다.

'그것은 모두 세 단계야. 가장 첫 번째는 지금 내가 서 있는 이곳인 자아계. 이 자아계는 오직 나만의 세계야. 이곳에서는 내가 신이나 마찬가지이지. 그리고 이곳 자아계에 들어섰다는 것 자체가 인간이 지닌 한계를 깨부수었다는 말이나 마찬가지야. 다음으로 두 번째인 공유계. 어감이 이상하기는 하지만 두 번째는 공유계라는 단어를 쓸 수밖에 없어. 그게 적당한 단어야.'

아스트랄계의 두 번째인 공유계.

이것은 원래 없는 단어다. 하지만 지금은 생겨났다. 베스렐이 두 번째 단계에 있는 아스트랄계를 그렇게 공유계라 이름을 붙였기 때문이다.

이 공유계는 자아계에 들어선 자가 다른 자아계에 들어선 자를 만나 볼 수가 있는 공간이다.

아무리 초월적인 존재들이라 해도 남의 자아계를 함부로 침입할 수는 없었다. 잘못해 다른 이의 자아계에 들어섰다가는 소멸할 수가 있었다. 왜냐하면 자아계는 그곳의 주인인 자가 신적인 힘을 발휘하는 장소이기 때문이다.

'다음으로 세 번째는…… 세 번째는 천상계야. 이 천상계는 신계, 마계, 정령계, 사요계를 하나로 묶어서 부르는 곳이지. 인간이 아닌 신족과 마족, 그리고 정령과 세상의 찌꺼기

들이 모여 요령(妖靈)이 된 녀석들이 머물고 있는 곳이 바로
그 천상계야.'

베스렐은 잠시지간 더 자신이 정의를 내린 아스트랄계에
대해 생각을 이어 나갔다. 그러다가 어느 순간 감은 두 눈을
뜨고는 자신의 세상인 자아계를 둘러보았다.

어두컴컴한 공간. 마음에 들지 않았다.

베스렐 그에게서 곧바로 의지가 일어났다.

—빛이여 일어나라!

화아아아아악.

눈부신 빛이 자아계를 휩쓸었고 그 순간 베스렐의 머릿속
에 새로운 정보 하나가 스며들어 왔다.

'뭐지?

그의 빛나는 오행신성령의 몸체가 뒤로 돌아갔다.

무한한 공간! 그 세계가 바로 이곳 자아계다.

그리고 밝아진 자아계의 저 멀리 어딘가에서 존재해서는
안 되는, 베스렐 그의 허락 없이 눌러앉아 살고 있는 누군가
가 느껴졌다. 검은 흑심을 품고 있는 한 녀석이.

'누구야? 어떤 개자식이 감히 남의 자아계에 허락도 없이
들어와서는 눌러앉아 살고 있는 거야.'

화가 난 베스렐.

그는 의지를 일으켜 곧장 공간 속으로 스며들어 갔다.

거대한 번데기였다.

물질계의 기준으로 보자면 번데기의 크기는 무려 40미르가 넘는 것으로서 마치 딱딱한 바위산을 연상케 하고 있었다.

그냥 보면 검은 바위산처럼 보이지만 지금 허공에 떠 있는 오행신성령의 베스렐은 그게 살아 있는 번데기임을 알 수가 있었다.

'이놈은 진짜 뭐지?'

베스렐은 미간을 찌푸렸다.

살아 있는 듯 보이는 거대 번데기의 정체가 무엇인지 감이 잡히지가 않았다. 아무래도 녀석에게 좀 더 가까이 다가가 자세히 알아봐야 할 듯싶었다.

스윽, 척.

바닥에 내려섰다. 원래 자아계에는 바닥이 존재하지 않았지만 베스렐은 의지를 일으켜 바닥을 만들어 냈다.

'흐음……'

베스렐은 팔짱을 낀 채 거대 번데기의 주위를 맴돌았다.

허공에서 본 그대로 번데기였다. 검은 빛깔에 갈색의 줄무늬가 세로로 수십여 개가 새겨져 있었다.

'그냥 느끼기에는 정말 더러운 녀석이야. 아주 죽여 버리고 싶을 정도로 시궁창 냄새가 진동을 해.'

베스렐은 인상을 찌푸리더니 곧 오른손을 들어 거대 번데기의 몸체에 가져가 대 보았다. 좀 더 자세히 알아보기 위함이었다.

지이이잉.

오른손에 있는 금황진기가 작게 진동을 일으킨다.

베스렐은 금황진기가 숙소로 잡고 있는 오른손에 다른 네 가지의 진기들을 보내서는 거대 번데기의 내부를 보다 자세히 탐색해 나갔다.

시간은 빠르게 흘러갔다.

그에 따라 베스렐의 미간에 자리한 불꽃 모양의 주름이 서서히 일그러지기 시작했다. 오행신성령으로 이루어진 몸체지만 주름이 일그러지는 것은 현실의 모습과 큰 차이가 없었다.

'이놈은…… 이놈은……!'

느껴졌다.

알 수가 있었다.

이 번데기의 정체가 무엇인지 짐작이 갔다.

후화아아아악.

순간 오행신성령으로 이루어진 베스렐의 몸체에서 하늘을 부술 만한 기세가 일어났다. 그러자 꼼짝도 하지 않고 있던 거대 번데기가 마침내 꿈틀거리기 시작했다.

꾸물꾸물.

거대 벌레가 따가운 침에 쏘여서는 더 이상 버티지 못하고 일어서는 그 모습.

　껍질은 벗겨지고 그 사이로 검은 연기와도 같은 게 뿜어져 나와 자신을 따갑게 한 자를 바라보았다. 아무것도 없는 두 개의 뻥 뚫린 눈과 불길이 이글거리며 타오르고 있는 두 개의 눈이 마주쳤다.

　─네 녀석이야! 네 녀석이 바로 그놈이야. 나의 가문에 기생을 한 채 살아가던 더러운 저주! 네 녀석의 정체는 바로 무한비만중이야, 무. 한. 비. 만. 중─!!

　우르르르릉.

　자아계가 베스렐의 분노에 벽력성을 토해 냈다.

　그랬다. 검은 연기의 모습을 하고 있는, 지금 베스렐이 바라보고 있는 녀석의 정체는 세상에서 가장 지저분한 저주라는 무한비만중인 것이다.

　녀석은 오행진결의 무지막지한 힘을 견디지 못하고 지금처럼 번데기의 모습을 한 채 나중을 기약하고 있었던 것이다. 정확히는 베스렐의 후손에게로 저주를 잇게 하기 위해서 숨을 죽이고 있었던 것이다.

　"이, 이런……!"

　무한비만중은 화들짝 놀라고 말았다.

　살벌한 기세를 내뿜고 있는 상대.

　오색 빛깔을 몸에 두르고 있는 상대.

　이제 보니 그 상대는 자신이 숙주로 삼고 있는 주인이었던 것이다. 그리고 지금 그 상대는 무한비만중인 자신을 죽일 듯이 노려보고 있었는데 그게 그렇게 무서울 수가 없었다. 그냥 이대로 소멸할 것만 같았다.

"아…… 안 돼! 도…… 도망을 쳐야 해……!"

무한비만중은 자신이 위기에 처했음을 알 수 있었다.

이곳 자아계에 원 주인이 들어왔다는 것은 그 원 주인이 인간의 한계를 벗어나 초월적인 존재가 됐다는 것을 의미했다. 그리고 그렇게 초월적인 존재가 된 자 앞에서는 저주라고 하는 이름의 힘은 아무것도 아니었다.

"멀리…… 아주 멀리 도망을 가야 해……!"

─뭐야? 도망을 가겠다고?

무한비만중은 속으로 생각을 했지만 녀석이 하는 생각은 모두 베스렐의 뇌리 속으로 들어가 읽혀졌다.

"이, 이런, 내 마음을 모두 읽고 있잖아?"

당황하는 무한비만중.

베스렐은 어찌할 바를 모르는 무한비만중을 노려보며 강하게 이를 갈았다.

─으드득.

또다시 어렸을 때의 일이 생각난다.

초저열량의 식이요법. 하루 식사량이 남들의 5분지 1의 양에 불과했다. 말이 5분지 1의 양이지 그건 보통 사람이 먹어서는 절대로 살 수가 없는 극히 적은 식사량이었다.

하지만 그렇게 먹고도 살은 빠지지 않았다.

오히려 조금씩 계속해서 찌기 시작했다.

식사량만 조절해서는 아무 소용이 없었던 것이다. 그래서 초저열량의 식이요법과 함께 운동요법을 함께 하게 되었는데 그 운동요법이라고 하는 것이 3살 난 아기가 하기에는 너무나 힘든 기사수련이었다.

당시의 블레스 기사단장은 3살 난 아기인 베스렐을 혹독하게 수련시켰다.

울기도 많이 울었다. 울지 않으려고 해도 너무나 힘들어 눈물이 저도 모르게 흘러나왔었다. 죽고 싶을 정도로 힘들었던 그 어린 시절을 생각하니 오행신성령의 몸체에서 점점 더 무서운 기운이 일기 시작했다.

우우우우웅.

―으드득. 네놈을…… 무한비만증이란 징글징글한 이름을 가진 너를…… 내 아주 죽지도 살지도 못하게 해 주겠어.

우우우우우우웅.

진정 살벌한 기운이다.

세상 모두를 잡아먹을 듯한 그런 기운이었다.

무한비만증을 이루고 있는 검은 연기가 저도 모르게 부르르 떨려 왔다. 위험했다. 이곳에 더 이상 버티고 있다가는 그대로 소멸할 것만 같았다.

"빠…… 빠져나가자!"

마음의 결심을 하자 녀석의 형체는 순식간에 공간 속으로 스며들어 가 사라졌다. 베스렐의 눈에서 벗어나기만 하면 살 수 있을 것이라고 생각을 한 모양이다. 하지만 이곳은 자아계였고 이곳의 원 주인은 베스렐이었다. 그리고 이곳에서만큼은 베스렐 그가 신이었다.

─무한의 공간은 직경 100미르(m)로 좁혀져라!

후화아아아아아악.

자아계에 오행신성령의 권능을 발현시켰다. 그러자 빛이 일고 있는 무한의 공간이 순식간에 직경 100미르로 좁아지게 되었다.

"이, 이럴 수가……!"

깜짝 놀라는 무한비만증.

멀리 벗어났을 거라고 생각했는데 이제 보니 40미르 밖에 오색의 빛을 두르고 있는 베스렐이 서 있다.

무한비만증은 자신이 독 안에 든 쥐임을 알 수 있었다.

방법이 없었다. 무한의 공간은 좁아졌고 그 좁아진 공간은 자신의 힘으로는 어떻게 다시 넓힐 수가 없는 것이었다.

─이제 시작하자.

베스렐은 두 눈을 아주 무섭게 뜨고는 천천히 무한비만증을 향해 나아갔다.

저벅저벅.

묵직한 소리다. 100미르의 공간에는 어느새 바닥이 만들어져 있었고 지금 그 바닥은 베스렐의 마음을 대변하기라도 하듯 묵직한 울림을 만들어 내고 있었다.

두렵다. 너무도 두렵다.

무한비만증은 몸의 구성 성분인 연기를 잘게 흐트러트리며 천천히 뒤로 물러섰다.

“뭐…… 뭐가 있지? 어…… 어떻게 해야 하지?”

녀석은 빠르게 머리를 굴렸다. 자신에게 어떤 힘이 있는지 빠르게 생각해 보았다. 보통 저주 계열의 힘들은 그 힘이 아주 강력하다. 그리고 무한비만증의 경우는 고룡인 카스트리온이 용언의 힘으로 만든 것인지라 그 힘이 보통의 저주보다도 훨씬 강력했다.

하지만…….

“아…… 안 돼……! 내가 지닌 힘은 상대를 살찌우게 하는 거 하나야. 그것밖에 없어. 다른 힘은 존재치 않아.”

절망적이었다. 분명 무한비만증은 일반의 저주보다도 힘이 강력했지만 그 힘은 불행히도 저주 대상자의 몸을 살찌우게 하는 것 하나였다. 그것 하나만 가지고는 지금 묵직한 발걸음 소리를 내며 다가오는 오행신성령의 주인을 격퇴시킬 수가 없었다.

─이 새끼야! 이 씹어 먹을 놈의 자식아! 내가 너 때문에 얼마나 힘들게 살아온 줄 알아!

휘이익.

바람이 일었다. 40미르 정도로 서로 떨어져 있던 무한비만 증과 베스렐의 거리는 순식간에 좁혀졌고 베스렐은 금황진기 의 기운이 담긴 오른쪽 주먹을 무한비만증의 하단 부위를 향 해 날려 주었다.

출렁!

검은 연기가 크게 흔들린다. 그 뒤로 무한비만증은 비명성 을 크게 토해 내고 말았다.

"끄아아악!"

너무나 아팠다. 이렇게 아프기는 태어나 처음이었다.

하지만 녀석의 아픔은 지금부터가 시작이었다.

베스렐은 양손, 양발을 이용해서 검은 연기의 모습을 하고 있는 무한비만증을 무차별적으로 가격했다.

출렁! 출렁! 출렁……!

"끄아악! 사…… 살려 줘! 끄아아아아악……!"

계속해서 비명을 내지르는 녀석.

무한비만증은 구체적인 형태가 없었다. 그냥 검은 연기와 도 같은 녀석인지라 일반의 공격으로는 그를 아프게 할 수도 또한 죽게 할 수도 없었다.

하지만 지금 검은 연기를 가격하고 있는 것은 다른 게 아닌 오행신성령이다. 신성한 힘이라고 할 수 있는 오행신성령은 무한비만증이 지닌 원천의 힘을 조금씩 약화시켜 나갔다.

푸스스스스.

40미르 크기의 무한비만증은 매우 빠른 속도로 작아지기 시작했다.

—이 새끼야, 죽어! 죽어 버려……! 너같이 지저분한 저주는 살 가치가 없는 거야! 이 세상에서 네가 제일 나쁜 저주야! 제일 나쁜 저주라고……!

악을 쓰며 오행신성령의 몸체를 움직이고 있는 베스렐.

처음엔 그냥 두드려 패다가 나중에는 복호권이나 원앙각처럼 무림에서 흔히 사용되는 권각법으로 무한비만증의 몸을 가격했다.

분노가 가라앉지가 않았다. 오히려 점점 더 심해졌다.

그래서 더욱 열심히 가격했다.

출렁! 출렁! 출렁! 출렁……!

"끄아악! 아니야! 내가 나쁜 게 아니야! 나는 그냥 창조주가 명한 대로 행한 것뿐이라고! 끄아아악! 그만 때려……!"

반항의 말을 해 보는 무한비만증.

하지만 녀석에게 돌아오는 것은 심한 욕설과 함께 더욱 강력해진 구타였다.

—시끄러워, 이 써글 놈의 새끼야! 개 같은 소리는 하지도 마! 카스트리온 그 개자식이 네놈에게 그렇게 명했다고 해도 네가 알아서 그 힘을 줄였어야지. 감히 나를 다이어트의 고통 속으로 빠트려!

"끄아아아악! 그만 해……!"

출렁! 출렁!

무한비만증은 계속되는 베스렐의 구타로 인해 그 크기가 처음 40미르에서 이제는 3미르 크기로 작아지게 되었다.

이제 조금만 더 지금처럼 맞게 되면 무한비만증은 그대로 소멸하고 말 것이다.

방법을 찾아야 했다.

자신이 살 수 있는 방법을 어떻게든 찾아야 했다.

무한비만증의 머리는 이 순간 맹렬히 돌아가기 시작했고 하늘의 도움인지 그때 좋은 생각이 하나 떠오르게 되었다.

"끄으윽. 그래, 그거야!"

―뭐가 그거야, 이 죽일 놈의 새끼야!

무한비만증이 하는 말을 들은 베스렐. 이상한 생각이 들기는 했지만 주먹과 발을 쓰는 일은 결코 멈추지 않았다. 계속해서 가격했다.

그때였다.

3미르 크기로 작아진 무한비만증.

검은 연기의 모습으로 제대로 된 형체를 지니고 있지 않던 녀석이 순간 뚜렷한 어떤 형체를 이루며 서서히 누군가의 모습으로 바뀌기 시작했다.

―으응?

베스렐은 복호권을 막 다시 사용하려다가 멈추고는 형체를 이루기 시작하는 무한비만증을 노려보았다.

검은 빛깔은 사라지고 창백하다 싶은 하얀 빛깔이 나타났다.

그 하얀빛은 사람의 모습을 이루기 시작했는데 왠지 일반의 사람이 아니라 매우 뚱뚱한 그런 인간으로 바뀌고 있었다.

초비만인이었다. 적어도 500크롬 이상은 나갈 것 같은 사람 같지가 않은 초비만인.

그리고 그 초비만인은 외모가 어딘지 모르게 익숙했다.

베스렐의 두 눈이 잘게 떨리기 시작했다. 무한비만증이 누구로 변신했는지 시간이 흐르자 이내 알 수가 있었다.

―아…… 아버지……!

떨리는 마음.

그렇다. 지금 무한비만증은 베스렐의 아버지인 아웬 갈루안스로 형체를 이루고 있는 것이었다.

무한비만증은 130여 년 전부터 갈루안스 가의 핏줄 속에 녹아들어 가 가문의 주인들을 모두 고도비만으로 죽였다. 당연히 그 인물들의 생김새라든가 어떤 특징 같은 걸 자세히 알고 있었다.

"아, 아들아! 나는 심히 괴롭구나. 그만 나를 놓아 다오."

아웬 백작으로 변신을 한 무한비만증.

녀석은 얼굴에 괴로운 표정을 지으며 베스렐의 마음을 흔들었다.

부르르르.

베스렐의 오행신성령의 몸체가 잘게 떨리기 시작했다. 무한비만중은 자신의 계책이 성공한 듯 보이자 속으로 쾌재를 부르며 다시 뜻을 보냈다.

"아들아, 그만 나를 놓아 다오. 나는 이제 마나의 품으로 돌아가고 싶구나. 여기는 내가 있을 곳이 아니란다."

부르르르.

베스렐의 몸이 다시 한 번 잘게 떨렸다

어찌 보면 충격을 받은 듯한 모습이다. 돌아가신 아버지의 모습을 너무 오래간만에 봐서 가슴이 꽉 막히고 눈물이 나려는 그런 모습처럼 보인다.

하지만 그건 착각이었다.

베스렐은 감동과는 거리가 먼 사람이었다.

그가 지금 그렇게 몸을 부르르 떠는 이유는 너무도 분하고 화가 나서 그런 것이었다. 그의 얼굴 표정을 보면 알 수 있었다. 악귀처럼 무섭게 일그러진 얼굴.

─흐흐흐……!

음침한 웃음이다. 그 웃음은 점점 심해졌고 나중엔 무서운 말이 흘러나왔다.

─흐흐흐흐, 네가 죽으려고 환장을 했구나. 그래그래. 내가 저주 나부랭이와 무슨 대화를 나누겠어. 이건 내가 잘못한 거야, 그냥 계속해서 두드려 패면 되는 것인데…….

스윽.

베스렐의 양손이 아웬 백작의 목으로 다가갔다.

두터운 목. 하지만 베스렐의 손은 워낙에 컸기에 목을 잡기에는 전혀 불편함이 없었다.

"아, 아들아! 이게…… 이게 무슨 짓이냐?"

당황하는 무한비만중.

녀석은 자신의 두터운 목이 서서히 조여 오자 처음 생각한 것과는 다른 방향으로 일이 진행됨을 알고는 허둥대는 모습을 보였다.

"아들아, 아들아……!"

―시끄러워, 이 쳐 죽일 놈의 새끼야!

베스렐은 무한비만중이 계속해서 아버지의 모습을 흉내 내자 치를 떨었다.

―감히…… 감히 네깟 놈이 나의 아버지를 모욕해? 용서 못해. 무한비만중 너는 진짜로 죽일 놈이야. 누군가가 네놈을 용서하라고 부탁해 오면 그놈부터 쳐 죽인다. 그게 제아무리 신이라 해도……!

"끄아악. 아들아! 아들아! 뭐니? 네가 내게 이러면 안 돼!"

끝까지 베스렐의 분노를 자아내는 무한비만중.

녀석은 자신이 결코 건드려서는 안 되는 그런 것을 건드렸음을 미처 알지 못하고 있었다.

"끄아아악! 아들아! 켁켁켁! 이게 무슨 짓이야? 이성을 차리거라! 나는 네 아버지다! 끄아악. 끄악! 부탁이니 제발 이성을 차려!”
　“시끄럽다고 이 개자식아! 죽어, 죽어 버렷─!”
　악다구니를 쓰는 베스렐.
　목을 쥐고 있는 아귀의 힘이 강해지자 아웬 백작의 모습을 하고 있는 무한비만증의 크기가 더욱 빠른 속도로 작아지기 시작했다. 목이 졸려서는 서서히 죽어 가는 그 모습.
　─죽어 버리라고……!
　후아아아아아앙.
　순간 오행신성령의 몸체에서 커다란 빛이 터져 나와 무한비만증을 향해 쏟아져 들어갔다.
　“끄아아아아아악.”

Chapter3

공유계에서의 싸움

중간계가 아닌 신적인 존재들이 머물고 있는 곳.

그곳의 이름은 천상계다.

이 천상계는 신계와 마계, 그리고 정령계와 사요계로 나누어져 있었다. 그리고 세상의 모든 영혼들이 수명이 다해 죽게 되면 명계란 곳에 가게 되어 있는데 그곳은 천상계에 속하지 않았다. 명계는 신들도 모르는 곳으로 태초의 의지가 세상을 만들 때 가장 마지막에 우주의 모처에 만들었다고 전해지고 있다.

살아 있는 존재는 갈 수 없는, 오직 죽은 자만이 갈 수 있는 곳. 따라서 천상계는 신계, 마계, 정령계, 사요계처럼 딱 네 개의 세상으로 존재하는 것이다.

한데 중간계의 어떤 한 존재는 그 네 개로 나누어진 천상계를 언젠가부터 다섯 개의 세계로 만들고 싶은 욕심을 가지게 되었다. 그리고 그 욕심은 욕심으로 끝나지 않았다.

　결국 중간계의 그 존재는 균형이 잡혀 있는 천상계를, 법칙으로 인해 불변의 세계가 되어 있는 그곳 천상계를 깨부수고 하나의 세계를 더 만들려는 시도를 하게 되었다.

　세월은 흘렀고 그 시도는 이제 성공하기 위한 마지막 단계에까지 이르게 되었다.

　지이이이잉.

　작은 진동음이 줄기차게 들려오고 있다.

　거대한 지하 광장이었다.

　직경 300미르가 넘는 이곳은 천장에 박혀 있는 빛의 구슬들로 인해 그다지 어둡지는 않았다.

　딱딱한 갈색의 빛이 나고 있는 지하 광장 바닥.

　이곳 광장의 외곽에는 복잡해 보이는 마법의 수식들이 마법진의 형태를 이루며 여러 군데에 새겨져 있었다. 또한 마법진의 주위에는 어떤 기계들이 가는 호수에 연결이 되어 세 방위에 있는 여러 개의 유리관들에 꼽아져 있었다.

　뽀글뽀글.

　유리관에서 기포가 발생되어 소리가 일었다.

　그 유리관에는 사람이 있었다. 아니, 정확히는 사람이 아니라 이곳 중간계에 존재하는 다른 지성체들이었다.

　줄루족과 데빌족, 그리고 엘프족이다.

거기에 유리관 안에 있는 자들은 평범한 지성체들이 아니라 각 부족에서 수장의 지위를 맡고 있는 자들이었다.

데빌족의 수장인 데빌 엠부터 줄루족의 족장과 엘프 중의 엘프라는 하이 엘프가 어떤 투명한 액체가 가득 차 있는 유리관 속에 갇혀 있는 것이었다.

그때다. 갑자기 코 고는 소리가 광장의 중심부에서부터 들려오기 시작했다.

"크르르릉. 쿠우우……."

코 고는 소리가 정말 우렁차다. 일반의 사람이 내는 소리보다 수십 배 이상 큰 소리다.

크기가 50미르에 육박하는 검은 빛깔의 생명체.

코를 골고 있는 그는 고룡인 카스트리온이었다.

방금 전까지 그는 세 종족이 지닌 힘을 자신이 누워 있는 바닥의 마법진으로 흡수하느라 땀을 좀 흘렸다. 그래서 지금 잠깐 휴식을 취하고 있는 중이었다.

"크르르르릉. 쿠우울. 크르르르릉. 쿠우우울."

규칙적으로 나오는 코 고는 소리.

그 소리는 2시간 뒤에 그쳤다.

잠을 자기 직전 머릿속에 알람 마법을 켜 놓아 오래 자지 못하게 만들었다. 보통 드래곤의 수면 시간은 한번 자게 되면 수십 년을 잠으로 보내지만 카스트리온의 경우는 그 자신의 생명줄이 얼마 남지 않았기 때문에 지금은 하루를 살아도 보람이 있게 살아야 했다.

번쩍!

감겨져 있던 두 개의 커다란 눈이 떠지자 그 눈에서 강렬한 빛이 일었다.

회오리를 치고 있는 검은 눈동자.

자세히 보면 광기의 기운이 그의 검은 눈동자 속에 조용히 잠들어 있음을 알 수가 있었다. 풍기는 기운을 봐서는 왠지 전보다 훨씬 강력해진 듯한 느낌이다.

"크르르릉. 이제 거의 다 돼 가는데……."

카스트리온은 시선을 돌려 세 방위에 놓여 있는 13개의 유리관들을 차례로 흘어보았다.

세 종족의 수장들.

변해 가고 있다. 그들은 시간의 흐름에 따라 조금씩 윤기를 잃어 가고 있었는데 그것은 그들이 지닌 원천의 힘이 마법진에 의해 빨려 나가고 있었기 때문이다.

"두 번의 실패 후, 이제 성공을 눈앞에 두게 되었어. 하지만 부족해. 몇 놈을 더 잡아와야 해. 줄루족은 괜찮지만 엘프족과 데빌족은 모자라."

현재 이곳 광장에는 줄루족의 수장이 두 명, 대장로의 경우는 여섯 명이 잡혀 있었다. 그리고 엘프족의 하이 엘프는 한 명이 있었고 데빌족의 경우는 수장인 데빌 엠이 한 명, 장로가 세 명 있을 뿐이었다.

“크르르릉. 새로운 세상을 만드는 일이 결코 쉽지 않을 거란 걸 알고는 있었지만 이렇게까지 시간이 오래 걸릴 줄은 미처 몰랐군. 몇백 년을 연구해서 이론은 완벽히 해 두었건만 실제하고는 많은 차이가 있어. 세 종족의 힘을 모으기만 하면 쉽게 될 줄 알았는데 말이야.”

오랜 시간이 걸렸다. 500여 년이라고 하는 기나긴 시간을 투자해 천상계에 새로운 세계를 만들 수 있는 연구를 끝마칠 수가 있게 되었다.

그 연구의 핵심은 세 종족의 힘을 모으는 것이다. 그들이 없으면 아무 소용이 없었다.

특수한 능력을 가진 세 종족.

우선 첫 번째 종족인 줄루족은 공간을 만드는 능력이 특별났다. 아스트랄계의 무한한 공간을 비롯해 차원의 틈새에 있는 공간을 떼어 와 현실에 붙잡아 둘 수 있는 그런 능력이 있는 것이다.

두 번째 종족인 데빌족.

녀석들은 마력을 비롯한 어떤 힘들을 증폭시키는 능력이 탁월하다. 그 증폭시키는 능력은 줄루족이 만든 공간이라고 해서 예외가 아니었다. 오히려 데빌족의 그 증폭 능력은 줄루가 만든 공간을 증폭시키는 게 다른 힘들을 증폭시키는 것에 비해 월등히 뛰어난 위력을 발휘한다.

마지막 세 번째 종족인 엘프족.

이 엘프족은 조화의 종족이다.

어긋난 것을 다시 조화롭게 만드는 능력이 엘프족에게는 있었는데 그 능력은 하이 엘프에게서 절정을 이루게 된다.

카스트리온이 새로운 세상을 여는 데에는 다른 엘프들은 필요가 없었고 오직 그 하이 엘프만이 필요했다.

'크르르릉. 새로운 세상을 만드는 일은 간단해. 줄루족이 공간을 만들면 데빌족이 힘을 보태 그 공간을 증폭시키면 되는 거야. 그리고 억지로 만들어진 그 공간을 하이 엘프가 지닌 힘으로 곧바로 조화를 시키는 것이지. 내가 50여 년에 걸쳐 만든 이곳의 마법진이라면 녀석들의 힘을 한자리에 모을 수가 있고, 그렇게 되면 거의 틀림없이 새로운 세상을 만들 수가 있을 거야. 아니, 거의 틀림이 없는 게 아니라 확실해. 문제는 내가……'

그때였다.

무슨 일인지 카스트리온의 광기가 흐르는 검은 눈동자에 이채가 띠었다.

"……."

아무 말 없는 카스트리온.

그의 검은 눈동자가 어느 순간 가늘게 떨리기 시작했다.

두근두근.

마력의 보고라 할 수 있는 드래곤 하트가 두근거리며 카스트리온의 전신을 긴장감에 휩싸이게 했다.

“뭐, 뭐지……?”

즉시 두 눈을 감아 보았다. 그리고 방금 자신의 정신을 두드린 그것에 대해 보다 자세히 느껴 보았다.

“끄아아아아아악!”

누군가의 비명성이다.

카스트리온 그의 정신 속에서 지금 누군가가 비명을 지르고 있는 것이었다. 누구인지를 알아야 했다. 마음을 하나로 모아 집중도를 높여 좀 더 자세히 자신의 정신 속에서 들려오는 소리를 들어 보았다.

“끄아악! 켁! 켁켁……! 사, 살려 줘! 미안해, 정말 미안해. 다시는, 다시는 네 아버지로 벼…… 변신하지 않을게! 카…… 카스트리온 님……! 끄아아아악.”

자신의 이름을 부르고 있다.

살려 달라며 카스트리온 그를 애타게 찾고 있다.

카스트리온은 지금 자신의 정신 속에 들려오는 비명성의 주인공이 누구인지 이내 알 수 있었다.

“이…… 이 녀석은 내가 용언으로 탄생시킨 그 녀석인데? 무한비만증이라고 이름을 지어 준 그 저주! 한데…… 한데 이 녀석이 왜 비명을 지르고 있는 거지?”

이해할 수가 없었다.

무한비만증은 저주 계열의 마법으로서 용언을 통해 만들어진 녀석인지라 그 힘이 강하면서도 질겨 웬만한 일로는 꿈쩍도 않는 녀석이다.

저주 마법의 극성이라고 할 수 있는 신성력.

그 신성력의 힘이 제아무리 강하다고 해도 무한비만증에게서 비명을 지르게 만들 수는 없었다.

한데 지금 무한비만증은 애처로운 목소리로 살려 달라며 자신을 찾고 있는 것이었다.

이런 경우는 처음이다.

반만년이라는 긴 세월을 살아오는 동안 카스트리온 그는 저주 계열의 마법을 여러 번 사용해 보았지만 지금과 같이 희한한 광경을 겪어 보기는 처음이었다.

"끄아악! 켁! 켁켁! 카…… 카스트……."

무한비만증은 카스트리온의 이름을 끝까지 부르지 못했다.

애처로웠던 마지막 창조주의 이름…… 녀석은 숨을 거두고 만 것이었다.

"……"

아무 말 없는 카스트리온.

녀석이 죽었다. 그럼 여기서 무한비만증이 죽었다는 것은 무얼 뜻하는 것일까? 저주가 깨졌다는 것은 무얼 의미하는 것일까? 보통의 저주가 아니었다.

4,000살 이상의 에이션트 드래곤들만이 사용할 수 있는 용언의 힘으로 만든 절대의 저주였다.

"저주가…… 저주가 깨지고 말다니? 그렇다면…… 그렇다

면 상대는 나와 힘이 비슷하든가 아니면…… 아니면 나보다
힘이 더 강하다는 말인데……?"

그렇다. 무한비만증은 용언으로 만든 저주이기 때문에 그
걸 깨기 위해서는 저주를 건 당사자만큼 강해야 했다. 고룡인
카스트리온과 비슷한 힘을 지니게 되면 저주는 무조건 깨지
게 되어 있는 것이었다.

두근두근.

드래곤 하트가 다시 무섭게 두근거리기 시작했다.

이 세상에, 이곳 중간계에 고룡인 자신보다 강한 존재는 없
었다. 있을 수가 없는 것이다.

"크르르룽."

콧바람이 강하게 인다.

뭔가 좋지 않은 예감이 든다.

자신이 계획하고 있는 일이 왠지 망쳐질 것만 같았다.

"내가…… 내가 무한비만증의 저주를 마지막으로 건 인간
은 150여 년 전의 레드론 폰 갈루안스야. 무한비만증이 방금
전에 살해당해 죽었다는 것은 그렇다면 그 가문이 지금까지
도 명맥을 유지하고 있었다는 말인데……."

카스트리온은 과거의 기억을 떠올려 자신이 저주를 내렸던
가문에 대해 빠르게 알아보았다. 자신의 적이 누구인지를 알
아야 했다. 그래야 방금 무한비만증의 저주를 깨트린 녀석을
보다 쉽게 죽일 수가 있는 것이었다.

잠시 후.

카스트리온은 마법사의 가문이라는 갈루안스 가를 완벽히 숙지했다. 더 이상 알 필요는 없고 이제는 놈을 잡으러 가기만 하면 된다.

몸을 직접 움직일 필요는 없었다.

정신체만 움직이면 되는 일이었다.

방금 무한비만증이 죽기 전에 전해 준 정보를 보자면 놈은 지금 아스트랄계에 있었다. 그렇다면 자신도 그 아스트랄계로 가서 그놈을 끝장내면 되는 것이었다.

"크르릉, 갈루안스 가여! 기다려라!"

카스트리온은 곧 두 눈을 감고는 용언으로 자신의 영혼을 정신이라는 이름의 몸에 집어넣어 정신체를 이루었다.

그 정신체는 잠시 후에 아스트랄계로 떠났다.

*　　　*　　　*

푸스스스스.

마지막 한 줌만이 남아 있었던 검은 연기는 곧 무(無)로 돌아갔다. 베스렐의 분노에 목이 졸려서는 창조주의 이름을 끝까지 부르지도 못하고 그대로 소멸하고 말았다.

─하아아……

아쉬운 마음에 한숨이 절로 나온다.

─제기랄! 놈을 죽지도 살지도 못하게 했어야 했는데. 고문이란 고문을 잔뜩 해 준 다음 나중에 천천히 죽었어야 했는데 너무 빨리 없애 버리고 말았어.

정말 아쉬웠다. 가문과 자신을 지옥의 고통 속에 빠지게 했던 무한비만중을 너무 쉽게 죽였다는 생각이 들었다.

처음에 놈의 정체를 깨닫게 되었을 때는 한참을 괴롭힌 다음에 죽이려 했지만 놈이 아버지의 모습으로 변신해서는 자신의 마음을 흔들려 할 때에는 꼭지가 돌고 말았다.

감히 아버지의 모습을 흉내 내다니…….

죽어도 싼 놈이었다.

그때다. 무얼 보았는지 베스렐의 눈에 이채가 띠었다.

'으응?'

무심코 코를 후비려다 보게 된 오른손.

그 오른손이 좀 전과는 다르게 변해 있었는데 그건 오른손뿐만이 아니고 왼손도 마찬가지였다.

'뭐야? 손에만 머물고 있던 오행진기 고유의 색깔이 팔목에까지 이르렀네?'

처음 베스렐 그가 이곳 아스트랄계에 들어섰을 때, 그때 그의 오른손에 있는 오행진기는 금황진기였고 그 색깔은 새하얀 빛을 이루고 있었다. 그리고 그 금황진기는 분명 오른손에만 머물고 있었다.

한데 지금은 그 금황진기가 손목이라는 경계를 넘어 팔뚝

에까지 이르고 있는 것이었다. 그리고 그건 왼손에 있는 고목
진기도 마찬가지였다.

스윽.

고개를 숙여 하체를 바라보았다.

그러자 발에도 변화가 일어났음을 알 수 있었다.

왼발의 수류진기와 오른발의 화령진기 또한 발목이라는 한
계를 넘어 무릎팍에까지 이르러 있는 것이다.

'으음, 이게 왜 갑자기 이렇게 된 거지?'

베스렐은 팔짱을 낀 채 자신의 오행신성령에 왜 이런 변화
가 일어났는지를 생각해 보았다. 무슨 일이든 변화가 일어났
다면 그건 어떤 원인이 있기 때문에 생겨나는 것이다.

곰곰이 생각해 보니 잠시 후에 하나의 결론에 이를 수 있게
되었다.

'그렇군. 그것 때문이야.'

원인은 단 하나였다.

'무한비만증이었어. 그놈이 죽어서 그래. 놈은 그동안 아
스트랄계 중 나의 자아계에서 저주의 힘을 내뿜고 있었어. 고
루불사마공의 경우는 그놈으로 인해 12성의 경지로 들어서는
게 불가능했지. 하지만 오행진결의 경우는 다행히 그 강력한
힘으로 인해 무한비만증이 만든 거대한 벽을 부술 수가 있었
어. 오행신성령의 경지에 들어섰다는 말은 자아계에 드나들
수 있다는 말과 같은 거고, 자아계에 드나들 수 있다는 말은

무한비만중이 가지고 있는 힘을 능가했다는 말이야. 그래서 방금 내가 놈을 죽일 수 있었던 거고. 그리고 무한비만중이 죽었다는 말은 그동안 놈이 내 몸에 걸어 두었던 어떤 금제와 같은 것이 해제가 되었다는 말인데 이게 지금 나의 오행신성 령에까지 영향을 미치게 한 거야.'

그렇다. 지금 베스렐의 오행신성령이 좀 더 강력해질 수 있었던 이유는 저주를 뿌리던 그 녀석이, 경지에 이르는 데 방해를 했던 무한비만중이 소멸했기 때문이다.

'후후후, 좋았어.'

입가에 미소가 어린다.

눈을 감고 오행신성령의 몸을 느껴 보았다.

우우우우웅.

몸에서 진동음과 함께 빛이 일었다.

'그래그래. 방해꾼이 없으니 나의 능력이 더욱 상승하는구 나. 오행신성령에 이는 힘이 점점 강력해고 있어.'

붉은빛의 화령진기, 검은빛의 수류진기, 푸른빛의 고목진 기, 새하얀 빛의 금황진기, 그리고 마지막의 황금빛의 정토진 기.

이 다섯 가지의 진기는 무한비만중이 사라지고 나자 그 빛을 더욱 크고 조화롭게 일으키기 시작했다.

샤리라라라라라랑.

오색 빛깔이 사방으로 뻗어 나간다.

아름다운 그 모습.

베스렐은 급히 다른 무공들을 떠올려 보았다. 정신능력이 급상승하고 있는 이때가 무공을 수련하기에 최고의 적기였던 것이다.

염라수, 유령비, 진마각, 지옥도법.

고루불사마공을 제외한 그 네 가지의 무공은 베스렐의 마음속에서 빠르게 궁극의 경지를 향해 나아갔다.

거침이 없었다. 오행신성령에서 빛이 일면 일수록 4대 무공은 자신을 가로막고 있는 벽들을 그대로 부수고는 새로운 세계에 마침내 발을 들여놓을 수 있게 되었다.

—아아아아아아……!

환희의 음성. 베스렐은 신천지에 들어섰다는 그 생각에 너무나 기뻐 저도 모르게 그렇게 여인처럼 교성을 내지르고야 말았다.

자아계를 벗어나 보았다.

베스렐 자신이 이름을 붙인, 아스트랄계의 두 번째 세계인 공유계가 어떠한 곳인지 알고 싶어 의지를 일으켜 자아계를 벗어났다.

'호오, 이런 곳이군.'

푸르른 공간이다.

자아계는 처음 들어섰을 때 검은 공간이었던 것에 반해 이곳 공유계는 마치 중간계의 창공을 보는 듯 푸른빛으로 더없이 밝았다. 그는 고개를 돌려 자신이 방금 나온 자아계를 바라보았다.

'으음, 멀리서 보니 나의 자아계는 검은 공간이 느리게 회전을 하는 그런 모습이구나.'

무한의 공간이라 할 수 있는 공유계.

그 공유계에는 블랙홀처럼 보이는 곳이 한 군데 있었는데 그곳이 바로 베스렐의 자아계였다. 자아계는 이처럼 공유계와 서로 연결이 되어 있는 것이다.

'이곳 공유계는 중간다리의 역할을 해. 천상계에서 누군가가 이곳으로 내려올 수도 있는 일이고 자아계에서 누군가가 이리로 나올 수도 있어. 그리고 이곳 공유계에서는 중간계의 일을 살펴볼 수가 있지.'

베스렐은 의지를 일으켰다.

샤라라라라랑.

그의 오행신성령에서 빛이 일었고 그 순간 베스렐은 보고자 하는 것을 바로 볼 수 있게 되었다.

희뿌연 안개가 가득한 산. 어디서 많이 보던 그런 장소가 베스렐의 두 눈에 들어왔다.

'호오, 공유계에서 이렇게 보니 안개의 산에 드리워져 있는 안개도 느릿하게 회전을 하구 있구나? 이건 몰랐네?'

베스렐은 자신이 수련을 쌓고 있는 장소인 안개의 산을 다양한 각도에서 바라보았다. 항상 옆에서만 보다가 위에서도 바라보니 그 느낌이 색달랐다.

그는 한동안 안개의 산을 바라보다가 시선을 돌려 이번엔 자신이 식사를 하는 장소인 계곡을 살펴보았다.

힘차게 쏟아지고 있는 폭포수.

보는 것만으로도 시원스러워 보인다.

그렇게 계곡을 아무 말 없이 살펴보던 베스렐은 문득 누군가 한 사람의 얼굴이 떠올랐다.

금발의 아름다운 얼굴. 생각하는 것만으로도 입가에 미소를 짓게 만드는 그녀.

'리렌시아…… 한번 잘 있나 살펴볼까? 조금 걱정이 되네. 아마 지금도 저택에서 내가 돌아오기만을 기다리고 있을 텐데 말이야.'

너무 오래도록 타지에 머물고 있는 베스렐이다.

그는 작년 겨울에 레드 드래곤과의 싸움으로 몸을 꼼짝도 할 수 없었을 때 상단전의 힘을 통해서 리렌시아에게 뜻을 보낸 적이 있었다.

그 후로 한차례 더 뜻을 보냈었는데 베스렐은 그때도 상단전을 통해 뜻을 보냈다. 왜 그렇게 했냐 하면 실험을 몇 번 해 보니 상단전을 통해 뜻을 보내는 게 6써클에 있는 텔레파시 마법처럼 그 뜻을 정확히 상대에게 전해 준다는 것을 알게 되었기 때문이다.

어쨌든 결국 베스렐은 리렌시아에게 반년이 훨씬 넘는 기간 동안 단 두 번밖에 연락을 보내지 않은 것이다.

'어쩌지? 그냥 한번 봐 볼까?'

베스렐은 지금 이곳 공유계에서 리렌시아가 있는 갈루안스 성을 한번 살펴보아야 하나 말아야 하나 고민이 들었다. 잠시 어찌할까 생각을 하던 그는 곧 고개를 가로저었다.

'에이, 아니야. 어차피 수련도 거의 다 끝났으니 여기서 괜히 마음이 뒤숭숭하게 보지 말고 그냥 가서 직접 보자. 그게 좋아. 그게 마음 편해.'

결국 그리운 사람은 여기서 볼 게 아니라 직접 가서 만나 보는 게 좋겠다고 판단을 내린 베스렐이다.

마음이 뒤숭숭해지려고 하자 그는 시선을 돌려 저 멀리 어딘가를 바라보았다.

공유계는 무한의 공간이지만 무언가를 보겠다고 마음을 먹으면 아주 멀리에 있는 곳도 가까이에서 보는 듯 뚜렷이 볼 수가 있었다.

'으음, 저기가 그곳으로 통하는 구멍인 건가?'

베스렐 자신의 자아계처럼 회오리를 이루고 있는 회색빛의 공간이었다. 자아계가 블랙홀이라면 지금 베스렐이 바라보고 있는 곳은 그레이 홀이라 할 수 있었다.

'천상계……'

속으로 천상계라는 단어를 강하게 떠올려 본다.

‘저곳 그레이 홀을 지나면 신계나 마계, 정령계, 또는 사요계라고 하는 세계에 갈 수 있을 거야. 으음, 한번 가서 구경을 해 보고 싶은데…… 하지만 그건 너무 위험한 일이겠지? 뭣 모르고 들어갔다가는 다시 이곳 공유계로 돌아오지 못할 수도 있으니까.’

마법사의 호기심이 강렬하게 인다.

하지만 참았다.

천상계는 신들이 머무는 곳이다. 아니, 꼭 신들뿐만이 아니고 정령이나 기타 신적인 힘을 지닌 어떤 초월의 존재들이 함께 머무는 곳이다. 지금 베스렐이 오행신성령의 경지를 이루며 거의 절대자와 같은 힘을 얻었다고는 하지만 함부로 천상계에 들었다가는 어찌 될지 알 수 없는 일이었다.

‘으웅?’

무슨 일일까?

한참 천상계에 대해 생각하고 있는 그때, 베스렐의 신경을 건드리는 무언가가 갑자기 나타났다.

그것은 간질간질한 느낌이었다.

‘뭐지?’

베스렐은 고개를 한번 갸웃거리더니 곧 왼편으로 시선을 주었다. 저 멀리 어딘가에서부터 미약한 느낌이 전해져 오고 있다. 아니, 그 미약함은 순식간에 큰 느낌으로 다가왔다.

우우우우우웅.

아스트랄계가 크게 진동을 하기 시작했다. 누군가 아스트랄계에 새로 그 모습을 드러낸 것이었다.

'누구지? 나 말고 어느 누가 이곳 아스트랄계를 출입할 수가 있는 것이지?'

호기심이 일었다. 아스트랄계를 출입할 수 있는 능력은 중간계의 절대자라는 드래곤이라고 해도 결코 쉬운 일이 아니었던 것이다.

'좋아, 가 보자.'

마음의 결심이 서자 오행신성령으로 이루어진 그의 신형은 공간 속으로 스며들어 갔다.

*　　　*　　　*

처음 보는 녀석이었다.

생김새를 얘기해 보라고 하면 무한비만중과 비슷하다고 말할 수 있었다. 크기가 무려 70미르를 넘어가고 있었고 형체는 검은 안개처럼 흐느적거리고 있었던 것이다.

'처음 보는 녀석인데……. 으음, 한데 이거 이상하게도 느낌이 더러운데? 이 시커먼 녀석을 보니 아주 기분이 나빠지려고 해.'

불꽃 모양의 주름이 조금씩 일그러진다.

이상했다. 베스렐 그의 마음속에 이해할 수 없는 적개심이 들어차기 시작했는데 그건 예전 레드 드래곤을 만났을 때보다 더한 적개심이었다.

적개심이 든다면 다 그만한 이유가 있을 터.

기다려 보기로 했다. 무한비만증이 감히 겁도 없이 아버지로 형체를 변신했던 것처럼 저 검은 안개와 같은 것도 서서히 어떤 형체를 이루기 시작한 것이다.

스물스물.

흐느적거리던 것들이 모여든다.

숨을 몇 번 내쉴 정도의 짧은 시간이 지나간 후, 마침내 그것은 온전한 형태를 갖추었다.

"……."

아무 말 없는 베스렐.

두 눈이 조금 커진 게 아무래도 뭔가 충격을 받은 듯한 모습이다.

―크르르릉! 너냐? 네가 무한비만증의 저주를 깬 당대의 갈루안스 가의 주인이냐?

상대에게서 뜻이 전해져 왔다.

베스렐 자신을 알고서 찾아온 것이다.

이 아스트랄계에 자신을 알고서 찾아올 자는 그놈밖에 없었다. 무한비만증을 알고 있고 또한 자신이 갈루안스 가의 사람임을 알고 있는 녀석은 그 하나뿐이었다.

―크르르르르릉.

50미르에 육박하는 거대한 몸체.

등 뒤에는 커다란 날개가 달려 있고 전신은 베스렐의 오색 빛깔과는 다르게 온통 시커먼 빛으로 이루어져 있었다.

저택에 있는, 몽타주에 그려진 그 죽일 놈과 똑같이 생긴 녀석이었다. 지금 베스렐의 앞에 서 있는 녀석은 고룡인 카스트리온인 것이었다.

—흐흐흐.

음침한 웃음소리가 저도 모르게 흘러나온다.

베스렐은 너무나 기뻤다.

너무 기뻐 웃음이 그치질 않는다.

—흐흐흐흐흐, 좋아, 좋아.

보고 싶은 녀석이었다. 정말 너무도 보고 싶은 녀석이었다.

몽타주가 아닌, 상상 속의 모습도 아닌, 실제로 볼 수 있기를 밤마다 꿈꾸었다. 물론 이곳은 아스트랄계인지라 육신이 존재치 않는다. 하지만 중요한 것은 베스렐이 현재 놈의 영혼을 보고 있다는 것이다.

정신체의 모습을 하고 있는 카스트리온.

베스렐에게 있어서는 껍데기라고 할 수 있는 육신보다는 그 정신체가 더 중요한 것이었다.

—크르릉. 뭐 하는 거냐?

우르르르릉.

푸르른 공간에 천둥소리가 일었다.

카스트리온은 상대가 자신의 물음에 대답은 하지 않고 계속해서 음침스러운 웃음만 짓자 큰 소리로 다시 한 번 물었다.

—내가 물었다. 너는 갈루안스 가의 당대 주인이냐?

—흐흐흐, 그래. 내가 당대의 갈루안스 가의 주인이야. 네 놈이 건 무한비만중으로 인해 가문의 선조들은 다 일찍 마나의 품으로 돌아가셨고 나는 지옥의 다이어트를 해야 했지. 너는 잘 모를 거야. 내가 얼마나 힘들게 살아왔는지를. 휴우우, 진짜 힘들었어, 살기 싫을 정도로 말이야.

베스렐은 녀석의 간단한 물음에 길게 대답해 주었다.

잘 들어 보면 그 긴 대답 속에는 한이 맺혀 있음을 알 수 있었다. 생각할수록 열이 받는다. 과거의 기억을 떠올리면 악에 받치는 그런 것만이 남는다.

베스렐은 화가 나는 마음을 안으로 삼켰다. 그리고 오른손을 느릿하게 들어 올렸다.

새하얀 빛을 띠우는 오른손.

금황진기의 힘이 머물러 있는 그 오른손은 곧 오행진결상에 있는 다른 네 가지의 기운을 함께 발하기 시작했다. 손은 새하얀 빛이지만 다섯 개의 손가락에는 오행진기의 기운이 하나씩 들어차기 시작하는 것이었다.

우우우우우웅.

그의 오른손이 눈에 띄게 떨리기 시작했다.

불길한 느낌.

─뭐…… 뭐냐?

카스트리온은 상대의 기세가 심상치 않음을 느끼고는 뒤로 조금 물러섰다. 베스렐은 녀석이 지금 한 물음에도 친절히 대답을 해 주었다.

─흐흐흐, 뭐냐고? 정말 몰라서 그러는 거야? 나는 너하고 친하지가 않아. 나의 마음속에는 온통 너를 죽이고 싶다는 마음 하나뿐이지. 그렇다면 이제부터 내가 할 만한 게 뭐가 있을까?

─그…… 그렇다면……?

─흐흐, 그래, 그거야. 이제는 너를 죽이는 일만 남은 거지.

─뭐, 뭐라고? 이 하찮은 인간 놈이……! 네가, 네가 나를 이길 수 있을 거라 생각하느냐?

말은 당당하다. 하지만 카스트리온의 몸은 스스로도 모르게 조금 더 뒤로 물러섰다. 그는 베스렐의 말에 알 수 없는 불안감이 들어 용언의 힘을 사용해서는 즉시 몸에다가 절대의 방어막을 둘렀다.

'으음…….'

뭔가 이상하게 돌아가고 있었다.

지금의 이 상황은 카스트리온이 생각하기에 아주 잘못된 것이었다. 그가 이곳 아스트랄계에 온 이유는 무한비만증의 저주를 깬 갈루안스 가의 인물을 죽이기 위함이었다.

그것도 압도적인 힘으로 죽이는 것이다. 지금처럼 뒤로 물러서는 것은 처음 계획에는 없었다. 뒤로 물러서는 것은 고룡의 체면에 손상이 가는 일이지 않은가.

하지만 물러서지 않을 수가 없는 게 상대가 내뿜는 기세가 장난이 아니었다.

우우우우우우웅.

아스트랄계가 크게 떨리기 시작했다.

베스렐이 내뿜는 살기에 크게 놀라는 푸르른 공간이다.

'저…… 정말 무서운 살기로구나……!'

긴장감이 일었다. 고룡인 자신과 비슷한 힘이었다.

아니, 솔직히 잘 모르겠다. 상대가 자신과 비슷한 힘을 지니고 있는 건지 아니면 더 강한 힘을 지니고 있는지. 안개에 휩싸인 듯 갈루안스 가 인물의 무력이 보이질 않았다.

그에 반해 베스렐은 똑똑히 볼 수 있었다.

상대의 무력과 자신의 무력을 비교할 수 있었다.

'나보다 약해. 오행신성령의 경지에 이른 나는 카스트리온을 충분히 죽일 수 있어. 놈이 신이 되지 않는 이상엔 나의 승리야.'

―흐흐, 간다. 한번 잘 막아 보라고.

마침내 베스렐의 오른손에 모인 다섯 줄기의 빛이 카스트리온을 향해 폭사되어 날아갔다.

슈아아아아악.

콰쾅!

하늘에서 떨어져 내리는 벽력성보다도 더 큰 굉음이 아스트랄계를 울렸고 그 굉음의 주인공인 카스트리온은 뒤로 멀찍이 날아갔다.

―크윽!

신음성을 내뱉는 카스트리온.

거대한 몸체에 두른 절대의 방어막은 베스렐의 단 한 번의 공격에 그대로 부서져 나갔고 그 공격은 카스트리온의 정신체에까지 충격을 안겨 주었다.

―이…… 이 죽일 놈의 인간이……!

자존심이 상했다. 드래곤의 정신체가 인간의 정신체에 얻어맞다니.

―좋다, 이놈!

공격과 방어라는 측면을 보자면 당연히 공격이 유리한 것이었다. 카스트리온은 흔들리는 정신체를 빠르게 안정시키면서 이번엔 자신이 먼저 공격하기로 마음먹었다. 하지만 그전에 베스렐의 공격이 또다시 이어졌다.

슈아아아아악.

빗살처럼 날아가는 것은 조금 전과 같은 오색 빛깔의 기운이었다.

퍽! 퍽! 퍽! 퍽! 퍽!

―크아아아아아아앙―!

우르르르릉.

고통에 찬 고룡의 괴성이 아스트랄계를 진동시켰다.

―오호, 전력을 다했는데도 안 죽네?

조금 놀랐다는 표정을 짓는 베스렐.

지금 카스트리온의 정신체에는 다섯 개의 구멍이 나 있었다.

가슴에 하나, 배에 둘, 그리고 허벅지에 하나씩이었다.

그 구멍들로 인해 카스트리온의 힘은 많이 약해지게 되었다. 정신체가 손상을 입었다는 것은 원천의 힘이 약해졌다는 것을 의미하기에 만일 카스트리온 그가 중간계로 다시 돌아간다면 그곳에서도 힘이 약해진 상태로 변해 있을 것이다.

―흐흐흐흐, 좋아, 좋아. 방금 전에 그것도 최선을 다한 공격이었지만 이번에는 더 크게 힘을 내서 한번 공격해 보마. 네놈의 정신체를 이곳 아스트랄계에서 소멸시켜 주지.

베스렐은 고통에 몸부림을 치고 있는 카스트리온을 향해 느긋이 다가갔다. 걸음은 느렸지만 얼굴 표정만큼은 카스트리온을 당장이라도 씹어 먹을 듯이 아주 무섭게 한 채로 다가갔다.

―크르르릉, 크으윽.

카스트리온의 광기에 젖어 있는 눈동자가 잘게 떨린다.

위기 상황이었다. 잘못하면 죽을 수가 있었다.

카스트리온은 베스렐이 다가오자 정신체에 이는 고통을 참아내며 지금의 이 위기 상황을 어떻게 극복해 낼지 생각했다.

'크으윽. 미…… 믿기 힘든 일이지만 저놈은 나보다 강한 녀석이야. 거…… 거기다 저 녀석은 어찌 된 일인지 이……

이곳 아스트랄계에서 싸우는 일이 익숙해 보여.'

아스트랄계.

이곳은 물질계인 중간계와 다르다.

마법이나 무공 같은 힘을 이곳에서 사용하고자 하면 사용할 수도 있겠지만 이곳은 그러한 힘보다는 의지의 힘이 훨씬 중요한 곳이었다. 강력한 의지를 일으켜 자신이 가지고 있는 원천의 힘을 다양한 형태로 구체화시켜 공격을 가할 수가 있는 것이다.

방금 베스렐이 사용한 공격들은 그가 지닌 오행진결이라는 이름의 힘을 그의 의지로 변화를 시켜 공격한 것이었다. 좀 더 구체적으로 말하자면 순수한 오행의 기운들이 사멸이란 이름의 다섯 가지 기운으로 바뀌어 카스트리온을 공격한 것이었다.

그리고 방금 카스트리온도 베스렐을 공격하려 마음먹었을 때는 용언을 펼쳐서 공격을 하려고 했었는데 이 용언이라고 하는 것은 의지의 힘과 다름이 아니었다. 하지만 그가 용언을 사용하기도 전에 계속해서 베스렐이 먼저 공격을 해 오고 있는 것이었다.

'크으윽. 여기를…… 여기를 빠져나가야겠어.'

카스트리온은 정신체에 이는 고통을 이겨 내며 아스트랄계를 빠져나갈 궁리를 해 보았다.

'내게 원한이 극에 달한 녀석이야. 내가 중간계에서 싸우

자고 하면 저놈은 들어주지 않을 거야. 여기서 나를 끝장내려 할 거야. 그렇다면 저놈보다 먼저 공격을……'

머릿속에 여러 가지 공격 기법들이 떠오르는 카스트리온.

하지만 왠지 공격은 통하지 않을 듯싶었다.

처음엔 몰랐는데 자신의 검은빛을 내는 정신체하고 상대의 오색의 빛이 흐르고 있는 정신체하고는 뭔가가 달랐다.

다른 게 무엇인지 말해 보라고 하면 그건 간단했다.

완전과 불완전의 차이였다.

오색 빛의 정신체는 왠지 완전해 보였고 자신의 검은 빛의 정신체는 불완전하게 느껴졌다. 전에는 그러한 느낌을 갖지 못했는데 오색 빛깔의 정신체를 보게 되니 그런 생각이 문득 떠오르게 되었다.

'공격은 안 돼.'

카스트리온은 속으로 고개를 가로저었다.

'통하지 않아. 저 오색 빛깔의 정신체에게는 일반의 공격은 조금도 먹히지 않아. 으음, 다른 방법을 찾아야 해. 공격이 아닌 내가 빠져나갈 수 있는 다른 방법을……'

시간을 조그만 벌면 되는데…… 정신체가 다시 중간계로 가기 위해서는 몇 초의 짧은 시간만 주어지면 되는데…… 하지만 그 시간을 벌기가 쉽지 않아 보였다.

머리를 쥐어짰다.

상대는 점점 가까이 다가오고 있었고 자신에게 시간은 그다지 많지가 않았다.

'크으윽. 그래, 그렇게 하자.'

목숨을 부지할 수 있는 최선의 선택.

카스트리온의 광기에 젖은 검은 눈동자에 빛이 일었다.

하지만 그러한 눈빛을 베스렐은 충분히 읽고 있었다.

녀석의 속마음을 정확히 읽을 수는 없었지만 녀석이 선택할 수 있는 방법은 그다지 많지가 않은 것이었다.

--흐흐, 내게는 그 어떤 수작도 통하지 않아. 너는 여기를 절대 빠져나가지 못해. 감히 나의 가문에 무한비만증이라는 지저분한 저주를 건 네 녀석, 절대 용서 못해. 네 녀석을 아주 잘근잘근 씹어 먹어 버리겠어.

베스렐은 그동안 숱한 대련과 생사를 결하는 싸움을 통해서 한 가지만큼은 확실히 깨닫고 있었다. 그건 상대보다 먼저 공격을 하는 게 유리하다는 것이다.

선수 필승(先手必勝).

특히나 절대의 능력을 가진 자들끼리는 상대보다 먼저 공격을 가하는 게 절대적으로 유리했다. 공격은 방어보다 유리한 것이었고 또한 그 공격한다는 행위 자체는 방어와 같은 효과를 가지고 있는 것이다.

그 깨달음을 베스렐은 실천에 옮겼다.

스윽.

다시 오른손을 들어 올렸다.

아스트랄계는 의지의 힘이 강하게 작용하는 곳.

뜻이 일면 최강의 공격은 즉시 발동이 되어 적을 향해 나아간다.

슈아아아아악.

조금 전보다 더욱 강력해진 오색의 빛이다.

카스트리온은 몸을 비틀며 그 공격을 모두 왼쪽 허벅지 하나로 막았다.

퍽! 퍽! 퍽! 퍽! 퍽……!

─크아아아앙─!

고통에 찬 비명성이 쩌렁쩌렁 울린다.

카스트리온의 왼쪽 다리는 그 순간 사라지고 말았다. 하지만 그는 다리에 이는 참기 힘든 고통을 억지로 참아 내며 베스렐을 향해 공격을 가했다.

─저…… 절대의 방어막이여, 저자를 감싸라!

용언의 힘이, 의지의 힘이 발휘되었다.

그러자 순간적으로 투명한 막 하나가 베스렐의 몸을 둥그렇게 감싸 안았다.

후화아아아악.

'으응?'

베스렐은 어리둥절한 표정을 지었다.

이게 무슨 짓이란 말인가?

자신의 몸을 보호해야 할 방어막을 왜 남의 몸에 펼치는 것일까? 하지만 그 같은 의문은 곧 풀렸다.

—저…… 저 죽일 놈의 새끼가 감히……!

조금씩 흐느적거리기 시작하는 카스트리온.

그는 처음 이곳에 모습을 드러냈을 때처럼 다시 검은 연기로 변해 가고 있었다. 그는 지금 아스트랄계를 벗어나기 위해 베스렐의 몸 주위에다가 절대의 방어막을 두르고는 재빨리 다시 용언이란 이름의 의지를 일으키고 있는 것이었다.

—안 돼! 너는 도망갈 수 없어!

베스렐은 얼굴을 악귀처럼 일그러트리더니 즉시 의지를 일으켜 자신의 몸을 감싸고 있는 절대의 방어막을 부수었다.

샤라라라라라라랑.

콰쾅! 쩌저저정!

오행신성령에서 빛이 크나크게 일자 절대의 방어막은 벽력성을 내며 그대로 소멸하고 말았다. 가히 절대적인 힘이라고 할 수 있었다. 하지만 조금 늦은 듯했다.

카스트리온은 베스렐이 절대의 방어막을 부수는 그 사이 거의 공간 속으로 스며들어 가고 있었던 것이다.

—크으윽. 주…… 중간계에서 보자! 그때는…… 그때는 지금처럼 당하고만 있지 않을 것이다.

분노에 찬 뜻이, 가만두지 않겠다는 그런 뜻이 베스렐의 머리를 강타했다. 그러자 다급해진 베스렐이다.

—못 간다고, 이 개자식아……!

오른손이 들린 것은 찰나였고 그 오른손의 다섯 손가락에서 전파는 비교할 수 없을 정도의 강렬한 빛이 피어 나와 카스트리온의 전신을 휩쓸었다.

슈아아아아악.

픽! 픽! 픽……!

약한 소음. 카스트리온은 약간의 충격만을 입은 채 그대로 중간계로 돌아가고 말았다.

―이이…… 이게……?

망연자실한 표정을 짓는 베스렐.

원수를…… 하늘 아래 같이 존재해서는 안 되는 그런 철천지원수를 눈앞에서 놓치고 말았다.

뭐가 잘못되었던 것일까?

방심한 것은 결코 아니었는데…… 이곳 아스트랄계에서 놈을 소멸시킬 수 있을 거라고 생각했는데…….

허탈한 마음을 차분히 하고 분석을 해 보았다.

그러자 곧 한 가지 결론에 이를 수 있었다.

싸움이라고 하는 것은 둘이 부딪쳐야 일어나지 한쪽이 피하면 소용이 없는 것이었다. 특히나 절대자들 간의 싸움에 있어서 한쪽이 도망을 치겠다고 마음을 먹으면 그건 막기가 정말 힘든 일이라 할 수 있었다. 만약 싸움이 시작된다면 최강의 공격으로 정신없이 몰아붙여야 했다.

―으드득.

이를 가는 베스렐.

그의 얼굴 표정이 더할 수 없을 정도로 흉악하게 일그러져 간다. 이제는 어쩔 수 없이 중간계에서 놈을 끝장낼 수밖에 없게 되었다. 그 수밖에 없었다.

베스렐은 흥분된 마음을 빠르게 가라앉혔다.

그리고 생각했다.

'방금 그 개자식이 떠나기 전에 중간계에서 보자고 했지? 좋아. 내가 있는 곳을 파악한 듯하니 그곳에서 기다려 주지. 거기서 끝장을 내 주겠어.'

우우우우우웅.

오행신성령의 몸이 그의 마음을 대변하기라도 하는 듯 크게 공명음을 만들기 시작했다. 다음엔 자신이 좀 더 힘을 써서 기필코 카스트리온 그놈을 끝장내 버리겠다고 신호를 보내오고 있는 듯했다.

'다음에 만날 때는 절대로 놓치지 않아. 절대로……!'

차갑게 느껴지는 오색의 눈동자.

베스렐은 한동안 푸르른 아스트랄계에서 그의 원수에 대해 생각했다.

Chapter4
뜻밖의 만남

"크아아아아아앙!"

드래곤의 피어가 넓은 지하 광장에 울려 퍼졌다.

카스트리온은 아스트랄계에서 빠져나오자마자 저도 모르게 그렇게 피어를 터트리고 말았다.

자신이 그곳 아스트랄계에서 인간의 정신체에게 두드려 맞고 왔다는 사실이 너무도 화가 나 미칠 것만 같았다. 하지만 피어를 발산하는 일은 쓸데없는 힘의 낭비였다.

지금은 몸을 치료해야 했다.

베스렐이 오행신성령의 기운으로 내쏜 공격은 그의 정신체에 크나큰 타격을 주어 시간이 흐르면 흐를수록 그 상처는 더욱 크게 벌어질 것이다.

"크으윽!"

크나큰 아픔이 전해져 온다.

아픔은 전신에서 오고 있었지만 특히나 허벅다리 부근에서 강하게 밀려오고 있었다. 참기 힘든 고통. 그 허벅다리는 상대의 마지막 공격을 모두 다 받아 낸 부위다.

카스트리온은 고개를 뒤로 돌려 자신의 왼쪽 허벅다리를 보았다.

“크르르릉. 이…… 이런……!”

심각한 표정을 짓는 카스트리온.

검은빛의 드래곤 스케일은 그 빛을 잃어버렸다. 또한 그 안은 썩어 들어가고 있었는데 아무리 보아도 일반의 치료 마법으로는 회복이 불가능해 보였다.

한번 7써클의 회복 마법을 펼쳐 보았다.

“리커버리!”

화아아아아악.

새하얀 치유의 빛이 그의 썩어 가는 부위로 다가가 즉시 치료를 하기 시작했다. 하지만 처음 예상했던 대로 반응은 신통치가 않았다. 아니, 아예 반응이 없었다. 다리의 상처는 전혀 치료가 되지 않았다.

“크으윽.”

아픔이 다시 전해져 온다.

썩어 들어가는 고통.

카스트리온의 검은 눈동자가 광기의 빛을 살짝 띠우더니

곧 무언가를 결심한 듯 두 눈을 감았다.

9써클에 속하는 치료 마법을 용언의 힘을 빌려 치료할 결심을 한 것이다. 곧 그의 입에서 용언의 힘이 깃든 말이 흘러나왔다.

"리저렉션!"

후화아아아아아악.

보는 것만으로 마음을 편안하게 해 주는 밝고도 밝은 황금색의 빛이다. 부활의 마법이었다. 소생의 마법이었다.

리저렉션의 빛은 썩어 가고 있는 카스트리온의 허벅다리에 머물러서는 자신의 힘을 쏟아 붓기 시작했다. 그러자 잠시 후에 썩어 들어가는 속도가 줄어든다.

하지만 그뿐이다.

"크으윽. 저…… 정말 지독한 공격이었구나. 리저렉션을 용언의 힘으로 사용하는데도 불구하고 치료가 안 되다니……."

사멸(死滅)의 의지였다.

베스렐은 카스트리온을 공격할 때 오행진결의 상극결을 이용했다. 오른손 다섯 손가락에 그 상극결의 힘을 담았고 나중에 기운을 내쏘기 직전 사멸하라는 그런 의지를 또 담았다.

사멸의 의지가 그렇게 담겨져 있으니 다친 허벅다리를 완전히 치료하기 위해서는 그 의지와 비슷한 힘의 용언으로 치료를 해야 했다. 한데 문제는 지금 카스트리온의 힘이 베스렐에게 미치지 못한다는 것이었다. 정신체에 타격을 입기 전에도 힘이 모자랐는데 타격을 입은 후이니 당연히 더 힘이 달릴 수밖에 없는 것이었다.

"크으윽. 이곳 중간계에 나보다 더 강한 놈이 있을 수가 있다니……."

정말 믿기 힘든 일이었다.

고룡보다도 강한 존재가 이 세상 어딘가에 존재하고 있다는 사실. 그 사실을 어느 누가 믿으려 하겠는가. 그것도 인간이 고룡을 능가한다는데 말이다.

"크르르르릉."

카스트리온은 리저렉션의 빛이 사라진 자신의 다리를 다시한 번 바라보았다. 드래곤 스케일은 여전히 무광이었다. 번들거리는 검은빛은 사라지고 오로지 탁한 기운만이 남았다. 또한 썩는 것도 여전했다. 다만 전과 다른 점이 있다면 썩어 들어가는 속도가 현저히 줄어들었다는 점이다.

"크르릉, 아예 다리를 잘라 내 버릴까? 그리고 다시 리저렉션을 펼치는 거야."

그럴듯한 생각이다.

썩어 가는 다리를 잘라낸 뒤, 나중에 재생의 힘이 담겨져 있는 리저렉션을 펼치면 잘려진 다리는 다시 복구가 될 터였다.

하지만 그건 일반적인 공격에 당했을 경우다.

카스트리온은 곧 고개를 좌우로 흔들었다.

"크르르릉. 아니야, 아니야. 그렇게 해 봤자 아무 소용이 없어. 사멸의 의지는 나의 정신체에 남아 있어. 다시 재생 마법을 펼쳐 봤자 정신체에 남겨져 있는 사멸의 의지가 새로 생겨난 그 다리를 다시 썩어 들어가게 만들 거야."

아무리 생각해 봐도 방법이 보이지 않았다.

방법이 있다면 그건 오직 하나뿐.

"으음, 어쩔 수 없군. 새로운 세계를 여는 것을 좀 더 빨리 하는 수밖에. 내가 새로운 세계의 주인이 된다면 이까짓 사멸의 의지쯤은 단번에 없애 버릴 수가 있지."

새로운 세계의 주인이 된다는 것.

그것은 신이 된다는 말과 다름이 아니었다. 만약 그의 말대로 신이 된다면 당연히 베스렐이 입힌 정신체의 타격을 쉽게 치유할 수가 있을 것이다.

카스트리온은 시선을 돌려 광장의 주위를 살펴보았다.

사방에 있는 13개의 유리관.

그리고 그 안에 들어가 있는 이종족들.

모자란다. 줄루족은 괜찮지만 데빌족과 엘프족의 녀석은 더 있어야 했다. 아니, 혹시 모르니 줄루족도 더 있어야 했다.

"크르르릉. 나의 권속이 된 그 녀석들이 빨리 잡아 가지고 와야 할 텐데…… 일단은 텔레파시로 다시 한 번 연락을 넣어야겠군. 그리고 으음, 그래. 그 녀석을, 그 인간 놈을 그냥 이대로 내버려 둘 수는 없어."

자신을 상처 입힌, 인간을 초월한 인간 같지 않은 인간.

그는 갈루안스 가의 당대 주인이다.

"그 갈루안스 가의 녀석이 아스트랄계에서는 비록 나를 힘들게 했지만 이곳 중간계에서만큼은 그렇게 큰 힘을 쓰지는 못할 거야. 강하기야 하겠지만 정신체로 있을 때만큼은 아닐 거야. 그러니 나의 권속이 된 세 녀석보고 처치하라고 시켜야 겠어. 드래곤 셋이 합공을 하면 그놈이 제아무리 강하다고 해도 충분히 죽일 수 있을 거야. 그렇다면 누구를……."

상대가 있는 곳은 대충 파악을 했다.

아스트랄계의 두 번째 세계는 공유계다. 그리고 그 공유계는 정보를 얻을 수 있는 곳이다. 의지를 일으켜 보고자 하면 세상의 큰 비밀이 아닌 이상은 어느 정도 볼 수가 있는 장소 였다.

카스트리온의 경우도 그곳에서 상대의 정보를 약간 얻을 수 있었는데 그 정보는 베스렐이 서대륙의 동남부에 머물고 있음을 알려 주고 있었다. 정확한 지점은 모르겠으나 세 종족이 연합체를 이루고 있는 펠린디온이 아닐까 싶었다.

카스트리온은 곧바로 눈을 감고는 텔레파시를 사용해 그의 권속이 된 여러 드래곤 중 세 드래곤에게 뜻을 보냈다.

지금 당장 펠린디온으로 가서 자신이 이미지로 보여 주고 있는 상대를 처치하라고 명했다. 그는 뜻을 보내고 난 뒤 다시 눈을 떴다.

"크으윽."

신음성이 다시 한 번 흘러나왔다.

허벅다리에서 느껴지는 고통은 육체의 고통이라기보다는 정신에 이는 고통이라 할 수 있었다. 정신체가 타격을 받은 것이라 마법으로 고통을 줄일 수는 없었다.

"크르르릉. 반만년이라는 긴 세월을 살아왔지만 이와 같은 고통을 느끼기는 난생처음이군."

너무 생소했다.

카스트리온 그는 남에게 고통을 준 적은 수도 없이 많았지만 자신이 고통을 느끼기는 태어나 처음이었다. 그는 그게 너무도 생소해 잘 적응이 되지 않았다.

"시간을 아껴야 하는데…… 세 녀석을 펠린디온으로 보냈으니 이종족들을 구해 오는 데 시간이 약간 더 걸리겠어. 하지만 어쩔 수 없지. 놈을 지금 당장에 죽이지 않으면 내가 위험해지니까. 크르릉, 정말 아깝군. 그 어린 녀석들이라도 있었으면 좋았겠는데 말이야. 부스타그린이나 브로스 이 녀석들도 권속으로 만들어 일을 시키면 좀 수월할 텐데 아무리 연락을 해도 응답이 없으니."

카스트리온은 이곳 지하 광장에 자리를 잡은 뒤, 힘이 더 강해졌다. 전에도 강했는데 이곳에서 새로운 세계를 만드는 과정에서 더욱 강해질 수 있었다.

인간이나 드래곤이나 똑같았다.

힘이 생기니 그 힘을 쓰고 싶었다.

카스트리온은 강해진 그 힘으로 드래곤 십여 마리를 자신의 권속으로 만들었다. 정신을 제압해 자신의 수족으로 부리기 시작한 것이다.

"으응, 잠깐?"

그때 무슨 일인지 카스트리온의 두 눈에 빛이 일었다.

그건 무언가를 깨달았다는 의미의 눈빛이었다.

"크르릉, 혹시 그 아이들이 갈루안스 가의 그놈에게 당한 게 아닐까? 아무리 연락을 해도 받지를 않고, 특히나 부스타그린 그 녀석은 내가 텔레파시를 보내면 즉시 연락을 해 올 녀석인데 말이야."

카스트리온의 두 눈에 의심의 빛이 떠오르기 시작했다. 그리고 그건 점점 확신의 빛으로 바뀌기 시작했다.

처음엔 단순히 이상하다고만 생각했었는데 그게 아스트랄 계에서 만난, 그 인간 같지 않은 인간과 연관 지어서 생각을 해 보니 비로소 이해가 갔다.

"크르르릉. 맞아, 틀림이 없어. 그놈이야. 작년에 연락이 끊긴 아스린도 그놈이 어떻게 한 게 틀림이 없어."

흐트러진 퍼즐이 서서히 제자리를 찾아가는 기분이다. 하지만 퍼즐이 완성이 되었다고 해서 어떤 변화가 생기는 것은 아니었다. 오히려 가슴만 답답해져 왔다.

중간계에서 드래곤을 죽인 자다.

아스트랄계에서의 상황하고는 다른 것이다.

'설마 그놈이 세 드래곤을 처치할 수는 없겠지? 그래, 그럴 거야. 틀림없어. 하나라면 모를까 세 드래곤이 함께 힘을 쓰는 일인데……'

마음속으로 괜찮을 거라고 생각을 해 본다.

하지만 왠지 모를 불안한 마음이 그의 드래곤 하트를 계속해서 두근거리게 만들었다. 결국 카스트리온은 세 드래곤에게 한 번 더 텔레파시를 보내고야 말았다.

*　　　*　　　*

브로스는 그린 드래곤으로서 올해 1,003세가 된 녀석이다.

이제 갓 성년이 된 어린 드래곤인 것이다.

1,003세라면 한창 대륙을 돌아다니며 마음껏 뛰어놀아야 할 그런 나이이지만 요즈음 들어 브로스는 점점 초조한 마음이 들고 있었다.

그 이유는 부탁 받은 일을 제대로 완수하지 못하고 벌써 7개월째 헛고생만을 하고 있었기 때문이다.

가끔 신호가 오고 있었다.

그 신호는 고룡인 카스트리온이 보내 온 텔레파시 마법이었다. 하지만 브로스는 그 텔레파시를 받지 않았다. 받을 수가 없었다.

7개월이라는 긴 시간을 도대체 뭘 하며 보냈냐고 물어오면 과연 자신이 뭐라고 대답을 할 수가 있을까?

그냥 놀았다고 대답을 해야 할까?

아니다. 놀지는 않았다.

오히려 부지런히 뛰어다니며 놈을 잡기 위해 애를 썼다.

하지만 그 일은 전부 실패를 했다.

브로스가 카스트리온에게 부탁 받은 일은 줄루족의 족장이나 아니면 대장로를 잡아오는 일이었다. 하지만 브로스는 남들처럼 족장을 잡고 싶었고 그래서 줄루족이 사는 마을을 찾아가 놈들을 급습했다. 그리고 결국은 실패를 하고 말았다.

어찌나 잘 도망을 가는지 잡을 수가 없었다.

그때 브로스는 처음으로 알았다. 줄루족은 다른 종족에 비해 도망치는 재주가 탁월하다는 것을.

이제 조금 있으면 8개월째에 접어 든다.

텔레파시 마법을 통한 신호는 저번 달부터 끊겼고 이제 자신에게 남은 건 악밖에 없었다. 무슨 일이 있더라도, 세상이 무너져 내린다고 해도 줄루족의 수장을 잡는 그 일을 반드시 완수해야 했다. 반드시……

동대륙의 남부에 자리한 케시버 왕국. 그 케시버 왕국의 서부에는 두란 산맥이 있었는데 지금 그 산맥에서는 쫓고 쫓기는 추격전이 벌어지고 있었다.

사사사사사삭.

기다란 수풀이 빠르게 좌우로 갈라진다. 그리고 그 사이로 푸른빛의 뭔가가 번쩍이면서 지나갔다.

피부가 파란색인 그는 세 개의 뿔에 두 개의 눈을 가지고 있는 이종족이었다.

정확히는 줄루족의 족장이 그였다.

이름이 몽롱구링인 그는 페릴 왕국에 있는 레인 줄루족의 족장이었는데 지금 보름째 쫓기고 있는 중이었다.

"끼리릭. 괴물 같은 놈! 끝까지 따라오고 있구나."

몽롱구링은 달리는 와중에 시선을 잠깐 돌려서는 저 멀리 하늘 위를 바라보았다. 그러자 그 하늘 위에서 뭔가가 날갯 짓을 하고 있는 게 보였다.

족히 20미르는 되어 보이는 거대한 생명체.

초록빛의 피부를 지닌 그 생명체는 놀랍게도 드래곤이었고 진실한 이름은 브로스였다.

브로스는 현재 몽롱구링을 놓칠세라 악착같이 뒤를 쫓고 있었다. 둘 다 보름째 제대로 쉬지를 못하고 있는 것이다.

"끼르륵. 저놈을 어떻게 따돌려야 하나? 끼르륵. 공간에 들어가 숨고 싶은데 그렇게 했다가는 저놈에게 당장에 잡혀 버릴 테고⋯⋯. 끼르륵, 이렇게도 저렇게도 할 수 없으니 미 치겠구나."

정말 피곤했다.

마음 같아서는 공간 속으로 숨어 들어가 쉬는 시간을 가지고 싶었다. 하지만 그럴 수가 없는 게 공간을 만드는 일은 약간의 시간을 들여야 하는 그런 일인지라 잘못했다가는 드래곤에게 그대로 잡혀 버릴 수가 있었다.

시간의 싸움이다.

그리고 체력의 싸움이다.

시간을 벌 수 있고 또한 체력에서 앞서면 도망칠 수 있었지만 그렇지 못하면 어딘가로 끌려가야 했다.

"끼르륵. 근데 요새 드래곤들이 왜 나와 같은 줄루족의 수장들을 잡으려 애쓰고 있는 거지? 아니, 꼭 우리 줄루족만이 아니고 엘프족과 데빌족에게도 놈들의 마수가 닥치고 있다고 들었는데 정말 알 수가 없는 일이야."

작년부터 대륙의 이종족들 사이에서는 한 가지 소문이 돌고 있었다. 그건 드래곤이 이종족 중 엘프족과 데빌족, 그리고 줄루족의 마을을 급습하고 있다는 소문이었다.

무슨 일인지는 모르겠지만 드래곤 몇 마리가 각 종족의 수장들을 납치한다고 했다.

뭉룽구링은 그런 소문을 듣고는 내심 조심을 하였다.

그는 세상이 요새 들어 이상하게 돌아간다는 것을 느끼고 있었다. 줄루족의 감은 상당히 뛰어난 편인데 그 감이 좋지 않았다. 세상이 좋지 않은 쪽으로 변화하려 함을 본능적으로 알 수 있었다.

그리고 그러한 일 뒤에는 드래곤이 자리하고 있었다. 녀석들이 세 종족의 수장들을 납치하는 게 아무래도 세상이 흔들리고 있는 일과 어떤 연관이 있는 것 같았다.

그때다. 하늘 위에서 갑자기 괴성이 터져 나왔다.

"크아아아아아아아앙―!"

우르르르릉.

벽력성이 크게 일었다. 피어였다.

하늘 위의 브로스는 몽롱구링의 번개와도 같은 움직임을 조금이라도 늦추게 해 보려고 그렇게 공포를 부르는 피어를 발산한 것이다. 하지만 몽롱구링은 아무렇지도 않은지 계속해서 치달려 나아갔다.

"끼르륵. 그런 것은 이제 내게 통하지가 않아. 다 대비를 하고 있으니까."

피어는 뭇 생명체들을 패닉 상태로 몰고 간다. 그것은 힘이 강한 자들에게도 영향을 미치는데 몽롱구링의 경우는 브로스의 피어를 보름간 수도 없이 맛본 상태라 이제는 적응이 되었다. 몸속의 요력이 그의 전신을 보호하고 있는 것이다.

"몽롱구링……! 이 비겁한 놈아! 그렇게 도망만 가지 말고 나와 싸우자. 네가 스스로 진정한 사내라 여긴다면 나와 정정당당하게 붙어 보자!"

브로스가 하늘 위에서 메시지 마법으로 도발의 뜻을 보냈다. 그러자 몽롱구링이 요법을 이용해 뜻을 보냈다.

"끼르륵. 헛소리! 내가 왜 너하고 싸워야 하느냐? 그만 너는 네 길을 가라. 나를 쫓는 일은 포기해라! 나는 절대로 잡히지 않겠다!"

서로의 입장은 변함이 없었다.

하나는 쫓고 하나는 계속 도망을 쳐야 했다. 하지만 시간이 지날수록 불리한 것은 몽롱구링이다.

벌써 보름째 아무것도 먹지 못하고 도망만 치고 있으니 체력적으로 많이 지친 상태다.

몽롱구링은 생각했다.

자신이 어떻게 하면 브로스의 손에서 벗어날 수 있는지 그 방법을 생각했다.

'으음, 내가 살 수 있는 방법은 모두 두 가지야.'

보름간 브로스에게 쫓기면서 생각하고 또 생각한 목숨을 잇게 하는 방법.

'첫 번째는 시간을 벌어 공간의 문을 연 뒤, 그 안에 들어가 숨는 것이야. 그리고 두 번째는 저놈을 쓰러트리는 거야. 하지만 둘 모두 현재로서는 힘들어. 누군가가 도와줘야지만 할 수 있는 방법들이야. 그리고 그 도움을 줄 수 있는 자는 역시 강자일 수밖에 없지. 인간의 대마도사나 소드 마스터, 그리고 다른 이종족의 수장들과 힘을 합하면 저 어린 드래곤을 쓰러트릴 수 있을지도 몰라.'

드래곤을 죽이는 일이나 그에게서 벗어나는 일은 약한 자의 도움이 아닌 강자의 도움을 필요로 했다.

'으음, 역시 그들이 좋겠지?'

몽롱구링의 시선이 저 멀리에 보이는 어느 지점으로 향했다. 두란 산맥과 연결되어 있는 또 다른 산맥.

그 이름은 드래곤 산맥이다.

'예전에 몇 번 가 본 적인 있는 펠린디온. 그곳에 있는 하이엘프와 수인족의 족장들이라면 시간을 벌 수 있을 거야. 아니, 그들과 힘을 합치면 어쩌면 뒤에서 쫓아오고 있는 저놈을 죽일 수 있을지도 몰라. 녀석의 나이가 어리니 혹시 모르는 거야.'

결국 마음의 결정이 내려졌다.

이제부터는 전력을 다해 드래곤 산맥 너머에 있는 펠린디온으로 가자고. 그곳에서 끈덕지게 따라붙는 그린 드래곤을 어떻게든 해결해야겠다는 그런 결심을 하게 되었다.

'좋아, 가자!'

마음을 정하고 나니 몽롱구링의 신형은 섬전이 되어 앞으로 쏘아져 나아갔다.

쉬이이익.

＊　　＊　　＊

때는 10월의 말이었다.

시간은 언제인지도 모르게 그렇게 흘러갔다.

베스렐은 안개의 산에서 나오자마자 고개를 들어 하늘을 바라보았다.

푸르른 하늘. 그 하늘에는 뭉게구름들이 두둥실 떠다니고 있어 평화로운 분위기를 연출하고 있었다.

정말 괜찮은 날씨다. 하지만 베스렐은 별로인 모양이다.

그의 미간에 자리한 불꽃 모양의 주름은 시간이 지날수록 점점 일그러져 갔다.

"흐음, 대기의 기운이 점점 심하게 떨리고 있군."

날씨는 좋았지만 그건 겉모습일 뿐이었다.

우우우우웅.

대기의 기운이, 세상 속에 잠들어 있는 마나가 마법을 사용하지 않는데도 불구하고 작게 울음소리를 낸다. 그건 힘들다는 의미의 울음소리다. 제발 자신을 편안하게 해 달라는 의미의 울음소리다.

좋지 않은 변화. 베스렐은 그 변화가 왜 일어나고 있는지 이제는 잘 알고 있었다.

'균형이 깨지고 있어. 태초의 의지가 정한 균형과 법칙을 어떤 개자식이 흔들고 있는 거야. 그리고 그 개자식은 다른 누구도 아닌 아스트랄계에서 만났던 그 카스트리온 자식이야. 놈이 미친 짓거리를 하고 있는 거지.'

베스렐은 자신이 공유계라 이름을 지은 아스트랄계의 두 번째 세계에서 정보를 얻었다.

공유계에서 카스트리온과 싸울 때 어떤 한 가지 정보가 그의 머릿속으로 저절로 들어왔다. 구체적인 것은 잘 모르겠지만 카스트리온이 세상의 법칙을 흔들려 함은 확실히 알 수가 있었다. 물론 왜 그런 짓을 하는지는 모른다.

공유계는 전체적인 것은 알려 주지만 아주 자세한 그런 정보까지는 전해 주지 않는다. 그리고 상대가 자신이 가지고 있는 어떤 정보를 감추려 하면 그때는 전혀 알 수가 없게 된다.

'아쉽군, 그때 놈이 뭔 생각을 하고 있는 건지 의지를 일으켜 좀 더 자세히 알아볼 걸 그랬어.'

그때는 놈을 죽이겠다는 생각 하나뿐이었다. 그래서 머릿속에 들어오는 이상한 정보를 그냥 흘려 넘겼다.

'어쨌든 지금부터는 카스트리온 그 개자식을 찾아봐야 해. 그놈을 죽이지 않으면 세상이 망해. 미친놈이 미친 짓거리를 하기 전에 끝장을 봐야 하는 거지.'

이후의 행동은 안개의 산을 내려오기 전에 이미 결정이 내려진 상태다. 이제부터는 카스트리온을 찾아보기로.

한데 한 가지 예기치 못한 문제가 생겼다. 그건 카스트리온이 어디에 있느냐 하는 점이다.

'공유계에서는 놈이 어디 있는지를 찾을 수가 없었어. 놈의 이미지를 강하게 떠올려 찾아보았지만 짙은 안개에 가린

듯 보이지가 않았어. 다만 놈이 동대륙이 아닌 이곳 서대륙의 어디에 있다는 것만 알 수가 있었지.'

공유계는 세상의 정보들을 한눈에 볼 수 있는 그런 곳이기는 하지만 그건 분명히 한계가 존재하는 것이다. 카스트리온은 자신이 어디에 있는지를 누구도 볼 수 없게 의지의 힘으로 가렸다. 설혹 천상계의 신이라고 해도 절대 볼 수 없게 해 놓았다.

부스럭.

베스렐은 풀밭을 걸었다.

그러면서 놈을 어찌 찾을지 계속해서 생각했다.

'놈을 찾을 가장 좋은 방법은 역시나 놈이 스스로 모습을 드러내게 하는 것이야. 하지만…… 하지만 그때는 어쩌면 늦은 후일지 몰라. 이 세상이 돌이킬 수 없는 그런 상태가 되어 있을 수도 있어. 그렇다면 남은 방법은 카스트리온 그 개자식의 수족들이 나를 찾아오기를 기다려 그때 그놈들을 통해 알아보는 수밖에 없어. 놈이 나한테 그렇게 당하고도 가만히 있을 녀석은 아니니 분명 조만간에 누군가를 보낼 게 틀림이 없어. 만일 녀석이 내가 생각한 것과는 다르게 가만히 숨죽이고 있다면 그때는 어쩔 수 없이 다른 일반의 드래곤들을 잡아다가 알아볼 수밖에 없는 거고.'

이제 베스렐에게 있어 드래곤은 쉬운 상대다.

오행진결을 수련하기 전, 그러니까 고루불사마공을 익히고 있을 때에는 드래곤이란 상대는 싸워 이기기가 매우 까다로운 그런 존재라 여겨졌다. 물론 고루불사마공을 12성 대성에 이르기까지 수련을 하게 되면 드래곤이 제아무리 강하다고 해도 쉽게 이길 수 있을 거란 생각은 했었다. 하지만 그렇다고 해도 지금 베스렐이 드래곤을 생각하는 마음과는 차이가 있을 수밖에 없었다.

오행신성령의 경지에 이른 베스렐.

그는 현재 신이 인세에 강림을 해 오면 그 신조차도 죽일 수 있을 정도로 강자가 되어 있었다. 그것은 신이 천상계에서 중간계로 강림을 해 오게 되면 넘어오는 그 과정에서 힘이 대폭적으로 약해져 버리기에 가능한 일이었다.

부스럭부스럭.

베스렐은 걸음을 좀 더 빨리했다.

'일단은 키노안스 저택에서 며칠간 기다려 보자. 놈은 내가 이곳 펠린디온 어딘가에 있다는 것을 알고 있으니 보낸다면 며칠 내로 수족들을 보내 올 거야.'

우우우우우웅.

주위의 마나가 떨린다. 베스렐은 불편해 하는 대기의 마나를 달래며 마법을 준비했다. 그것은 공간 계열의 마법으로서 베스렐은 이제 키노안스의 저택으로 돌아갈 생각을 한 것이었다.

"워프!"

화아아아아아악.

마법의 시동어는 환한 빛을 만들었고 그 빛은 베스렐을 감싸 안고는 바람처럼 사라졌다.

화창한 오후.

십여 명의 사람들이 저택의 정원으로 나와서는 빛과 함께 나타난 사내를 아무 말 없이 바라보고 있다.

"……."

"……."

놀란 표정이 역력한 사람들.

워프 마법으로 공간이동을 해 온 베스렐도 그들을 아무 말 없이 바라보고 있었다. 그 또한 약간은 놀랐다는 그런 표정을 짓고 있었는데 그 이유는 십여 명의 사람들 중 이곳에 있을 수가 없는 세 사람이 있었기 때문이다. 고향인 갈루안스 성에 있어야 할 세 사람.

"뭐야? 리렌시아, 그윌더, 베로……! 너희들 어떻게 여기에 있는 거야?"

그렇다. 놀랍게도 이곳 키노안스의 저택에는 베스렐 그가 아끼는 세 사람이 머물고 있는 것이었다.

이해할 수 없는 일이다. 과연 저들은 자신이 있는 이곳을 어떻게 알고서 찾아온 것일까?

"주…… 주인님……!"

리렌시아가 목소리를 가늘게 떨며 주인님을 부른다. 그녀의 눈동자 또한 목소리처럼 가늘게 떨리기 시작했는데 그 눈에서는 곧 이슬이 맺히기 시작했다.

맑은 눈망울에 들어차는 큰 이슬.

그것은 곧 하계로 떨어져 내렸고 그녀는 더 이상 참지 못하겠는지 힘찬 뜀박질로 베스렐이 있는 곳으로 달려가 그의 품에 안겼다.

덥석!

“으아아아앙. 주인님……!”

그녀는 울었다. 주인님을 거의 10여 개월 만에 다시 만나보는지라 눈물이 그치질 않았다. 그냥 기다리라는 뜻을 텔레파시와 비슷한 방식으로 한 번 더 보내 주고는 그 이후로 소식을 끊은 주인님이다.

리렌시아는 그게 야속해 계속해서 울었다.

“엉엉엉엉! 너무해요, 주인님……! 엉엉엉, 왜 연락을 계속해서 하지 않으신 거예요.”

“으응, 그게 내가 수련 때문에 너무 바빠…….”

“몰라요, 몰라! 엉엉엉엉.”

리렌시아는 그냥 주인님의 품에 안겨서는 계속 눈물만 지었고 베스렐은 그런 리렌시아를 가볍게 안고는 어떻게 해야 할지를 모르겠다는 그런 표정을 지었다. 그냥 리렌시아의 가녀린 등을 토닥여 주며 난감한 표정만을 지어 보였다.

‘흐음…….’

갑자기 가슴이 찡해 온다.

이런 기분은 처음이다.

“엉엉엉엉엉, 너무해요. 정말 너무해요. 엉엉엉. 제가……
제가 주인님을 얼마나 애타게 찾았는데요. 엉엉엉엉엉.”

“으음, 그게 그러니까…….”

할 말이 생각나지 않는다.

자신의 품에 안겨 서럽게 우는 그녀를 대하니 부동심을 이
룬 마음이 흔들리며 깨지려고 한다. 흔들려서는 안 되는 부동
의 마음. 그 마음이 흔들린다는 것은 상승무공을 익히고 있는
사람에게 있어서는 그렇게 좋은 현상은 아니다.

하지만 베스렐은 상관없었다. 아니, 오히려 좋았다.

원래 오행신성령의 경지에 이르면 그 사람은 돌부처가 된
다. 무심한 마음으로 현실계를 잊고 해탈의 경지에 이르기 위
해 애를 쓰게 되는데 베스렐은 해탈에 이를 생각이 지금 당장
은 없었다.

해탈을 하게 되면 과연 어떠한 세계가 보일지, 혹시 그곳은
태초의 의지가 처음 그 의지를 일으킨 장소인 무극의 세계가
아닐지, 그 모든 게 진리를 쫓는 마법사로서 궁금증을 유발하
고 있었지만 그건 먼 훗날에나 생각해 볼 문제다.

지금은 사람으로서 살고 또한 복수를 생각하며 마지막으로
는 좋은 사람과 인연을 맺고만 싶었다.

그래서 다행이라 생각했다. 리렌시아를 안고 있으니 마음이 편안해진다. 흔들리고 있다고 생각한 마음은 사실은 흔들리는 게 아니라 편안해지고 있는 것이었다.

"엉엉엉엉."

베스렐은 눈물짓고 있는 리렌시아의 등을 계속해서 토닥여주며 시선을 들어 저택의 주인인 키노안스 집안사람들과 그의 수하인 그월더와 베로를 바라보았다.

그들은 여전히 아무 말도 없었다.

그리고 다들 이상한 눈빛을 보이고 있었다.

그건 딱히 뭐라고 꼬집어 말하기 힘든 그런 눈빛이라 할 수 있었다. 마치 신기한 것을 보는 것 같은, 그게 아니면 무언가에 경외심을 갖는 그런 눈빛이었다.

"뭐야? 다들 왜 그러고 있어?"

베스렐이 조금은 못마땅하다는 그런 표정으로 말을 하자 곧 그들은 슬금슬금 베스렐이 있는 곳으로 다가왔다.

물론 지척에까지 다가온 것은 아니고 10여 미르 정도 떨어진 곳에서 다들 다시 멈추어 섰다. 그리곤 자신들의 눈을 박박 비비고는 다시 베스렐을 바라보았다. 무언가를 잘못 보고 있는 게 아닌지 확인하려는 듯이 그렇게.

'뭐야, 저것들? 진짜 왜들 저러는 거지?'

베스렐은 속으로 이상하다는 생각을 가졌다.

그러다 더 이상 참지 못하겠는지 베로에게 물었다.

"베로, 너! 뭐냐? 한번 맞아 볼래? 뭔데 그렇게 이상하다는 눈빛으로 나를 쳐다보는 거야?"

주군의 물음에 베로는 조금은 떨리는 그런 음성으로 대답을 해 주었다.

"그…… 그게 그러니까, 지금 주군의 모…… 모습이 조금 이상해서 말입니다."

"뭐가 이상한데? 살이 빠진 거? 그건 작년에 네가 봤을 때랑 별 차이가 없을 텐데. 약간 더 빠졌을 뿐이야."

현재 베스렐의 몸무게는 101.2크롬이다.

작년에 몸무게가 107.3크롬에 이른 후, 레드 드래곤과의 싸움으로 단전이 부서져 200크롬을 넘겼다가 다시 크게 빠진 것이다. 이곳 저택의 사람들은 베스렐의 살 빠진 모습에 충분히 놀랄 수는 있었지만 베로는 놀랄 수가 없는 것이었다.

"그러니까 살이…… 살이 문제가 아니라……."

"뭐야? 왜 그렇게 뜸 들여! 빨리 대답 못해?"

베스렐이 짜증나 하는 그런 목소리로 말을 하자 결국 베로는 자신이 느끼고 있는, 아니, 그 혼자만이 아니라 모두가 느끼고 있는 주군의 이상한 점에 대해 얘기를 해 주었다.

"그게 지금 주군의 머리 위로 다섯 종류의 빛 무리가 약하게 피어나고 있어서 말입니다."

"뭐라고? 빛 무리?"

"예, 그게 꼭 천상계 중의 신계에 있는……."

뒷말은 그냥 속으로 삼키는 베로다.

'드래곤 슬레이어인 주군. 중간계의 절대자라는 드래곤을 두 마리나 잡으셨으니 주군 또한 절대자라 할 수 있어. 하지만…… 하지만 지금 주군의 모습은 그걸 넘어선 듯한 느낌이야. 중간계의 절대자가 아니라 정말 신계의 신처럼 느껴져.'

베로는 주군이 마치 천상계의 신처럼 느껴진다는 말을 하고 싶었지만 그런 말은 함부로 할 수 있는 게 아닌지라 속으로만 생각했다.

"아아, 그래. 그렇군. 오행신성령의 기운이 아직 다 흡수가 되지 않았나 보군. 안개의 산에서 내려올 때는 수련이 모두 끝났다 여기고 내려온 건데 말이야."

베스렐은 사람들이 자신을 이상하게 바라보는 이유를 베로의 설명을 통해 알 수 있었다. 리렌시아는 서럽게 울던 울음을 그치고는 주인님의 얼굴을 바라보았다. 그녀도 주인님의 머리 위에 오색 빛깔의 빛 무리가 있음을 보았다.

오로라처럼 보이는 신성한 느낌의 빛 무리.

아름다웠다. 신성해 보였다. 하지만 그 후광(後光)을 보니 왠지 주인님이 인간의 손에 닿지 않는 저 멀리 어딘가로 떠나갈 것만 같은 그런 불안한 느낌이 들었다.

"주…… 주인님……!"

베스렐은 리렌시아가 불안해 하는 그런 눈빛으로 자신을 부르자 그녀의 머리를 쓰다듬어 주며 말했다.

"걱정하지 마. 나 어디 안 가. 그리고 머리 위에 있는 빛 무리는 내가 안개의 산에서 수련을 할 때 생긴 건데, 시간이 좀 흐르면 저절로 없어질 거야. 무한비만증을 목 졸라 죽이고 나니까 원 마나가 나의 몸에 한도 끝도 들어와 버려 지금 오행진결의 힘으로 흡수하고 있는 중이야."

무한비만증을 목 졸라 죽였다?

그리고 원 마나?

이해 못할 소리다. 하지만 그런 건 이제 상관이 없었다.

주인님이 걱정하지 말라며 따스한 눈빛으로 바라봐 주는데 그거 하나면 충분했다. 불안했던 마음이 시원한 물에 씻기듯 싹 사라지는 기분이다.

"저주가…… 저주가 풀린 건가요?"

그녀의 물음에 베스렐은 입가에 살며시 미소를 지으며 대답했다.

"후후, 그래. 나 이제 건강해."

"아아, 다행이네요, 주인님. 정말 잘됐어요."

"그렇지. 잘된 거지. 무한비만증 놈을 죽였으니 내게 자식들이 생겨도 이제는 안심할 수 있게 되었어. 그러니 걱정하지 마. 너와 나의 아들딸들은 앞으로 건강한 녀석들로 태어날 거니까."

"예에, 그게 무슨……?"

리렌시아의 얼굴이 순간 잘 익은 홍시처럼 붉어진다.

너와 나의 아들딸이라고 했다. 그 말을 다른 사람들이 보는
앞에서 하니 왠지 부끄러워지는 리렌시아다.

'나는 노예인데…… 하지만 주인님의 말씀은 나를…….'

리렌시아의 생각은 끝을 맺지 못했다.

"자아, 이제 다들 안으로 들어가자고. 가서 그동안 저주 때
문에 못 먹은 것들을 마음껏 먹어 보자고."

밝게 느껴지는 베스렐의 음성.

그렇다. 이제 저주는 사라진 것이다. 그건 다시 말해 이제
부터는 원하는 음식을 마음껏 먹을 수가 있다는 말이었다.

그것은 베스렐에게 있어 행복의 시작이었다.

Chapter5

엘프 마을의 위기

베스렐과 리렌시아 두 사람은 10여 개월이라는 짧지 않은 시간을 서로 떨어져 있어야 했다.

할 말도 많고 듣고 싶은 것도 많았지만 대화는 하루면 충분했다. 아니, 하루까지 갈 필요는 없었다. 두세 시간을 줄기차게 떠들고 나니 서로가 떨어져 있는 동안 무슨 일이 있었는지를 대충 다 알게 되었다.

리렌시아 일행은 서대륙을 6개월여 정도 떠돌다 두 달 정도 전에 이곳 모라크 마을에 올 수 있게 되었다.

디어린 정보길드에서 얻은 한 가지의 중요한 정보.

그 정보를 토대로 제일 먼저 찾아간 곳은 바람의 엘프족이 있다는 라넬 지역이었고 그곳에서 리렌시아 일행은 베스렐의 흔적을 찾을 수 있게 되었다.

블랙 드래곤!

놈이 쓰러진 장소에는 커다란 건물이 들어서서는 그 사체를 가렸다. 드워프족이 와서는 그 사체를 분해해 무기로 만들려 했지만 그건 드래곤을 쓰러트린 주인의 허락을 받아야지만 할 수 있는 일이라 그렇게 건물로 사체를 가려 버렸다.

어쨌든 리렌시아 일행은 그곳에서 하이 엘프인 메리언스와 유나를 만날 수 있었고 그들은 베스렐이 드래곤을 죽이고는 안개의 산이라는 곳에 수련을 하러 떠났다고 알려 주었다.

리렌시아는 메리언스가 주인님이 안개의 산으로 수련을 떠나기 전까지 숙소로 삼은 곳이 키노안스의 저택이라 해서 두 달 전부터 이곳에 와서는 두 기사와 함께 머물게 되었다.

처음 리렌시아는 믿기가 힘들었다. 자신과 같은 골드 폭스족이 있다는 그 사실에 많이 놀랐는데 그 이유는 골드 폭스족은 희귀한 종족인지라 동대륙에서는 거의 찾기가 힘들었던 것이다. 한데 키노안스의 말로는 이곳 서대륙에는 80여 명의 골드 폭스족이 있다고 한다.

리렌시아는 즐거웠다.

키노안스 부부와 그들의 자식들인 캐티안과 도로시.

리렌시아는 그들과 금세 친해지게 되었다. 같은 골드 폭스족이다 보니 서로 통하는 게 많아 대화를 나누는 데 있어 편했다. 시간은 그렇게 두 달이 흘렀고 그 뒤로 리렌시아는 꿈에서나 그리던 주인님을 볼 수 있게 되었다.

“베스렐 씨, 아주 중요한 일입니다.”

저택의 2층에 있는 회의실에 몇 명의 사람들이 모여서는 대화를 나누고 있다.

베스렐 일행 전부와 키노안스 부부, 그리고 하이 엘프인 메리언스 부부였다. 그리고 지금 메리언스가 베스렐에게 무언가 부탁의 말을 하고 있었다.

“싫다니까 왜 그래?”

“부탁합니다. 저희 마을에 있는 바람의 궁전으로 가시지요. 실피드 님께서 베스렐 씨와 대화 나누기를 희망하고 계십니다. 아주 중요한 일이라 하셨습니다.”

방금 메리언스가 말한 실피드.

정령왕이었다.

천상계의 하나인 정령계.

그 정령계에는 네 명의 정령왕이 있었고 실피드는 그중 바람의 정령왕이었다. 그리고 이 정령왕이라고 하는 것은 엘프족에게 있어서는 인간의 신이나 마찬가지였다.

“싫다니까. 내가 바람의 정령왕을 왜 만나? 무슨 말을 할지 다 알고 있는데 왜 만나냐고?”

“예에?”

두 눈을 동그랗게 뜨며 놀란 표정을 짓는 메리언스. 옆에 함께하고 있는 유나도 놀란 눈을 해 보였다.

"실피드 님께서 어떤 말씀을 하실지 알고 계신다고요? 아니, 그걸 어떻게?"

"그냥 알아."

베스렐은 회의실에 있는 사람들 모두와 시선을 한 차례씩 주고받고는 곧 간단한 설명에 들어갔다.

"기사인 그월더와 베로는 잘 모를 거야."

"……."

"……."

그월더와 베로는 꿀 먹은 벙어리라도 된 것마냥 조용히 있었다. 자신들은 여기에 있는 하이 엘프나 골드 폭스족의 마도사들처럼 아는 게 많지 않았다. 무식한 것은 아니지만 마도사들이 나누는 깊이 있는 대화를 이해할 정도는 아니기에 그냥 조용히 침묵만을 지키고 있었다.

"세상은 지금 혼돈으로 가고 있어. 세상에 잠들어 있는 마나가 불안에 떠는 이유는 세상이 무질서한 혼돈의 세계로 가고 있기 때문이지. 시간이 좀 더 흐른다면 아마 마법을 사용하는 데 있어 지장을 받게 될 거야."

"예에? 그게 정말인가요? 그렇다면 앞으로는 마법사들이 마법을 사용하기가 힘들어지는 거예요?"

리렌시아가 심각한 어조로 묻자 베스렐은 천천히 고개를 끄덕이며 대답해 주었다.

"그래. 너도 7써클의 대마도사이니 뭔가를 느끼고는 있을 거 아니냐. 아직까지는 괜찮지만 한 달 정도 뒤부터는 캐스팅 하는 속도가 상당히 느려지게 될 거야. 세상을 느끼는 나의 기감이 그렇게 알려 주고 있으니 틀림이 없어."

무공을 익히는 와중에 자연스럽게 터득이 된 기감 능력.

그것은 진화를 했다.

오행진결이 오행신성령의 경지에 이르자 기감은 어떤 예지 능력을 가지게 되었다. 아스트랄계에서만큼은 아니지만 진화 가 된 기감은 좀 더 많은 것을 볼 수 있는 능력을 갖추게 되었 고 그것은 또한 베스렐에게 미래의 세상이 어떠할지를 피부 로 느끼게 해 주고 있었다.

"그럼 주인님은 왜 세상이 혼돈으로 가고 있는지 그 이유 를 알고 계신가요?"

"그래. 나는 알아."

베스렐은 시선을 메리언스에게 주었다.

"바람의 정령왕이 나를 만나 보려는 이유는 하나야. 세상 이 왜 혼돈으로 가고 있는지, 그게 누구 때문에 일어나고 있 는지를 알려 주려는 거지. 거기에 나보고 그 혼돈을 막아 달 라 부탁을 하려는 거고."

"……."

"……."

회의실에 있는 사람들은 베스렐의 말에 아무 말 없이 생각 에 잠겼다. 신이라 할 수 있는 바람의 정령왕이 눈앞에 있는 베스렐에게 부탁을 하려고 한다?

믿기 힘든 말이지만 믿음이 간다.

그가 거짓을 말할 리도 없거니와 또한 그의 말에서 신기(神氣)가 느껴지고 있으니 틀림없어 보였다. 그래도 바람의 정령왕이 손수 대화를 나누자고 하는데 그걸 단 한 마디의 말로 거절을 하니 왠지 못돼 보였다. 하지만 그건 베스렐에게도 말 못할 사정이 있는 것이었다.

'흥! 내가 기분 나쁘게 뭐 하러 바람의 정령왕을 만나? 나보다 신성의 힘이 훨씬 더 강한 녀석인데. 만나면 나의 굳센 마음이 위축이 들 텐데, 그건 절대로 안 되지. 아암.'

실피드를 만나지 않으려는 이유?

그건 생각보다 아주 단순한 것이었다.

베스렐은 안개의 산으로 수련하러 들어갈 때 자신이 다시 밖으로 나오면 그때는 누구에게도 지지 않으리라 다짐했다. 그건 신이라 해도 마찬가지다. 무너지지 않는 절대의 부동심으로 그 누구라도 끝장낸다는 그런 결심을 했다.

한데 그런 그가 엘프들의 신이라고 할 수 있는 정령왕을 만나면 어떠한 사태가 벌어지겠는가. 바람의 궁전에 가서 정령왕과 대화를 나눈다는 것은 아스트랄계에서 서로 만나서 대화를 나누는 것과 다름이 아니다.

실피드는 신성의 힘이 극에 이르러 있는 신이다.

그리고 베스렐은 오행신성령의 경지에 이르러 마찬가지로

신성의 힘이 상당한 수준에 있었다. 하지만 실피드보다는 신성의 힘이 약하기에 만일 그를 만나게 되면 당연히 위축이 되는 그런 마음을 가지게 된다. 비록 상대가 천상계의 신인지라 비교를 한다는 것 자체가 말이 안 되는 것이지만 어쨌든 마음이 위축되는 것을 죽기보다도 싫어하는 베스렐로서는 당연히 메리언스가 하는 부탁의 말을 거절할 수밖에 없는 것이었다.

그때 주인님의 말을 곰곰이 생각해 보고 있던 리렌시아가 다시 말문을 열었다.

"저어, 주인님?"

"응, 뭐?"

"주인님의 말씀을 들어 보니 주인님은 이 세상을 혼돈으로 몰아가려는 자가 누구인지 잘 알고 계시는 듯한데…… 그게 누구죠? 어느 누가 균형이 잡혀 있는 이 세상을 흔들 수가 있는 거죠?"

모두가 궁금해 하는 사항이다.

키노안스 부부와 메리언스 부부, 그리고 그월더와 베로의 두 눈이 반짝였다.

천재지변이 일어나고 있다. 그리고 그러한 천재지변은 어느 누군가 때문에 발생하고 있는 것이다. 당연히 궁금할 수밖에 없는 거였다..

"그놈은…… 그 씹어 먹을 놈의 자식은 고룡인 카스트리온이다. 그 개자식이 미친 짓거리를 하고 있는 거지."

“…….”

“…….”

실내는 침묵의 기운이 들어차기라도 한 듯 다들 꿀 먹은 벙어리가 되었다. 누구 하나 입을 열지 않았고 다만 카스트리온이란 이름을 속으로 되새길 뿐이었다.

고룡인 카스트리온.

그는 나이가 5,000살이 다 된 블랙 드래곤으로서 이곳 중간계에서는 진정한 의미의 절대자였다. 신은 아니지만 준신이 있다면 그가 준신인 것이다.

한데 그런 그가, 중간계의 균형을 맞춰야 하는 드래곤이 세상을 혼돈으로 몰아가는 범인이었다니 믿을 수가 없었다.

아니, 그 말을 한 사람이 베스렐이니 믿기야 믿지만 일단 걱정부터 앞선다. 일반의 드래곤도 아니고 고룡이 사고를 치면 그건 어느 누가 막을 수가 있을까?

답이 안 나온다.

마계의 마왕이 중간계로 강림을 해 오면 그건 드래곤이 나서서 해결하면 되지만 지금의 상황은 그것과는 전혀 다른 것이었다.

베스렐을 제외한 모두가 걱정스러운 얼굴들을 했다. 그러다 그들의 시선이 일제히 베스렐에게로 향했고 잠시 후에 그들의 입에선 일제히 탄성이 흘러나왔다.

“아아아……!”

“맞아, 그렇군.”

이제 보니 희망은 있었다.

머리 뒤에 일고 있는 신성한 느낌의 오색 빛 무리.

그월더가 더 이상 참지 못하고 그 오색 빛 무리의 주인에게 물었다.

“저어, 주군?”

“말해.”

“에에, 주군이시라면 할 수 있죠? 주군의 원수 놈인 그 카스트리온을 이제는 끝장내실 수 있죠?”

그월더의 그 같은 질문에 리렌시아를 비롯한 모두가 기대감 어린 그런 눈빛들을 내보였다. 그리고 베스렐은 그들의 기대를 저버리지 않았다.

“그래. 이제는 그놈을 쳐 죽일 수 있게 되었다. 그건 천상계의 누구라도 마찬가지야. 그들이 중간계로 내려오면 내 손에 죽을 수밖에 없어.”

“오오, 역시 주군이십니다.”

그월더가 자리에서 벌떡 하고 일어나더니 호들갑을 떨기 시작했다.

“하하하, 최고입니다. 최고예요. 그렇지요. 그렇고말고요. 감히 어느 놈이 주군에게 까불 수 있겠습니까? 그 지옥도법으로 한번 쓰윽 하면 다 끝장이 나는 거지요. 하하하하하!”

“시끄럽다. 그만 떠들어라.”

“하하하하하. 무적의 검신께서 나서시니 세상은 평화를 찾는구나. 누가 감히 나설 것이냐?”

“시끄럽다고 했다.”

베스렐의 미간에 자리한 불꽃 모양의 주름이 서서히 일그러져 가기 시작했다.

“하하하하하하하……!”

엄숙해야 할 회의실이 웃음소리로 가득 찼다. 결국 베스렐은 참지 못하고 녀석의 머리통을 쥐어박았다.

“에라이!”

휘이익. 빠각!

“으윽!”

그월더는 머리에 양손을 올리고는 열심히 비벼 댔다.

너무 아파서 신음성이 제대로 나오지가 않는다.

“주…… 주군! 왜, 왜 때리시는 겁니까? 너무…… 너무 아프잖아요?”

그월더는 너무하다는 그런 눈빛으로 주군을 바라보았다. 하지만 돌아오는 반응은 냉담할 뿐이었다.

“아프라고 때린 거야. 너는 어떻게 된 놈이 어릴 때랑 지금이랑 똑같은 거냐? 분위기 파악을 할 줄 알아야지. 너 지금부터는 입도 뻥긋하지 마라. 알았지?”

“으윽, 예에, 주군.”

“대답도 하지 마.”

“예.”

“에라이!”

결국 그월더는 한 대 더 맞고 말았다.

베스렐은 그월더를 조용히 시키고는 다시 회의실에 있는 사람들과 여러 가지 대화를 나누기 시작했다.

카스트리온이 어디에 있을지, 그를 어떻게 하면 잡을 수 있을지 그런 것을 다 함께 생각해 보았다. 물론 결론은 베스렐이 안개의 산에서 내려오며 생각한 그 수밖에는 없었다. 일단은 기다려야 했다.

*　　　*　　　*

이틀의 시간이 지나갔다.

베스렐은 키노안스 가족과 점심을 같이 들고는 지금은 그의 방에서 리렌시아와 함께 대화를 나누고 있었다.

원래는 혼자서 마음수련이나 할까 했지만 리렌시아가 따라 들어오더니 그의 어깨를 안마하기 시작했고 대화는 자연스럽게 이어지게 되었다.

싫지는 않았다. 오래 떨어져 있다가 다시 보니 마음이 즐거웠다. 마음에 두고 있는 사람과 함께한다는 것, 그것은 맛있는 음식을 원 없이 먹는 것보다도 더한 행복이었다.

토닥토닥.

"주인님? 시원하죠?"

"응. 시원해."

정말 시원했다.

몸이 시원한 게 아니라 마음이 시원했다.

"헌데 그 카스트리온은 왜 세상의 균형을 깨려고 하는 걸
까요? 저는 이해가 안 돼요. 그는 정말 주인님 말씀대로 미친
것일까요?"

"그거야 모르지. 그놈이 진짜 미친 것일 수도 있고 아니면
다른 어떤 것을 노리고 있는 것일 수도 있지."

"다른 어떤 것이요?"

"그래."

고개를 갸웃거리는 리렌시아.

"그게 뭔데요? 그가 무얼 계획하고 있기에 세상의 균형을
흔들려는 건가요?"

"몰라. 하지만 그때 아스트랄계에서 그놈을 만났을 때 놈
이 특별히 미쳐 있다는 생각은 들지 않았어. 놈의 두 눈에 광
기의 빛이 조금은 보였지만 그것 가지고 놈이 완전히 미쳐 있
다고 말할 수는 없겠지. 다만 놈이 지금 하는 일이 그런 광기
의 기운을 좀 더 키우고 있는 거는 같아. 능력 밖의 일을 하려
니 그렇게 되는 거지."

"예에, 그렇군요."

리렌시아는 주인님의 어깨를 계속해서 주무르며 나름대로

그가 무엇 때문에 균형을 깨려는지 생각해 보았다.

"뭐, 상관은 없어. 그놈이 무슨 이유로 균형을 깨고 법칙을 흔들려는지 그런 건 그다지 중요하지 않아. 미친놈이 미친 짓거리를 하겠다고 하면 죽여 버리면 그만인 거야."

"호호, 그건 그러네요. 하지만 궁금한 건 어쩔 수 없는 것 같아요. 고룡이 과연 무슨……."

"잠깐!"

무슨 일일까?

베스렐의 두 눈에 오색의 빛이 일렁였다.

"왜 그래요? 주인님?"

"조용."

베스렐은 리렌시아를 조용히 시키고는 방금 기감을 통해 들어온 새로운 정보를 좀 더 세밀히 조종해서는 자세히 알아보았다.

누군가가 기감에 포착이 되었다.

그리고 그 누군가는 놀랍게도 세 마리의 드래곤이었다.

"호호호호."

베스렐의 입에서 음침한 그런 웃음이 흘러나온다.

드디어 기다리던 놈들이 나타난 것이다.

"흐흐, 좋아, 좋아. 아주 갈아 마셔 주지. 그리고 카스트리온 그 개자식이 어디 있는지 알아봐 주겠어."

베스렐은 자리에서 벌떡 일어났다. 그리곤 리렌시아에게

짧게 설명을 해 주었다.

"나 좀 나갔다 올게. 놈들이 나타났다."

"예에? 정말이요?"

"그래. 금방 다녀올 테니까 너는 여기 있어."

그는 리렌시아가 같이 가겠다고 할 것 같아 먼저 선수를 치고는 곧바로 워프 마법을 시동어만으로 펼쳐 빛과 함께 사라졌다.

"워프!"

화아아아아악.

드래곤 산맥의 남부에 있는 에다마 지역이다.

이곳은 예전에 두 절대자가 싸운 장소였다.

레드 드래곤인 아스린과 인간을 초월한 베스렐이 마지막으로 싸운 그 장소인 것이다.

주위를 둘러보면 이곳은 아직까지도 복구가 되지 않은 그런 상태임을 알 수 있었다. 드래곤 산맥은 어딜 가나 수풀이 우거진 그런 곳이지만 이곳만큼은 벌거숭이였다. 그것도 시커멓게 타 버린 지저분한 벌거숭이.

그리고 지금 이곳 에다마 지역에 누군가가 공간 계열의 마법을 이용해 그 모습을 드러냈다. 환한 빛과 함께 나타난 그들은 베스렐과 세 드래곤이었다.

"흐음……."

베스렐은 지상에 서서는 허공에서 날갯짓을 하고 있는 세 드래곤을 이상하다는 눈빛으로 바라보았다.

'골드 드래곤과 레드 드래곤, 그리고 블루 드래곤이군. 크기는 다들 30미르 정도 되는 걸 봐서는 2,000여 년을 넘게 살아온 녀석들이야.'

"크아아아아아아아앙─!"

"크아아아아아앙─!"

우르르르릉.

하늘의 우뢰신이 노하기로 한 듯 벽력성이 터져 나온다.

세 드래곤은 베스렐을 위협하려는지 다 같이 피어를 발산하고 있는 것이었다. 하지만 그것은 힘의 낭비일 뿐이었다. 지상에 있는 몬스터들은 다들 드래곤의 피어에 패닉 상태에 빠져 들어갔지만 베스렐은 달랐다.

후비적후비적.

그는 자신의 귀를 새끼손가락 하나로 몇 번 후비더니 계속해서 상공 위에 떠 있는 세 드래곤에 대해 생각을 이어 나갔다.

'정말 이상하네?'

속으로 계속 이상하다고 생각을 하는 베스렐이다.

뭐가 이상한지는 그냥 눈으로 봐서는 모른다.

세 드래곤은 그냥 평범한 드래곤이었다.

이곳 중간계의 절대자들인 것이다. 하지만 베스렐의 기감은 그에게 이상한 정보를 계속해서 전해 주고 있었다.

'정신이 또렷하지가 않은 놈들이야. 오직 나에 대해서만 생각하고 있어. 나를 죽여야 한다는 그런 생각. 으음, 꼭 누군가에게 홀린 듯한 모습이야.'

좀 더 자세한 정보가 필요했다.

놈들을 잘근잘근 씹어 먹어 버리기 전에 필요한 정보를 얻어야 했다.

스스스스스슷.

세상을 향해 나아가고 있던 기감이 베스렐의 의지에 따라 상공에 떠 있는 세 드래곤 중 가장 왼편에 있는 골드 드래곤에게로 집중이 되었다.

"크르르르릉."

녀석은 기감이 자신에게로 집중이 되자 고개를 갸웃거렸다. 머릿속이 간질간질한데 그게 왜 그런지 알 수가 없어 시선을 이리저리 돌리고 있었다.

오행신성령의 경지에 들며 한 차원 높게 진화를 하게 된 기감. 그것은 독심술(讀心術)의 기능이 포함되어 있기에 곧 좀 전보다 많은 정보를 베스렐에게 선사해 주었다.

'으음, 저거 홀린 것 맞네? 정신이 제압되어 있어.'

베스렐의 미간에 자리한 주름이 살짝 찌푸려졌다.

왠지 일이 틀어지려는 것 같은 그런 기분이 들었다. 기감은 계속해서 주인에게 필요한 정보를 알려 주었다.

잠시 후, 골드 드래곤에게 가 있던 기감은 물러났고 베스렐의 입에서는 험악한 말이 튀어나왔다.

"이런, 젠장할! 카스트리온 그 개자식이 어디에 있는지 알 수가 없잖아!"

화가 난다. 기억이 지워져 있었다.

카스트리온이 어디에 있는지 그 기억만 온데간데없이 사라져 있는 것이다.

"빌어먹을 자식 같으니라고. 이놈이 아주 미쳤어. 미친 새끼야. 동족인 드래곤을 잡아다가 용언으로 정신을 제압해 버리다니, 지 수족으로 쓰려고 별 짓을 다했군."

치료할 수가 없었다. 세 드래곤은 모두 카스트리온에게 정신이 제압되어 있는 상태인데 그건 베스렐의 절대적인 힘으로도 치료할 수가 없는 것이었다.

카스트리온은 강한 드래곤이다. 그런 그가 새로운 세상을 만드는 과정에서 더욱 강해졌다. 가히 준신의 힘이라 해도 부족함이 없는 그런 힘을 얻게 된 것이다.

그는 그 강해진 힘으로 십여 마리의 드래곤을 하나씩 유인해 와서는 바로 정신을 제압해 버렸다. 자신의 말이라면 무조건적으로 따르게 권속으로 만들어 버린 것이다.

"하아, 이거 참……! 이걸 도대체 어떻게 해야 하지?"

그때 상공을 날고 있던 세 드래곤에게서 마법의 시동어가 흘러나왔다.

“기가 파이어 스톰!”

“어스 퀘이크!”

“파워 썬더!”

인간의 마법사가 아닌 드래곤이 발휘하는 마법이다. 그것도 하나가 아니라 셋이 발휘하고 있는 것이다.

우르르르룽.

쩌저저저저저저적.

베스렐이 서 있는 공간은 서서히 초토화가 되기 시작했다.

대지는 길게 갈라져 지진을 일으키기 시작했고 거대한 불의 폭풍은 주변에 살아 있는 것들을 모두 불태웠으며 하늘의 구름에서는 뇌전이 지상을 향해 내려쳤다.

콰쾅! 쿠콰콰콰콰콰콰콰콰—!

드래곤의 피어에 패닉 상태에 빠져 있던 몬스터들은 도망칠 기회를 놓치고 하나 둘씩 죽음을 맞이해야 했다.

하지만 드래곤의 마법에 집중적인 공격을 받고 있는 베스렐은 편안한 모습을 보이고 있었다. 아니, 편안한 모습은 아니고 고민을 하고 있는 모습이다.

“으음, 진짜 방법이 없네?”

휘이익.

베스렐은 몸을 허공으로 살짝 띠웠다.

바닥이 어스 퀘이크 마법으로 갈가리 찢기고 있어 할 수 없이 허공에 떠 있어야 했다. 그리고 지금 그의 몸에서는 뿌연 안개와 같은 게 생성이 되어서는 회전을 하고 있었는데 그건 유령비의 회전결이었다. 다른 말로는 유령막이라고도 하는 그 수비무공인 것이다. 그리고 유령막의 바깥에서는 지금 염라수호가 펼쳐지고 있었다.

슈슈슈슈슈슉.

외부에서 다가오는 공격들은 모두 팅겨져 나갔다.

손을 내밀지 않고 팔짱을 끼고 있는 상태이지만 베스렐의 주위에는 커다란 회오리 두 개가 생성되어서는 모든 공격들을 되돌리고 있는 것이었다.

콰쾅! 콰콰콰콰콰콰콰쾅.

기가 파이어 스톰의 뜨거운 불길과 파워 썬더의 무지막지한 번개는 하늘 위에 떠 있는 세 드래곤에게로 되돌아갔다.

녀석들은 급히 몸에 방어막을 둘러야 했다.

콰쾅! 콰쾅!

배리어에 충격이 전해져 온다.

황당한 사태에 녀석들은 어이없다는 반응을 보였다.

자신들이 사용한 마법 공격이 다시 되돌아왔으니 그럴 수밖에 없는 일이었다.

"저것들을 잡아도 소용이 없을 듯한데……."

베스렐은 시선을 들어 상공에 떠 있는 세 드래곤을 노려보았다.

우우우우우웅.

세상의 마나가 큰 움직임을 보이며 녀석들에게로 몰려들고 있다. 이번엔 좀 더 강력한 마법을 사용하려는지 캐스팅의 시간이 약간 길었다.

"제길! 어쩔 수 없군. 일단은 한 놈만 잡아서 어떻게 해 봐야겠어. 저놈들을 통해서 어떻게든 카스트리온 그 개자식이 숨어 있는 곳을 찾아내야 해. 그렇지 않으면 시간이 오래 걸릴 거야. 으음, 그럼 저 세 놈 중 저놈을……."

베스렐의 눈에서 서서히 오색의 빛이 일었다.

마음속으로 세 드래곤 중 누구를 제압할지 정해 놓자 그의 몸에서 강렬한 투기가 일어나 상공에 떠 있는 드래곤들을 향해 나아갔다. 그리고 그때 세 드래곤에게서 마법의 시동어가 흘러나왔다.

"블리자드!"

"헬 파이어!"

"기가 파워 썬더!"

지상은 곧 드래곤의 마법에 초토화가 되었다.

쿠콰콰콰콰콰콰콰콰콰콰—

*　　　*　　　*

무림의 상승신법 중에는 초상비(草上飛)란 게 있다.

풀잎을 밟아도 그 풀이 휘어지지 않는 신법의 고수들만이 펼칠 수 있는 절기.

쉬이이익.

바람이 갈라지며 그 사이로 줄루가 나타났다.

몽롱구링은 지금 그 초상비와 비슷한 방식으로 수풀이 우거진 지역을 날고 있었다.

"끼르륵. 이제 다 왔군. 여기서부터 펠린디온이야."

조금은 피곤해 보이는 얼굴. 그는 달리는 와중에 고개를 돌려 하늘 위를 바라보았다. 그러자 끈덕지게 따라붙고 있는 그린 드래곤이 보였다.

"끼르륵. 크룽. 크룽."

몽롱구링의 코에서 거친 콧바람이 일었다.

그건 질렸다는 의미이리라.

"끈질긴 녀석. 끼르륵. 하지만 이제 이곳 펠린디온에 도착했으니 나를 잡기는 쉽지 않을 것이다."

그때 몽롱구링을 악착같이 뒤쫓고 있는 하늘 위의 브로스에게서 마법의 시동어가 흘러나왔다.

"트리플 라이트닝!"

우르르르룽.

하늘에서 벽력성이 일었다.

"이크!"

몽롱구링은 조금 놀란 그런 표정을 짓더니 재빨리 요법을 발휘했다. 그의 머리에 난 세 개의 뿔이 하얗게 빛을 발하자 그의 신형은 그 자리에서 사라졌다.

콰쾅!

대지에 구덩이가 만들어졌다. 하나의 커다란 번개가 중간에서 세 가닥으로 갈라져 그중 하나가 몽롱구링이 있었던 장소를 가격한 것이다. 나머지 두 개는 시간 차를 약간 두고는 200여 미르 앞에 다시 그 모습을 드러낸 몽롱구링의 앞과 뒤를 공격했다.

콰쾅! 콰콰쾅!

땅이 파헤쳐지며 큰 폭음성이 일었다.

하지만 그 두 가닥의 번개도 처음의 번개처럼 또 목표물을 놓치고 말았다. 몽롱구링은 상대가 펼치는 마법 공격의 특징을 훤히 알고 있었기에 그 같은 공격은 소용이 없는 것이었다.

그러나 번개라고 하는 것은 찰나의 공격이라고 할 수 있으니 몽롱구링은 브로스가 전격 계열의 마법을 펼치면 어쩌나 내심 긴장을 하였다.

"크아아아앙! 이 미꾸라지 같은 놈아! 그렇게 도망만 치지 말고 나하고 제대로 한번 붙어 보자!"

브로스에게서 화난 음성이 터져 나온다.

그는 약이 올랐다. 생각 같아서는 브레스를 사용해 몽롱구링을 죽여 버리고 싶었다. 아니, 사실을 말해 보라면 브레스를 사용한다고 해서 놈을 죽일 수 있을지는 자신이 없었다.

레인 줄루족의 족장은 몸이 원체 빠른데다가 거기에 더해 공간 계열의 요법을 능수능란하게 사용하는지라 잘하면 브레스의 넓은 공격 범위를 빠져나갈 수가 있었다. 아니, 거의 틀림이 없이 피할 수 있을 것이다.

공격이라고 하는 것은 타이밍이다.

상대의 움직임을 파악한 후, 다음에 이동할 지점을 미리 예측해서는 그곳에 힘을 쏟아 붓는 것이다. 한데 브로스는 그 타이밍을 맞추기가 힘들어 벌써 이십여 일째 그의 뒤만을 쫓고 있는 것이었다.

"이노오놈! 잡히면 그때는 진짜 가만두지 않겠다!"

브로스는 속에서 이는 강렬한 화를 협박의 말로써 밖으로 표출시켰다. 하지만 상대는 여전히 아무 말 없이 줄기차게 도망만 칠 뿐이었다.

쉬이이익.

바람을 가르는 소리가 계속해서 들려온다. 몽롱구렁은 브로스가 협박의 말을 하든 말든 그런 것에는 일절 관심을 두지 않고 풀잎 위를 날며 저 멀리 어딘가를 바라보았다.

수십 페르 밖에 하나의 커다란 산이 보였는데 그 산이 몽롱구렁의 목표 지점이었다.

'저 산을 넘으면 그때부터는 라넬 지역이야. 끼르륵. 그럼 지금 바로 요법으로 뜻을 보내 볼까? 메리언스와 유나에게 미리 대비케 하는 게 좋을 것 같아. 드래곤이 나타났으니 나와

힘을 합쳐 그 드래곤을 물리쳐야 한다고 말이야.'

몽롱구링은 조금은 미안한 마음이 들었다.

드래곤이라고 하는 재앙 덩어리를 몰고 와서는 자신과 힘을 합쳐야지만 그 재앙을 이겨 낼 수 있다고 말을 한다는 게 무척이나 미안했다.

하지만 자신이 살기 위해서는 어쩔 수 없는 일이었다.

자신은 레인 줄루족의 족장이었고 족장이라고 하는 자리는 함부로 죽을 수 있는 그런 위치가 아니었다.

"끼르륵. 으음, 미안하지만 어쩔 수 없지."

몽롱구링은 마음에 새겨진 빛은 언젠가 갚기로 하고는 곧 정신을 모아 요법을 일으켰다. 그의 머리에 난 세 개의 뿔에서 빛이 환하게 일었고 그는 바로 라넬 지역에 있는 메리언스에게로 뜻을 보냈다.

"이봐, 메리언스! 나 몽롱구링이야……."

블랙 드래곤인 부스타그린.

그에게 입었던 피해는 이제 거의 다 복구가 되었다. 인적 피해는 어쩔 수 없다지만 무너진 마을은 수개월에 걸쳐 완벽히 복구가 되었다.

"으음, 다 됐군."

"예, 그러네요. 확실히 우리 바람의 엘프족은 다른 부족에 비해 부지런한 것 같아요. 짧은 기간에 무너진 마을을 이처럼 다시 일으켜 세웠으니 말이에요.”

하이 엘프인 메리언스와 유나는 마을의 중심부를 걷고 있었다. 울창한 숲이 있는 엘프의 마을은 확실히 인간이나 수인족, 그리고 드워프족의 마을과는 달랐다.

엘프가 사는 집은 둘 중의 하나다.

나무 위에 짓든가, 그게 아니면 다른 종족처럼 지상에 짓는다. 하지만 다른 종족과의 차이점은 엘프의 집들에는 정령의 힘이 들어가 있어 그 형태가 매우 특이하다는 점이다. 나무 위에 있는 것이든 지상에 있는 것이든 모두 초록색에 둥근 모양을 하고 있었다.

창문 하나에 입구 하나가 나 있는 이 둥근 집들은 이곳이 엘프들의 마을이라는 것을 나타내 주는 가장 대표적인 모습이라 할 수 있는 것이었다.

“흐음, 마을이 이제 다 복구가 되었으니 그자를 초대해도 좋을 것 같은데, 유나 당신 생각은 어떻소?”

“예, 그렇게 해요. 하지만 그 초월자가 우리 마을에 들러 줄지는 모르겠네요. 그저께 폭스족의 족장이 있는 저택에 갔었을 때 시큰둥한 반응을 보였잖아요. 실피드 님이 대화를 하고 싶다고 했지만 그는 싫다고 하면서 자신을 귀찮게 하지 말라고 했지요.”

“뭐, 그렇긴 하지만 그래도 우리 마······.”

무슨 일일까? 갑자기 말을 하다 마는 메리언스다.

유나는 남편이 갑자기 심각한 표정으로 자리에 서자 자신
도 걸음을 따라서 멈추고는 물끄러미 남편의 얼굴을 바라보
았다.

'무슨 일이지?'

그녀는 기다렸다. 무슨 일인지는 모르겠지만 남편이 심각
한 표정을 하고 있다는 것은 다 그만한 이유가 있어서일 것이
다. 자신이 괜히 말을 걸어 그의 생각을 멈추게 할 필요는 없
었다. 그 이유는 곧 알게 될 것이므로.

"으음……."

메리언스는 침음성을 흘리며 지금 자신의 머릿속에 들려오
고 있는 반갑지 않은 손님의 뜻을 읽어 나갔다.

"끼르륵. 정말 미안해. 이건 나로서도 어쩔 수 없는 일이라
고. 서둘러야 할 거야. 그린 드래곤인 브로스가 그리로 가고
있으니까 엘프들을 빨리 대피시켜야 해. 끼르륵. 괜히 어정쩡
한 녀석들이 나서면 크게 다칠 거야. 이 미친 드래곤 녀석이
지금 크게 화가 나 있는 상태거든. 그러니……."

뜻은 계속되었다.

부르르르.

메리언스의 몸은 시간이 지날수록 오한이라도 든 듯 잘게
떨리기 시작했고 곁에 있는 유나는 그 모습을 보고는 어떤 좋
지 않은 일이 발생했음을 직감적으로 알 수가 있었다.

잠시 후, 메리언스의 감겨진 두 눈이 떠졌다.

"이…… 이런, 큰일이군."

"무슨 일인가요?"

유나의 물음에 메리언스가 심각한 목소리로 대답을 해 주었다.

"드래곤이오. 그런 드래곤이 이리로 오고 있소."

"예에? 드래곤이요?"

"그렇소."

"아아……!"

유나는 현기증이라도 이는지 머리가 어지러웠다.

마을에 마(魔)가 끼이기라도 한 것일까?

어떻게 일 년 사이에 그 보기 힘들다는 드래곤을 두 마리나 볼 수가 있단 말인가?

그녀는 떨리는 음성으로 물었다.

"누…… 누군가요? 누가, 어느 누가 알려 준 건가요?"

"몽롱구링이오. 예전에 인연이 있었던 그 레인 줄루족의 족장이오."

하이 엘프인 메리언스 부부와 줄루족의 족장인 몽롱구링은 친분이 두터운 그런 사이는 아니다. 100여 년 전에 한 가닥 인연으로 알게 된 그들은 서대륙과 동대륙에 각자가 터를 잡고 살아가고 있기 때문에 왕래가 거의 없었다. 왕래가 거의 없으니 친해질 겨를이 없는 것이다.

"그럼 몽롱구링 그는 어떻게 우리 마을을 향해 드래곤이

오고 있다는 것을 알고 있는 거죠?"

유나의 물음에 메리언스는 한탄에 찬 표정으로 대답을 해 주었다.

"휴우우, 그가 데려오고 있는 것이오. 몽롱구링은 동대륙 에서부터 그린 드래곤에게 계속해서 쫓기고 있는 모양이오. 한데 마땅히 도움을 요청할 자가 없어 우리 마을로 오고 있다 고 하오. 당신과 나의 도움을 얻기 위해서 말이오."

"아아, 그럴 수가……! 그는 정말 너무하군요."

원망이 일었다. 무너진 마을을 이제야 간신히 일으켜 세웠 는데 다시 무너질 듯 보이니. 몽롱구링을 좋게 봤는데 이제는 밉게 느껴졌다. 어떻게 재앙이라 할 수 있는 드래곤을 자신들 이 사는 마을로 오게 할 수가 있단 말인가.

"시간이 없소. 곧 이리로 올 것이라 하니 마을에 있는 엘프 들을 모두 피신시켜야 하오."

"예, 그래야겠네요. 으음…… 그리고 어쩔 수 없네요."

누군가가 떠오르자 유나의 안색이 조금은 밝아진다.

"무슨 소리요?"

"귀찮게 하지 말라고 했지만 그에게 다시 도움을 요청해야 겠어요. 초월자인 그라면 저번처럼 충분히 드래곤을 격퇴시 킬 수 있을 거예요."

"아아! 그렇군, 맞아! 인간을 초월한 그 사람이라면……!"

메리언스의 어두웠던 기색이 대번에 밝아진다.

왜 몰랐을까? 왜 처음부터 떠올리지 못했을까? 방금 전까지도 그에 관해 대화를 나누고 있었으면서도 말이다.

오색의 빛 무리를 머리 위에 두르고 있는, 신성의 힘이 느껴지는 초월자. 그라면 충분히 드래곤을 죽일 수가 있는 것이다. 벌썬 자신들의 마을에서 블랙 드래곤 한 마리를 처치하지 않았던가.

"그럼 유나 당신이 얼른 갔다 오시오. 여기는 내가 알아서 대피를 시키겠소."

시간이 없었다. 드래곤이 힘을 발휘하면 그건 순식간에 재앙으로 변해 마을을 집어삼킬 수가 있는 것이었다.

"예, 알겠어요. 그럼 수고해 주세요."

엘프들은 멀리 떨어진 상대에게 연락을 보낼 때는 대체로 바람의 정령을 이용해서 뜻을 전한다.

하지만 유나는 상급의 바람 정령을 중간계로 불러들였다. 그리고 그 바람 정령의 위에 올라타서는 즉시 모라크 마을이 있는 곳으로 날아갔는데 그 이유는 자신이 직접 가서 부탁의 말을 하고 싶었기 때문이다.

Chapter6

구유현세

세상일이란 정말 알 수가 없는 것이다.

어떻게 일이 이런 식으로 진행이 될 수가 있는 것일까?

모르겠다. 그리고 그것을 깊게 생각할 시간은 없다.

주인님이 놈들을 발견했다며 떠나신 지 1시간이 채 안 돼 하이 엘프인 유나가 찾아왔다. 그리고 자신들의 마을에 그린 드래곤이 나타났다며 주인님의 도움을 요청했다. 하지만 그 때는 이미 주인님이 떠나시고 안 계신 상황.

할 수 없었다.

주인님이 돌아오시기 전까지 자신이 알아서 어떻게든 해야 했다. 강자라 할 수 있는 자는 모두 나서야 했다.

하이 엘프인 메리언스와 유나, 그리고 레인 줄루족의 족장인 몽롱구링, 그리고 6써클 마도사의 경지에 있는 키노안스와 유레이, 마지막으로 7써클 대마도사의 경지에 있는 리렌시아 자신까지 모두 나서서 그 드래곤과 맞서 싸울 수밖에 없었다.

지금까지 리렌시아가 직접적으로 본 드래곤은 모두 두 마리다.

레드 드래곤인 아스린과 블랙 드래곤인 부스타그린.

하지만 그들은 모두 죽어 있는 상태에서 볼 수 있었다. 아니, 그들 중 아스린의 경우는 살아 있을 때도 본 적이 있기는 했다. 그러나 그때는 아스린이 인간으로 폴리모프를 하고 있었을 때 본 것이다. 따라서 지금처럼 본체에다가 살아 있는 드래곤을 보기는 난생처음이다.

무서웠다. 드래곤 중에서 약한 편에 속한다는 그린 드래곤이지만 그가 터트리는 피어는 오금을 저리게 했다. 마음 같아서는 자리를 피하고 싶었지만 그랬다가는 싸움의 균형이 급격히 한쪽으로 기울어질 수 있어 리렌시아는 이를 악물고 싸웠다. 주인님이 돌아오실 때까지는 어떻게든 버텨 봐야 했다.

"크아아아아아아앙─!"

브로스의 피어가 다시 한 번 바람의 엘프족이 있는 마을을 뒤엎었다. 녀석은 이제 생각을 접기로 마음먹었다. 몽롱구링을 잡겠다는 생각을 접으니 그 마음에 화가 들어차기 시작했고 이제는 마법을 난사하기로 결심했다.

우우우우우웅.

대기의 마나가 심하게 떨리기 시작했다.

"리렌시아 양! 안 되겠어요, 어서 수인체로 변신하세요."

마을의 외곽에서 함께 마법을 펼치고 있던 유레이가 리렌시아에게 다급하게 말했다.

"예에? 그게 무슨?"

리렌시아가 고개를 왼편으로 돌리고 보니 유레이의 몸은 빠르게 변신을 이루고 있었다. 입고 있는 가벼운 차림의 옷이 잘게 찢겨지며 그 사이로 황금빛의 여우가 나타났다.

크기는 인간이었을 때보다 조금 큰 180다르(cm) 정도 되었고 자세는 이족보행으로 서게 되었다.

"크르릉. 뭐 하세요? 수인체로 변신해야 더 강해질 수 있잖아요? 크르릉, 어서 변신을 하세요!"

유레이는 멍하니 서 있는 리렌시아를 이상하다는 듯 한번 쳐다보았다.

수인족은 강하다. 그리고 그 강함은 인간의 모습일 때보다는 수인체로 변신을 했을 때가 더 강한데 그건 골드 폭스족이라고 해서 예외가 아니었다.

육체의 능력보다는 마법의 능력이 뛰어난 골드 폭스족은 지금 유레이처럼 수인체로 완벽히 변신을 하게 되면 그 마법 능력이 월등히 상승을 하게 된다.

캐스팅 속도는 물론이고 마법의 위력도 월등히 향상이 되는데, 때에 따라서 현재의 능력으로는 도저히 사용할 수 없는 마법도 사용이 가능하게 된다. 물론 그때에는 약간의 대가를 치러야 한다. 수인체를 풀고 나면 한동안 후유증으로 침상 신세를 져야 하는 것이다.

"아이스 스톰!"

유레이의 입에서 6써클에 있는 마법의 시동어가 흘러나온다. 얼음의 폭풍이 마을의 입구에 서 있는 드래곤에게로 날아가 위력을 발휘했다.

콰쾅! 콰콰콰콰콰쾅!

확실히 수인체로 변신을 하니 마법의 위력이 월등해졌다.

'아아, 어…… 어쩌지?'

리렌시아는 시선을 오른편으로 돌려 보았다. 그러자 70미르 정도 떨어진 곳에서 키노안스가 유레이처럼 황금빛의 여우로 변해서는 마법을 펼치고 있는 게 보였다. 그 또한 마법의 위력이 월등히 향상되어 있었다.

"파이어 스톰!"

후화아아아아아아앙.

거대한 불의 폭풍이 허공중에 생성되어서는 지상으로 떨어져 내린다. 6써클에 있는, 정반대가 되는 두 가지의 공격 마법. 얼음 마법인 아이스 스톰과 화염 마법인 파이어 스톰은 그렇게 그린 드래곤의 양쪽을 함께 공격하기 시작했다.

콰쾅! 콰콰콰콰콰콰콰콰콰쾅—!

브로스는 그 같은 공격을 맨몸으로 막기가 부담스러운지

몸에 급히 8써클에 있는 배리어 마법을 펼쳤다.

지금 봐서 알 수 있는 것이겠지만 수인족은 싸움에 임하면 수인체로 변신을 해야 했다. 그게 정석이다.

하지만 리렌시아는 망설여졌다.

'나는…… 나는 지금껏 단 한 번도 수인체로 변신을 해 본 적이 없는데 어떻게 하지? 변신을 하는 거야 정신을 모아 하겠다고 마음을 먹으면 되는 일이지만 그 모습을 주인님께 보이기는 싫은데…….'

망설여진다. 왠지 부끄럽다는 생각이 든다.

나중에 주인님이 돌아와 자신의 변신된 모습을 보면 어떤 생각을 가질지 두려웠다. 아니, 주인님이 자신을 이상하게 생각하지는 않을 것이다. 그보다는 자신이 부끄러워 쉽사리 변신을 하지 못하고 있는 것이다.

"크르릉! 리렌시아 양! 뭐 하시는 거예요!"

유레이가 다시 한 번 리렌시아를 재촉했다.

'아아……! 정말 어쩌지?'

리렌시아가 어떻게 할까 고민을 하는 사이 상황은 점점 더 나빠지고 있었다.

콰쾅! 콰콰쾅!

자욱한 연기가 일었다.

하이 엘프인 메리언스와 유나는 바람의 최상급 정령과 물의 최상급 정령들을 불러 공격을 하고 있었고 레인 줄루족의 족장인 몽롱구링은 방망이 하나를 어디선가 꺼내서는 연방 바닥을 내려쳐 최강의 요법을 발휘해 그런 드래곤을 공격하고 있었다.

"옴바라 줄루, 옴바라 줄루. 불의 분노여! 저 못된 놈을 집어삼켜라!"

화르르르르르르르르르—

파이어 스톰보다 훨씬 강력한 불의 불길이 하늘 위에서 떨어져 내려 지상을 태운다.

콰쾅! 콰콰콰쾅!

하지만 소용이 없었다. 브로스는 사방에서 닥쳐오는 무시무시한 공격들을 8써클의 배리어 대신 9써클에 있는 방어 마법인 앱솔루트 배리어로 막아 내고는 점점 더 강한 마법공격을 퍼붓기 시작했다.

"기가 파워 썬더!"

우르르르르릉.

하늘에 먹구름이 생성되더니 그 사이에서 벽력이 일었다.

8써클의 마법인 기사 파워 썬더는 곧 지상에 수백 수천 발의 벽력을 내쏘기 시작했다.

콰쾅! 쿠쿠쿠쿠쿠쿠쿠쿠쿠—

진정 공포스러운 광경이다. 지상은 새하얀 빛깔로 물들어 갔다. 바닥은 너무나 강력한 벽력의 기운에 방전판이 만들어져 그 위에 누구도 있을 수 없게 만들었다.

파지직. 파지지지직.

메리언스와 유나, 그리고 몽룡구링은 기가 파워 썬더가 미치는 영향권에서 얼른 벗어나 다시 공격할 태세를 갖추었다.

"헉헉헉……!"

"휴우우, 휴우우우."

땀을 비 오듯 흘리고 있는 그들.

지쳐 보였다. 그들 모두가 각 종족의 수장으로서 그 지닌 힘이 인간들의 강자에 비해 좀 더 강하다고 하지만 드래곤과 맞서 싸우기에는 모자람이 있는 일이었다.

'으음, 어쩔 수 없구나.'

리렌시아는 결국 수인체로 변신을 하기로 결심했다. 모두가 애를 쓰고 있는데 자신만 이렇게 인간의 모습으로 약하게 공격을 할 수는 없었다. 아니, 약한 공격이라고 할 수는 없었다. 그녀는 7써클의 대마도사이니 펼치는 마법 하나하나가 강력했다. 그러나 더 강하게 공격할 수 있는데 그렇게 하지 않는다는 것은 문제가 있는 것이었다.

'정신을 집중해 수인의 유전자를 깨워야 해. 처음으로 해보는 거지만 아무 문제 없어.'

수인족이 수인체로 변신을 하는 것은 자연스러운 일이다. 딱히 마법처럼 스펠을 외우거나 검사들처럼 오러를 일으킬 필요는 없었다.

찌지직. 찌지지직.

　마음속으로 수인체로 변신할 결심을 하자 그녀가 입고 있는 로브와 망토들이 찢겨져 나가고 그 사이로 키노안스 부부와 같은 황금빛의 여우가 나타났다.

　키는 180다르 정도로 커졌고 피부의 털은 윤기가 흐르고 있었으며 얼굴은 커다란 눈망울을 간직한 귀여운 여우의 모습을 하게 되었다. 리렌시아는 황금빛의 여우로 변신을 했지만 여전히 아름다운 모습을 하게 되었다. 그것은 깨끗함이라는 이름의 아름다움이었다.

　"크르릉. 확실히 수인체로 변신을 하니 힘이 비교할 수 없이 강해지는구나."

　넘칠 듯한 힘이다.

　그것은 마력과 신체 양쪽 모두에게 해당되었다. 심장에 자리한 7개의 써클은 맹렬한 움직임을 보이고 있었고 그건 마나홀도 마찬가지였던 것이다.

　'주인님이 전해 주신 호인공! 그게 수인체로 변신을 하니 넘칠 듯한 힘을 보이고 있어. 특별히 운공을 하고 있지 않는데도 마나 홀에서 기운이 일어 전신을 휘돌고 있는데, 아무래도 이건 내게 순발력과 함께 지치지 않는 그런 체력을 줄 수 있을 것 같아.'

　리렌시아는 왼쪽 손목을 바라보았다. 마력 하트는 여전히 그 왼쪽 손목에 박혀 있었는데 그것도 변화를 보이고 있었다.

　좀 더 많은 양의 마력이 느껴지고 있었다. 마법의 보조 도

구로서 완벽해진 느낌이었다.

"크르릉. 좋아, 그럼 이제 공격을 해 보자."

리렌시아는 시선을 들어 마을 입구에 있는 그린 드래곤을 바라보았다.

쿠앙! 콰콰콰쾅!

녀석의 주위는 지금 다양한 색상의 빛 무리가 그를 쓰러트리기 위해 애를 쓰고 있었다. 이제는 자신도 그 빛 무리에 동참을 해야 할 시간이다.

곧 그녀의 입에서 6써클에 있는 마법의 시동어가 흘러나왔다.

"라이트닝 파워!"

우르르르릉.

하늘이 열리며 거대한 번개가 하나 생성이 되었다.

그것은 예전 카린 원탑의 라티안 대마도사가 보여 준 적이 있었던 것인데 리렌시아는 그가 선물로 준 마법서에서 그 전격 계열의 마법을 배워 두었었다.

"크아아아아아아아아앙—!"

브로스는 주둥이를 크게 벌린 채 피어를 발산했다.

모두가 벌벌 떨기를 바랐다. 그리고 원래 피어를 발산하면 웬만한 생명체들은 더 벌벌 떨게 되어 있는 것이다. 하지만 저 멀리서 알짱거리고 있는 여섯 놈들은 인상만 잔뜩 찌푸린 채 계속해서 자신을 공격하고 있었다.

"크르릉. 죽일 놈들! 건방진 놈들……!"

기분이 나빴다.

그것도 매우 더럽게 나빴다.

지상의 모든 생명체 중 가장 꼭대기에 있는 자신이 저런 벌레 같은 것들을 어쩌지 못하고 계속 이렇게 시간을 끌고 있다는 게 마음에 들지 않았다.

그때 다시 최상급의 정령들이 공격을 해 왔다.

콰쾅! 콰콰콰콰쾅!

15미르 크기의 새의 모습을 하고 있는 실레스틴과 10미르 크기의 여신 모습을 하고 있는 엘레스트라가 그의 몸통을 공격해 왔다.

한데 전과는 뭔가가 조금 다르다.

정령들은 브로스의 신체 중 한 부위인 가슴만을 집중적으로 노리고 있었다. 그리고 몽롱구링이 발하는 불의 공격도 그의 가슴을 노렸고 수인족 마법사들의 공격도 마찬가지로 브로스의 가슴만을 노리고 있었다.

콰콰쾅! 콰콰콰콰콰쾅!

끝없는 폭음.

그것은 메리언스가 모두에게 지시한 것이었다. 그는 예전에 베스렐이 블랙 드래곤을 죽일 때 한 부위만을 공격해 앱솔루트 배리어를 깬 것을 아직까지 기억하고 있는 것이다.

그리고 그것은 지금 확실한 효과를 보이고 있었다.

끼지직.

금이 가는 소리다. 절대의 방어막이라는 앱솔루트 배리어는 시간이 흐를수록 금이 가기 시작했다. 약한 힘 다섯이 모여 한 곳을 노리니 그것은 큰 힘이 되어 버린 것이다.

"크르르룽! 죽일 놈들!"

브로스는 녀석들의 의도를 눈치 챘다.

더 이상은 참을 수 없었다.

"좋아. 이제는 진짜 포기다! 저 줄루족의 족장을 잡지 못해도 상관없어. 모두 죽인다. 모두 끝장을 내 주겠어. 이곳 마을을 지도상에서 사라지게 해 주겠어."

그린 드래곤의 마음속에 거대한 살심이 들어찼다.

우우우우우웅.

세상에 잠들어 있는 마나가 거센 움직임을 보였다.

그는 시간을 들여 한 가지 마법을 캐스팅했다.

그것은 9써클에 있는 마법으로서 하늘 밖 우주에 있는 운석을 불러들이는 일이었다. 좀처럼 볼 수 없는, 드래곤이라고 해도 함부로 쓰지 않는 그 마법을 브로스는 지금 이 순간 사용하려 하고 있는 것이다.

우우우우우우우웅.

마나가 몸부림을 친다.

지금의 마법은 펼치지 말라고 부탁을 한다.

하지만 브로스는 거절했다. 이곳 라넬 지역에 살고 있는 생명체는 모두 다 죽일 결심을 품은 그였다. 개미 새끼 한 마리 살 수 없는 그런 지옥으로.

*　　　*　　　*

휘이이이잉.

선선한 바람이 한차례 불어왔다.

하늘은 푸르렀고 그 하늘 사이에는 만물을 비추는 태양이 홀로 길을 걸으며 위엄을 내보이고 있었다.

한가로운 그 모습. 하지만 하늘의 그것과는 다르게 지상은 혼탁한 모습을 보이고 있었다.

잿빛 연기가 피어오르고 있는 곳.

검은 흙이 한번 갈아엎어져 있는 대지 위로 골드 드래곤과 레드 드래곤이 나란히 쓰러져 있다. 그리고 쓰러져 있는 그 모습은 비참하다 할 수 있었다.

머리와 팔, 그리고 다리가 서로 떨어져 나가 있는 모습.

오체분시(五體分屍)를 당한 것이다.

베스렐은 그 두 드래곤을 일찌감치 죽이고는 지금은 검은 흙바닥에 누워 있는 블루 드래곤을 살피고 있는 중이었다.

블루 드래곤의 머리에 손을 얹고는 녀석의 제압된 정신을 풀기 위해 애썼다. 그게 불가능하다는 것을 깨닫자 나중에는 카스트리온이 어디에 있는지 녀석의 기억을 샅샅이 뒤져 살펴보았다.

잠시 후.

블루 드래곤의 머리에 가 있던 손이 힘없이 치워졌다. 그 뒤 베스렐의 입에서는 욕설이 흘러나왔다.

"제기랄! 그 개자식이 진짜 자기가 있는 곳은 싹 지워 버렸네? 씹어 먹을 놈 같으니라고. 아주 영악한 새끼야."

결국 블루 드래곤에게서는 아무것도 얻지를 못했다.

카스트리온은 여기에 있는 세 드래곤을 보낼 때 자신이 위치한 곳이 어디인지를 용언의 힘을 써서는 지워 버린 것이다.

"하아아, 어쩌지? 이 개자식을 어디 가서 잡아야 하나? 서대륙의 북부 어딘가에 몸을 숨기고 있는 거는 같은데, 구체적인 장소를 모르니……."

블루 드래곤이 가진 기억과 베스렐 자신이 아스트랄계에서 얻은 정보를 비교 분석해 보면 카스트리온이 있을 거로 짐작이 되어지는 장소는 서대륙의 북부 지역이다.

하지만 그거 가지고는 아무것도 할 수 없었다.

알트라스 대륙은 넓다.

이름만 가지고 사람을 찾기는 힘든 일인 것이다. 장소를 서대륙의 북부 지역이라고 한정해서 말한다고 해도 그건 모래사장에서 바늘을 찾는 거와 똑같다 할 수 있었다.

"하아아, 젠장할……!"

베스렐은 한숨을 내쉬더니 곧 오른손을 들어 올렸다.

내력을 주입하니 그 오른손에서 오색 빛의 강기가 피어나와 울음소리를 냈다.

우우우우우웅.

적색, 흑색, 청색, 백색, 금색.

파괴적인 기운을 내보이는 오색 강기.

그 오색 강기를 기절해 있는 블루 드래곤의 목에 가져가 한 차례 그어 주자 사과 껍질을 벗기는 그런 소리가 났다.

사각!

결국 블루 드래곤은 목이 잘려 죽고 말았다.

이제는 드래곤의 사체를 수거하는 일만 남은 것이다. 드래곤은 보물 중의 보물이라 할 수 있기에 여기 쓰러져 있는 세 드래곤은 모두 다 가져가야 했다.

그때다. 무슨 일인지 베스렐의 시선이 갑자기 서편 하늘이 있는 곳으로 향했다.

'으응? 뭐지?'

미간에 자리한 불꽃 모양의 주름이 저도 모르게 살짝 일그러진다. 기감을 한번 크게 일으켜 보았다. 그러자 곧바로 뭔가가 느껴졌다.

"마나가…… 마나가 크게 요동을 치네? 어떤 개놈이 9써클에 있는 마법을 펼치려는가 본데?"

정보가 더 필요했다.

베스렐은 기감을 극한으로 일으켜서는 자신이 느끼고 있는 것에 대해 보다 더 자세히 알아보았다. 세상 모두를 향해 가고 있던 기감은 주인의 의지에 따라 어느 한곳으로 몰려가서는 그곳의 상황을 실시간으로 알려 주었다.

"아아, 어디에 계신가요? 빨리, 빨리 돌아와 주세요."

마음속에서 누군가의 애타는 소리가 들려온다.

"아아아, 주인님……!"

순간, 가슴이 철렁 내려앉는 베스렐이다.

주인님을 찾고 있다. 그 주인님은 다른 누구도 아닌 베스렐 자신을 칭하는 것이었다.

"뭐…… 뭐야? 무…… 무슨 일이지?"

두근두근.

갑자기 가슴이 심하게 떨려 오기 시작했다. 리렌시아가 아무래도 지금 크나큰 위기를 맞고 있는 모양이었다.

"아, 안 돼! 절대 안 돼……!"

급했다. 리렌시아는 이 드넓은 세상 천지에 베스렐의 마음속에 들어가 숨을 쉬고 있는 유일한 사람이다.

그녀를 잃을 수는 없었다.

우우우우우웅.

주위에 있던 마나가 베스렐을 향해 고속으로 몰려들었다.

마나를 모으는 과정인 개더링과 마법의 스펠을 외우는 과정인 캐스팅은 모두 2초 만에 끝을 맺었고 곧 베스렐의 입에서는 8써클에 있는 공간 계열의 마법이 펼쳐졌다.

"워프!"

화아아아아악.

드래곤이 펼칠 수 있는 최강의 공격 중 하나는 브레스다.

이 브레스라고 하는 것은 드래곤에 따라 몇 가지의 종류로 나눌 수가 있었는데 그중 그린 드래곤의 경우는 광기의 브레스를 사용한다.

광기의 브레스는 일명 포스겐을 일컫는 것이다.

이 포스겐이라고 하는 것은 독가스를 의미하는 것인데 그린 드래곤의 포스겐은 산성 용액이 포함되어 있어 그 브레스에 노출이 된 생명체는 호흡기가 막히는 것과 동시에 몸이 녹아 버리게 된다.

브로스는 화가 머리끝까지 치솟아 올라 그가 할 수 있는 최강의 공격들을 모조리 다 사용했다.

가장 먼저 9써클에 자리하고 있는, 하늘 밖에 있는 운석을 소환하는 마법을 사용했는데 그것은 잠시 후에 이곳 라넬 지역을 초토화시킬 것이다. 미티어 계열의 마법은 효과가 나타나기까지 꽤 시간이 걸리는 마법들이다. 그리고 브로스는 두 번째로 광기의 브레스를 사용해 바람 일족의 마을을 녹여 버렸으며 나중에는 8써클에 있는 마법들을 마구 난사해 버렸다.

하이 엘프인 메리언스와 유나, 골드 폭스족인 키노안스와 유레이, 그리고 손님이라고 할 수 있는 리렌시아. 마지막으로 초대 받지 못한 손님인 몽롱구링은 브로스의 광기에 찬 공격에 지금 사경을 헤매고 있는 중이었다.

몽롱구링의 경우는 드래곤과 몇 번 공방을 주고받다가 나중에 도망을 치려 했는데 자신 때문에 메리언스 부부가 위기에 처하자 할 수 없이 드래곤과 계속해서 맞상대를 하게 되었다. 그리고 그것은 지금에 이르러 몽롱구링의 생명을 간당간당하게 만들고 있었다.

"끼이익. 크으윽."

"으으윽. *끄끄끄*…… 끝이로구나."

"헉헉헉헉……."

비참한 모습들이다.

모두들 아직까지는 숨을 쉬고 있었지만 그건 오래가지 못할 듯싶었다. 리렌시아를 비롯한 모두는 신체의 일부들이 녹아내리고 있었다. 그것은 그들뿐만이 아니고 마을도 마찬가지였다.

광기의 브레스는 바람 엘프족의 마을을 생명체가 살기 힘든 그런 죽음의 묘지로 만들어 버렸다.

"크아아아아아아앙!"

승리자의 포효.

쿵쿵쿵.

망가진 대지가 크게 울린다.

브로스는 그 육중한 몸체를 움직여 골드 폭스가 쓰러져 있는 장소로 다가갔다. 녀석은 세 골드 폭스 중 가장 오른편에 쓰러져있는 여자 폭스를 보며 말했다.

"크르르룽. 골드 폭스족이 마법에 재능이 있다는 것은 익히 알고 있었지만 너는 정말 대단했다. 나를 꽤나 귀찮게 했어. 크르르룽. 하지만 날벌레는 날벌레. 날벌레는 죽이면 그만이지. 너를 짓이겨 죽여 주마."

브로스가 내려다보고 있는 골드 폭스는 리렌시아다.

"으으으으……."

신음성이 그치질 않는다.

그녀는 수인체가 저절로 풀려서는 다시 인간의 모습으로 돌아가 있었는데 그 모습이 차마 눈 뜨고 볼 수 없을 정도로 끔찍했다.

얼굴의 반이 녹아 사라진데다가 팔다리는 각기 하나씩 사라지고 없었다. 광기의 브레스는 그녀가 지닌 마법 실력으로는 도저히 막을 수가 없는 최강의 공격이었던 것이다.

후드드득.

브로스는 오른발을 들어 올렸다.

자신을 귀찮게 한 여자 수인을 이제 밟아 죽일 심산인 것이다. 또한 그는 여기에 쓰러져 있는 다른 다섯 강자들도 마찬가지로 모두 발로 밟아 죽일 생각을 하고 있었다. 중간계의 절대자인 드래곤을 귀찮게 하면 어떤 벌을 받게 되는지 똑똑히 보여 주어야 했다.

'아아아, 주인님……! 지금, 지금 어디에 계시는 건가요? 저는…… 저는 지금…….'

리렌시아는 주인님을 안타깝게 찾았다.

이제 죽는구나 생각을 하니 눈물이 앞을 가렸다.

주인님과 평생을 함께하고 싶었는데…… 더할 수 없는 행복한 미래를 꿈꾸었는데……. 하지만 이제는 어쩔 수 없이 영원한 이별을 해야 할 듯싶었다.

"크르르릉. 그럼 이제 그만 죽어라!"

브로스는 상대가 공포를 느낄 수 있게 오른발을 천천히 리렌시아의 몸으로 가져갔다. 그러자 거대한 발 그림자가 리렌시아의 전신을 뒤덮었다.

'주인님, 미…… 미안해요. 저는…… 저는 아무래도 여기까지인가 봐요.'

하나뿐인 눈을 내리감는 그녀.

주르륵.

그 눈에서 눈물이 쉴 새 없이 흘러내린다.

과연 이대로 끝내야 하는 것일까? 보고 싶었던 사람을, 그리워했던 사람을 이제야 간신히 볼 수 있게 되었는데…….

바로 그때였다. 브로스가 리렌시아의 몸에 발을 거의 얹어 놓는 그 순간, 하늘의 벽력신이 노하기라도 한 것인지 마른하늘에서 갑자기 뇌성이 울려 퍼졌다.

“우아아아아아아아아—!”

우르르르르릉.

“크윽!”

브로스는 리렌시아를 밟아 죽이려다가 머리에 이는 강력한 충격음에 뒤로 물러서고 말았다. 뇌성은 그에게만 집중이 된 것이다.

“크르릉, 뭐, 뭐야?”

지끈거리는 머리. 브로스는 뒤로 몇 걸음을 물러서고는 시선을 이리저리 돌려 방금 자신을 물러서게 한 장본인을 찾아보았다.

금방 찾을 수 있었다.

멀리 있지 않았다. 상대는 가까이에 있었다.

“크르르르릉.”

낮게 으르렁거리는 브로스.

눈앞에 있는 갈색 머리의 사내. 상대는 자신이 방금 발로 밟아 죽이려 했던 골드 폭스 여인의 곁에 서 있는 것이었다. 자신이 눈치 채지도 못한 사이에.

“으으으, 으으으으……”

그녀의 입에서는 신음성이 끝도 없이 흘러나오고 있었다.

사경을 헤매는 그 모습.

베스렐은 가슴이 아팠다. 찢어질 듯 아팠다.

얘가 이렇게까지 크게 다쳤을 줄은 생각지도 못했다.

하지만 그래도 다행이다. 죽지 않은 게 어디인가?

얼굴의 반이 녹아 뼈가 보이고 팔다리가 하나씩 사라진 상태지만 살아 있으면 된 것이다. 그는 리렌시아가 좋은 거지 그녀의 외모가 좋은 게 아니었다.

"걱정 마, 리렌시아. 내가 고쳐 줄게."

"으으윽."

신음성을 크게 흘리는 리렌시아.

환청이 들린다. 주인님의 목소리를 들은 듯했다.

정신은 이미 마나의 품으로 돌아가기 직전에 있었는데 왠지 느낌상으로는 자신이 죽지 않을지도 모른다는 그런 생각이 들었다. 곁에 주인님이 계신 것 같았다. 주인님의 향기가 나고 있었다.

"리커버리!"

화아아아아악.

베스렐은 일단 리렌시아에게 7써클에 있는 리커버리를 펼쳐 그녀의 원기를 북돋아서는 끊어지려는 생명의 끈을 다시 이어 주었다. 그리곤 고개를 천천히 뒤로 돌려보았다.

드래곤이 한 마리 보였다. 덩치로 보아하니 이제 갓 어른이 된 그런 드래곤이었다.

"으드득."

베스렐의 입에서 이가 갈리는 소리가 들렸다.

눈에서는 불이 일어나고 있었고 얼굴은 악귀처럼 잔뜩 일그러져 갔으며 머리 뒤에 있는 오색 광채는 그 빛을 더해 주고 있었다.

"네가…… 네가 진짜 미쳤구나. 감히…… 감히 리렌시아를 건드려? 네가 죽고 싶은 마음이 없고서야 이런 미친 짓을 할 수는 없을 거야."

"으윽!"

갑자기 머리가 심하게 아팠다. 브로스는 머리에 이는 통증에 저도 모르게 신음성을 흘리며 다시 뒤로 몇 걸음을 물러섰다. 마치 9써클에 있는 '파워 워드 킬'을 쓰는 듯 두통이 심하게 밀려온다.

"크르르릉, 뭐, 뭐냐? 내게 뭔 짓을……."

녀석의 말은 끝까지 이이지지 못했다.

'으응?'

하나의 손이 들렸다.

오른손! 그 오른손에서 오색의 빛이 일더니 순식간에 여섯 개의 구슬이 만들어져 불길한 공명음을 일으켰다.

우우우우우우웅.

"저…… 저건……!"

갑자기 위기감이 전신을 감싼다.

평생을 통해 단 한 번도 느껴 본 적이 없는 죽음에 대한 느낌. 육합멸살이었다.

염라수의 공격초식 이름은 염라지옥이었고 그것은 궁극의 경지에 이르게 되면 육합멸살이라는 새로운 이름을 가지게 된다.

베스렐은 눈에 불을 켜고 말했다.

"일단 네놈은 조금 있다가 손을 봐 주마. 리렌시아를 이리 만든 죄는 그냥 단순히 죽음으로써 끝낼 수 있는 문제가 아니야. 너를 씹어 먹어야 내 속이 좀 풀릴 것 같아. 아주 잘근잘근 말이지."

흠칫!

브로스는 베스렐의 그 같은 말에 화들짝 놀라서는 재빨리 텔레포트 마법을 펼칠 준비를 했다. 지금 자리를 피하지 않으면 나중에 상상할 수도 없는 그런 끔찍한 결과가 자신을 기다고 있을 거란 예감이 들었던 것이다.

하지만…….

늦었다. 언제 나타난 것일까?

지이이잉.

낮은 진동음이 들려온다.

육합의 진은 이미 완성이 되어 있었다.

여섯 개의 강환은 하늘과 땅, 그리고 동서남북의 자리에 가서 서서는 20미르 크기의 브로스를 꼼짝도 못하게 만들었다.

"크르릉. 이…… 이런! 안 돼, 안 돼! 지금 공간 계열의 마법을 썼다가는 죽을 수가 있어. 공간의 틈새에 갇혀 죽을 거야."

마나의 흐름이 지극히 불규칙적이었다.

육합멸살은 여섯 개의 강환을 축으로 해서 둥근 막을 형성하고 있는 것인데 그 강환 하나하나를 자세히 살펴보면 하나의 기운이 아니라 다섯 가지의 기운이 그 강환 속에 모여 있음을 알 수 있었다.

진화를 한 육합멸살이었다.

육합멸살은 오행진결에 의해 전에 보다 훨씬 강력해진 상태가 된 것이다. 그것은 지금의 경우를 보면 알 수 있었다.

브로스는 다급한 마음에 마법을 마구 난사해 보았다.

파이어 스톰, 애시드 스톰, 아이스 빔, 헬 파이어…….

하지만 그 마법들이, 드래곤이 발휘하는 절대의 마법들이 육합멸살의 마나왜곡 현상으로 인해 잘 발휘가 되지 않았다.

다시 한 번 마법을 펼쳐 보았다.

"기가 파워 썬더!"

우르르르릉.

하늘에서 천둥이 일었다. 기가 파워 썬더는 8써클의 마법이니 그 위력이 상상을 초월해야 했다. 그러나 그 하늘에서는 한 줄기의 약한 벽력만을 생성해서는 육합멸살의 구체를 가격할 뿐이었다.

콰앙!

굉음이 크게 일었다. 그러나 그뿐이었다.

“크르르릉. 안 돼. 안 돼……!”

절망감이 일었다. 아무리 해도 벗어날 수가 없었다.

“어…… 어떻게 하지? 어떻게 해야 벗어날 수가 있는 거지? 아무리 해도 안 돼. 강한 위력의 마법을 펼쳐도 그 마법의 위력이 절대적으로 약해져 버리니 이건 어떻게 할 수가 없어. 다른 방법을 찾아봐야 해.”

머리를 굴려 보지만 마땅히 떠오르는 생각이 없었다.

지이잉. 지이이잉.

진동음은 계속해서 들려왔다.

육합멸살의 구체는 여전히 그 위력을 과시하며 브로스를 가두어 두었다. 주인이 명하면 언제라도 드래곤을 죽일 준비를 한 채로 녀석은 기다렸다.

한편, 베스렐은 드래곤이 도망을 칠 수 없게 해 놓고는 눈앞에 있는 리렌시아를 어떻게 살려 낼지 궁리를 했다.

끊어지기 직전에 있던 리렌시아의 목숨은 다행히 다시 생명의 끈을 이어 가고 있었다. 그건 다른 자들도 마찬가지였다.

메리언스 부부를 비롯한 모두를 베스렐은 리커버리 마법으로 일단 목숨 줄은 붙여 놓았다.

“으음…….”

심각한 표정의 베스렐.

리렌시아의 망가진 몸을 보니 가슴이 아파 온다.

리커버리는 그녀를 살려 냈지만 재생을 시켜 주지는 못했다.

날아간 반쪽의 얼굴과 잘려진 팔다리를 새로 생성시켜 주지는 못하고 있는 것이다.

'얘가 정신을 차린 후가 문제야. 나중에 자신의 망가진 몸을 보면 어떤 표정을 지을지…….'

방법을 찾아야 했다.

리렌시아가 아파하는 것은 볼 수가 없었다. 좋아하는 사람이, 자신의 마음속에서 숨을 쉬고 있는 사람이 괴로워하는 것은 차마 볼 수가 없는 것이었다.

'8써클의 치료 마법인 리스토어……. 하지만 그 마법으로도 사라진 팔다리를 재생시킬 수는 없어. 오직 9써클에 있는 리저렉션 마법만이 가능해.'

베스렐 그가 알고 있는 마법은 8써클까지다.

갈루안스 가의 선조들은 드래곤의 마법을 오래도록 관찰해 오며 나름대로 연구를 해서는 8써클에 있는 마법수식을 여러 개 만들어 놓았다. 리스토어 마법의 경우도 연구를 해서 이미 마법수식이 만들어져 있는 상태다.

'으음, 만물을 지배하는 오행진결…….'

베스렐은 자신이 지닌 최강의 힘인 오행진결에 대해 생각을 해 보았다.

'오행진결은 궁극에 이르면 만물을 지배하는 신선의 무공이야. 아니, 신선의 무공이라기보다는 무극의 힘이라 할 수 있겠지. 태초의 의지가 숨을 쉬고 있는 무극의 세계. 그 세계를 꿈꾸며 만든 게 오행진결이니까. 현재 나는 오행진결의 세 가지 중요 구결 중 상생결과 상극결은 완성이 된 상태야. 하지만 마지막 무극결은 이제 초입에 들어섰어. 그 무극결을 완성해야 진정한 신의 힘을 사용할 수가 있는데 지금으로서는 언제 그 같은 경지에 이를지 알 수가 없어.'

무극결은 신의 힘이다.

무극결은 세상만물을 지배할 수 있는 그런 힘이 있었고 그 힘이라면 충분히 리렌시아의 망가진 몸을 고칠 수 있는 것이었다.

'한번 상생결로 해 볼까? 리스토어의 마법에 상생결의 힘을 불어넣어 보는 거야. 의지는 재생. 그 재생의 의지를 상생결에 심으면 잘하면 될 것도 같아.'

머릿속에 떠오른 지금의 이 생각.

가능성이 충분해 보였다. 손해 볼 일은 없으니 즉시 시행해 보기로 했다.

우우우우우우웅.

주변의 마나가 잘게 떨린다.

베스렐은 리스토어 마법의 스펠을 외웠고 그 마법이 펼쳐지기 직전에 오행진결상의 상생결을 머릿속으로 떠올렸다.

'오행은 서로 도와 리스토어에게 힘을 불어넣는다! 사라진

것을 되돌린다! 망가진 몸을 원래의 모습으로 되돌린다!'

오행진결의 상생결에 절대의 명이 내려졌다. 그것은 허공 중에 생성되어지고 있는 리스토어의 빛에 몸을 던져서는 전혀 다른 힘으로 바뀌었다. 그리고 그 바뀐 힘은 검은 흙바닥에 누워 있는 리렌시아의 몸 주위를 천천히 맴돌았다.

"리스토어!"

마침내 마법의 시동어가 흘러나왔다.

샤라라라라라라랑.

오색 빛깔이 사방에 일었다.

리스토어 마법은 진짜 리스토어가 아니었다.

리렌시아의 날아간 반쪽 얼굴과 사라진 팔다리는 눈부신 오색의 빛 속에서 서서히 재생이 되었다.

흉측하게 변해 있던 얼굴은 다시 금발의 아름다운 얼굴로 바뀌었고 불구가 되어 있던 팔다리는 다시 정상적인 모습으로 변해 갔다. 거기에 더해 진화가 된 리스토어는 리렌시아에게 새로운 힘을 전해 주었다.

그건 선물이라 할 수 있는 것이었다.

심장에 있는 마력이 저절로 가득 차서는 그녀를 7써클 마스터의 경지에 이르게 한 것이다. 거기에 더해 7.5써클의 마법이 사용 가능하게끔 마력 하트의 힘도 좀 더 강해지게 만들었다.

샤라라라라라라랑.

환상적인 모습을 연출하고 있는 오색 빛깔의 리스토어!

그것은 잠시 후에 끝을 맺었다.

＊　　　＊　　　＊

바닷가 근처가 아닌데도 회가 떠져 있다.

그건 물고기가 아닌 거대한 육식 동물의 것이었다.

육식 동물은 놀랍게도 그린 드래곤인 브로스였고 녀석은 지금 온몸이 난자가 되어 죽어 있는 상태였다. 드래곤 스켈일이 전부 벗겨져 있고 몸은 칼에 베인 듯 수천 조각이 나서는 끔찍하게 죽어 있는 것이다.

진화를 한 리스토어의 도움으로 다시 멀쩡한 모습을 하게 된 여섯 강자들.

하이 엘프인 메리언스와 유나, 레인 줄루족의 족장인 몽롱구링, 폭스족의 족장인 키노안스와 그의 아내인 유레이, 마지막으로 베스렐의 곁을 서성이고 있는 리렌시아는 회가 떠져 죽은 모습을 하고 있는 그 그린 드래곤을 멍하니 바라만 봐야 했다.

“…….”

“…….”

상상도 못한 모습이다.

이곳 중간계의 절대자라는 드래곤을 저런 식으로 죽이는

경우는 처음 봤다. 껍질을 벗기고 내장을 드러낸 다음 마지막에 뼈를 깎았다. 뭔가 잘못된 것처럼 느껴진다. 세상이 거꾸로 돌아간 듯한 느낌이다.

탁탁탁.

"좋아, 깔끔하게 됐군."

베스렐은 자리에서 일어나서는 손을 털었다.

"언젠가 한 번은 드래곤을 멋지게 회를 떠서 죽여 봐야겠다고 생각했는데 그게 생각보다 더 잘 됐어."

만족스러웠다.

예술적으로 죽인 것 같아 기쁜 마음이 든다.

놈이 고통에 떨며 자신을 그냥 죽여 달라고 할 때는 쾌감이 일기까지 했다. 아무래도 자신에게 변태적인 기질이 있지 않나 싶다.

"뭘 그렇게들 멍하니 있어?"

베스렐은 리렌시아를 비롯한 모두가 자신의 얼굴을 이상한 눈초리로 쳐다보자 한소리를 했다.

"곧 이곳 근처에 운석이 떨어진단 말이야. 아무래도 미티어 스웜 마법 같은데 얼른 피하자고. 몇 분 내로 이곳 라넬 지역은 지옥으로 변할 거야."

"예에? 그…… 그게 무슨 소리입니까?"

"미…… 미티어 스웜이라고요?"

모두가 놀라는 표정을 짓는다.

특히나 메리언스와 유나는 몸을 벌벌 떨기까지 했는데 그 이유는 지금 이 자리에 없는 바람 일족의 엘프들 모두가 라넬 지역의 북부에 있는 비밀의 장소에 몸을 숨기고 있었기 때문이다. 드래곤이 온다는 것을 알고는 급히 그들을 결계가 쳐져 있는 그곳으로 보낸 것이었다.

하지만 그 같은 일이 이제는 위험하게 되었다.

미티어 스웜은 운석을 소환하는 9써클의 마법 중 가장 무서운 것으로서 도시 하나쯤은 지도에서 사라지게 할 수가 있는 것이었다.

이곳 라넬 지역은 도시보다 넓은 지역이지만 미티어 스웜의 공격권에서 벗어날 수는 없는 일이었다.

"그, 그럼 한참 전에 느꼈던 그 거대한 마나의 움직임이 운석을 소환하기 위한 것이었군요."

리렌시아의 기억이 1시간 전으로 돌아간다.

브로스의 주위로 몰려든 거대한 마나의 움직임에 그녀는 하얗게 질렸었다. 하지만 이상하게도 멀쩡했다. 마법이 펼쳐지지가 않은 것이었다. 한데 지금 보니 그 마법이 미티어 스웜인 것이기 때문에 그런 것이었다. 보통 미티어 계열의 마법은 최소 1시간이 지나야 효과가 나타나는 것이니 그때 바로 펼쳐지지 않은 것은 당연한 것이었다.

"어…… 어쩌죠?"

유나가 떨리는 눈빛으로 남편에게 묻는다. 하지만 메리언스도 대책이 서지 않는 것은 마찬가지였다.

"모르겠소. 1시간 전에 미티어 스웜 마법이 시전이 되었으면 이제 곧 이곳에 운석들이 날아올 텐데……."

"아아아……!"

한탄이 흘러나온다. 절망의 그림자가 메리언스와 유나의 전신을 감싸기 시작했다. 방법이 없었다. 결계에 숨어 있는 바람 일족의 엘프들을 구할 길이 없었다.

그때 베스렐이 머뭇거리는 두 하이 엘프에게 서두르라고 말을 걸었다.

"뭐 해? 왜들 그러고 있어? 빨리 자리를 피해야지. 곧 수백의 운석이 떨어진다 말이야."

"맞아요. 주인님 말씀대로 어서 피해야 해요."

"……."

"……."

두 하이 엘프는 아무 대답도 하지 않았다. 그러나 그들의 고개는 어떤 운명의 힘에 의해 이끌어지기라도 하듯이 스스로도 모르게 베스렐을 향해 돌아갔다.

머리 뒤에 발하는 오색 빛의 후광.

빛이 난다. 누가 보더라도 신성의 힘이 느껴지는, 인간을 넘어선 초월자다. 아제 보니 희망은 있었던 것이다.

"할 수 있을까요?"

"일단 부탁은 해 보아야 하지 않겠소."

메리언스와 유나는 서로 한 차례씩 말을 주고받더니 곧 베스렐에게 자신들의 사정 이야기를 꺼내 들었다. 너무 늦지나 않았으면 좋겠다는 그런 바람을 품고서.

창공에 떠 있는 뭉게구름을 향해 뭔가가 다가갔다.

슈아아아아앙.

빠르다. 화살이 날아가는 것보다 훨씬 빠른, 가히 섬전이라고 해도 모자람이 없을 듯하다.

"에이, 그런 건 진즉에 좀 말해 주지."

베스렐의 얼굴 표정이 잔뜩 일그러져 있다.

지금 그는 유령비의 섬전결을 펼쳐서는 뭉게구름이 있는 곳으로 날아가고 있었다.

시간이 없었다.

피부에 직접 느껴지는 듯하다. 그의 기감이 주인에게 말해 주고 있는 것이다. 하늘 밖 우주에 있던 운석들이 이제 곧 들이닥칠 것이라고.

스윽.

베스렐은 뭉게구름 위에 올라섰다.

그의 고개가 들려지며 우주로 향했다.

슈아아아아앙.

그의 귀에 들린다. 그의 눈에도 보인다.

수백의 거대 운석들이 몸에 불을 일으키고는 지상을 향해 빠르게 내려오고 있는 것이다.

"으음, 될까? 그래도 되겠지?"

지상에서 뭉게구름이 있는 이곳까지 올라서는 데 3초의 시간이 걸렸다. 그 3초의 짧은 시간 동안 베스렐은 대책을 세웠다.

수백의 운석들을 어떻게 하면 사라지게 할 수 있을지, 어떻게 하면 라넬 지역에 피해가 가지 않게 할 수 있을지 그 대책을 세웠다. 하지만 그 대책이 실효성이 있는지 어쩐지는 알 수가 없었다. 미티어 스윔은 수십 페르(km)에 걸쳐 그 영향을 미치기에 자신을 할 수가 없는 것이었다.

"일단 제일 중요한 것은 라넬 지역의 북부 쪽으로는 피해가 가지 않게 하는 거야. 그곳만 막으면 인명 피해는 없으니 생각보다 그렇게 어려운 것은 아닐 거야."

과연 어떻게 될 것인가?

모른다. 확신을 할 수는 없지만 그래도 자신을 가져 보기로 했다. 할 수 있다는 자신감을 가져야 능력 밖의 일도 할 수가 있는 것이었다.

"좋아. 그럼 이제 유령비의 궁극을 펼쳐 보자. 마음을 편안하게 한 뒤, 법문이 뜻하는 바를 몸으로 구현하는 거야. 할 수 있다는 믿음 속에서."

유령비의 궁극.

베스렐은 즉시 마음속으로 유령비의 법문을 외우기 시작했다.

스스스스슷.

그의 몸에서 안개가 피어나더니 곧 유령막이 생겨났다. 유령비는 회전결과 환상결, 그리고 섬전결로 이루어져 있다.

그 세 가지 중요 구결은 이제 모두 12성 대성지경에 이르러 있었고 베스렐이 의지를 일으키자 그 세 가지는 하나가 되어 궁극의 모습으로 나타나기 시작했다.

하나, 둘, 셋, 넷……

모두 아홉이다.

베스렐은 모두 아홉 명이 되어 있었다.

단순히 유령비의 환상결을 펼친 것 같아 보이지만 왠지 그 느낌이 이상했다. 환상결은 말 그대로 환상일 뿐이지만 지금 아홉의 베스렐은 모두 진체(眞體)처럼 느껴지는 것이다. 그리고 그것은 사실이었다.

"됐군. 처음으로 펼쳐 보는 구유현세인데 생각보다 쉽게 되었어. 아홉의 힘이라면 미티어 스웜을 사라지게 할 수 있을 거야."

구유현세(九幽現世).

이것이 바로 유령비의 궁극인 것이었다.

환상이 아닌 실체를 지닌 아홉의 베스렐.

그들 아홉은 힘이 전혀 줄어들지 않은 상태에서 동시에 같은 절기를 펼칠 수가 있었다.

염라수는 강하다. 그리고 그 강한 절기는 구유현세와 짝을 이루게 되면 전에 비해 아홉 배로 강해지게 되어 있는 것이었다. 그건 지옥도법이라고 해서 예외가 아니었다.

수비무공의 극점에 있는 유령비.

그건 이처럼 궁극에 이르면 다른 모든 무공들을 아홉 배로 강하게 만드는 기상천외한 힘이 담겨 있는 것이었다.

"좋아, 구유현세를 이루었으니 이제는 지옥도법을 펼칠 준비를 하자."

베스렐은 즉시 아공간을 열어 그 안에서 그레이트 소드를 빼 들어서는 중단세의 자세를 취했다.

드워프가 만든 최고의 걸작품인 괴물 검.

손에 검을 쥐고 나니 자신감이 붙는다.

슈아아아아아앙.

운석들이 떨어지는 소리가 이제는 자세히 들려온다.

화염에 휩싸인 거대 운석들은 지상을 지옥으로 만들기 위해 그 속도를 점점 더 높이고 있었다.

'오행진결의 상극결……! 지옥도법을 펼칠 때 이번엔 상생결이 아닌 상극결의 힘으로 펼친다. 예상이기는 하지만 상생결보다 수배 이상 강한 위력을 보일 거야. 상극결의 그 격렬한 힘은 기존의 것을 부수는 기능이 담겨 있으니 틀림이 없어. 전과는 다른 절대의 위력! 지옥도법의 전반 삼 초식이면 충분할 거야.'

베스렐은 단전에 있는 오행진기를 상극결의 힘으로 바꾸고 는 즉시 지옥도법이 원하는 신체의 경맥으로 돌렸다.

우우우우우웅.

검에서 검명이 들려온다.

전에 보다 훨씬 강력해진 힘.

드워프가 만든 그레이트 소드는 무리 없이 그 힘들을 받아내고 있었다.

'죽인다, 죽인다, 모두 다 죽인다……!'

순간 베스렐의 마음속에서 거대한 살심이 피어나 하늘을 향해 뻗어 나갔다. 만물을 죽이고픈 마음.

하지만 화염에 휩싸인 수백의 거대 운석들은 베스렐의 살기에 아무런 반응도 보이지 않은 채 이제 뭉게구름이 있는 곳에 거의 다다르게 되었다.

슈아아아아아앙. 화르르르르르르르—

바로 그때, 아홉의 베스렐 모두에게서 지옥의 절기가 펼쳐졌다.

"지옥절규—!"

후화아아아아아아악.

그레이트 소드가 찰나의 시간에 수십 수백 번이 휘둘러졌고 그 사이에 끔찍한 지옥의 소리가 터져 나와 불타는 운석들을 향해 부딪쳐 갔다.

끼야아아아아아아아아앗—

비교할 수 없었다.

이건 원래의 지옥절규가 아니었다.

아홉의 베스렐이 힘을 써서인 것일까? 물론 그 힘이 크게 작용하고 있는 것은 틀림없었다. 하지만 지금은 그 이외의 힘도 함께 작용하고 있는 것이었다.

콰쾅! 콰콰콰콰콰콰쾅!

수백의 거대 운석들이 잘게 부수어진다.

눈에 보이지 않는 어떤 방어막이 있어 그 운석들을 막아 내고 있는 듯하다.

지옥도법의 세 번째 초식인 지옥절규.

그 또한 오행진결의 상극결에 의해 진화가 된 것이다.

지옥절규는 산 것을 지옥으로 보내는 힘이 있었다. 살아 있는 것들의 원천의 힘을 빼앗는 것이다. 하지만 지금처럼 무생물을 부수는 그런 기능은 없었는데 베스렐이 오행진결의 상극결로 지옥도법을 펼치니 없던 기능이 추가가 되어 지금처럼 믿기 힘든 위력을 보여 주고 있는 것이었다.

끼야아아아아아아아아앗—

계속되는 지옥의 절규 소리.

콰쾅! 콰콰콰콰콰콰콰쾅!

그것은 일부만을 놓쳤을 뿐 불타는 운석들 대부분을 작디작은 돌멩이로 만든 뒤, 잠시 후에 그쳤다. 라넬 지역에 닥친, 인간의 힘으로는 도저히 막을 수 없었던 재앙은 이제 모두 물러간 것이다.

Chapter7

달빛이 고운 밤

세상은 빠르게 변화하고 있었다.

그 변화 속에는 마법 또한 포함이 되어 있었다.

세상의 마나가 불안정한 움직임을 보이며 마법을 사용하는 데 지장을 주기 시작한 것이다. 마나 지배력이 뛰어난 5써클 이상의 마법사들은 그래도 괜찮았다. 캐스팅 속도에 지장이 있을 뿐, 마법을 사용할 수는 있는 것이었다. 하지만 하위 마법사들은 죽을 맛이었다. 마법의 발현이 안 되는 그런 마법사들이 속출하기 시작한 것이다.

위기 상황이었다.

세상의 위기가 마법사들의 피부에 직접적으로 와 닿는 순간이었다. 무언가 해결 방도를 찾아야 했다.

하지만 혼돈으로 가고 있는 세상을 일개 인간들이 무슨 수로 막을 수가 있겠는가? 그건 중간계의 절대자라는 드래곤도 해결하지 못하는 세상의 대재앙인 것이다.

암울한 현실.

과연 이 세상은 어찌 흘러갈 것인가.

"탑주님! 어찌하실 생각이십니까?"

"뭘 어째? 필요 없다고 전해."

회의실에 여러 사람이 모여 있다.

기다란 테이블을 사이에 두고 왼편은 마법사, 그리고 오른편은 기사들이 있었다. 또한 한쪽에 마련되어 있는 또 하나의 테이블에는 고위 행정관들이 모여 있었다.

이곳은 갈루안스 성에 있는 관청이었고 상석에는 지금 베스렐이 자리에 앉아서는 심드렁한 표정을 짓고서 회의를 진행 중에 있었다.

그는 3일 전, 고향이라고 할 수 있는 이곳 갈루안스 성으로 돌아온 것이었다.

"폐하! 그래도 성에 있는 리오나드 신전에 신탁이 내려진 상황인데 가 보는 게 좋지 않을까 싶습니다."

영주대리를 맡고 있는 라단 펠리스다.

"뭐야? 내가 왜 폐하야? 아직 즉위식도 올리지 않았잖아. 나중에 일이 해결되면 그때에나 날을 잡아서 왕위에 오를 테니까 지금은 그냥 주군이라고 불러."

"아아, 예에, 알겠습니다, 주군."

많이 늦어지고 있는 상황이다. 올 4월경에 대관식을 치르고 왕위에 올랐어야 했지만 벌써 늦가을인 11월이다.

왕국의 기틀은 벌써 다 갖추어져 있었지만 왕국의 정점에 있어야 할 왕만은 아직 공석에 있는 것이었다.

라단 펠리스는 주군이 얼른 왕위에 올랐으면 싶었지만 지금은 흘러가는 분위기상 그런 말을 할 수가 없었다.

세상이 멸망으로 치닫고 있다는데 그 일보다 더 중요한 게 어디에 있겠는가.

이곳 관청의 회의실에 모여 있는 사람들은 이제는 모두 다 알고 있었다. 마탑의 고위 마법사들과 기사단의 상급 이상의 기사들, 그리고 고위 행정관들은 어제 베스렐에게서 모든 걸 들을 수 있었다. 베스렐은 세상 곳곳에서 일어나고 있는 천재지변에 대해 설명을 해 주었다. 또한 이 세상을 혼돈으로 몰아가고 있는 녀석의 정체가 무엇인지도 간단히 설명을 해 주었다.

고룡인 카스트리온.

그를 막지 않으면 이 세상은 끝장이었다.

"그리고 신전엔 갈 필요가 없어. 내게 하고 싶은 말이 무엇인지 다 알고 있는데 뭐 하러 가? 아마 리오나드 여신도 모를걸? 그 개자식이 어디에 있는지 말이야. 정확한 지점을 알려 주면 가 보겠지만 어림없지. 카스트리온 그 개자식이

준신의 힘을 얻고서는 자신의 위치를 꼭꼭 숨기고 있으니 여신의 힘이 제아무리 절대적이라고 해도 찾을 수는 없을 거야. 내가 찾지 못하는데 천상계에 있는 여신이 어떻게 찾겠어.”

“…….”

“…….”

베스렐의 설명이 끝나자 회의실에 있는 모두가 꿀 먹은 벙어리라도 된 것마냥 조용해진다.

리오나드 여신도 모를 거라는 그 말.

신성모독이다.

신은 모든 걸 다 알고 있는데 어찌 그런 불경스러운 말을 할 수가 있단 말인가. 하지만 주군이 하는 말이 이상하게도 믿겨진다. 리오나드 여신도 알지 못할 거란 그 말이 사실처럼 느껴진다.

메드레스 마도사는 탑주의 얼굴을 찬찬히 살펴보았다.

‘으음, 탑주님의 머리 뒤에 있는 오로라. 저건 아무리 봐도 신성의 힘이야. 신전의 성녀나 교황이 가진 그런 신성력과는 차원이 다른 힘.’

이해할 수 없었다. 저 오로라의 정체가 궁금했다.

입에 담기가 조심스럽지만 인간이 아닌 신처럼 느껴지는 탑주다.

‘으음, 이상해. 탑주는 마법사인데 어떻게 신성의 힘을 갖

게 된 것일까? 오로라는 시간이 흐르면 점점 사라질 것이라
하셨지만 그 힘이 무엇인지는 설명을 해 주시지 않았어. 하지
만 느껴지는 기운은 분명 신성의 힘이야. 예전에 한 번 본 적
이 있는 리오나드 신전의 성녀와 비슷한 느낌이니 틀림없
어.'

마법사의 심장에는 마력이 담겨 있다. 그리고 신전의 고위
사제들의 몸에는 신성력이 잠들어 있다.

이 마력과 신성력은 함께할 수가 없었는데 그 이유는 마력
과 신성력은 서로 반발을 하는 성질이 있었기 때문이다. 물과
기름처럼 함께할 수가 없는 것이다.

물론 힘의 높낮이를 구분하자면 아무래도 신성력이 마력에
비해 상위에 있다고 할 수 있었다. 한데 지금 탑주에게서는
마력과 신성력이 함께 느껴지니 메드레스 마도사로서는 의문
이 들 수밖에 없는 것이었다.

'거기에 또 하나의 이상한 점은 보통 신전에 있는 교황이
나 성녀 정도로 그 지닌 신성력의 힘이 아주 강력한 자를 만
나게 되면 누구나가 경외심을 갖고 고개를 숙여야 한다는 거
야. 마음이 편안해지고 가슴속에 환희가 들어차니 당연히 그
럴 수밖에 없는 것이지. 한데 탑주에게서는 그런 게 없어. 교
황이나 성녀보다 더한데도 불구하고 신성의 힘이 사람들에게
크게 영향을 미치지 않아.'

메드레스 마도사는 마법사답게 분석을 했다.

탑주와 신성의 힘에 대해 깊이 있게 생각했다.

'으음, 그건가?'

뭔가 느껴지는 게 있다.

'아무래도 신성의 힘이 기운을 제대로 쓰지 못하는 것 같아. 그리고 그건 탑주님의 기질 때문이야. 드센 기질이 신성의 힘을 죽이고 있는 거지.'

메드레스 마도사가 탑주에 대해 생각을 하고 있는 그사이에도 회의는 계속해서 진행이 되고 있었다.

"그럼 신전에는 제가 알아서 말을 넣겠습니다."

라단 펠리스의 말에 베스렐은 고개를 끄덕였다.

"그래. 자네가 잘 말해. 내가 몸이 아파서 현재 꼼짝도 할 수 없는 상황이라고 해 버려. 그럼 귀찮게 하지는 않겠지."

"예, 알겠습니다."

말도 안 되는 변명이다.

인간의 힘을 초월한 사람이 몸이 아프다니…… 과연 그 같은 말을 어느 누가 믿을 수 있겠는가? 라단 펠리스는 자신이 제대로 된 말을 준비해서 가야겠다고 생각했다.

"아아, 그리고 리오나드 신전 말이야."

"……."

"기부를 좀 더 해. 신전에서 애를 많이 쓰고 있다며? 자연재해로 다친 사람들을 신성 마법으로 치료를 해 주고 거기에 불안에 떠는 왕국민들의 마음을 다독여 주고 있다니. 나라가

해 주지 못하는 일을 그렇게 신전에서 해 주니 참으로 고맙
군."

라단은 주군의 말에 입가에 부드러운 미소를 보였다.

"예, 그렇지 않아도 리오나드 신전에 저번 달부터 기부금
을 좀 더 책정해 놓고 있습니다."

"그래? 으음, 잘했군. 역시 라단 자네는 나하고 잘 맞아.
말하지 않아도 내가 어디가 근지러운지 다 아는 것 같아. 앞
으로 마무왕국의 총리 일도 잘하겠어."

베스렐은 라단 펠리스에 관한 보고서를 처음 접했을 때부
터 느낀 거지만 사람이 참 유능하다는 생각이 들었다.

도덕성과 능력이 완벽히 조화를 이루고 있으니 나라 일을
하기에 최고의 인재였다.

그는 어제 라단에게서 자신이 서대륙에 가 있는 11개월 동
안 마무왕국에서 벌어진 중요국책 사업과 일의 진행과정, 그
리고 자연재해로 벌어진 사고를 어떻게 수습을 하고 있는지
그 모든 걸 보고 받은 상태였다.

방대한 분량의 보고서였지만 베스렐은 그 모든 걸 반나절
만에 끝낼 수 있었다. 자신이 보기에 어려운 상황도 많았지만
그 모든 어려운 상황을 라단은 잘도 해법을 찾아서는 최선의
결과물을 만들어 냈다.

'후후후.'

베스렐은 속으로 흐뭇한 웃음을 지었다.

‘후후, 정말 내가 사람 하나는 잘 들인 것 같아. 능력이 있는 사람은 많지만 믿음이 가는 사람은 그다지 많지가 않지. 믿음이란 것을 나눈다는 게 조금 그렇기는 하지만 그래도 상중하의 세 단계로 나누어 본다면 라단은 상의 믿음이 가는 자야. 국정 일을 누구 한 사람에게 맡긴다는 것은 참으로 위험천만한 일이지만 라단이라면 괜찮아. 라단이라면 내 충분히 맡길 수가 있어.’

그때 탑주에 대해 생각을 하고 있던 메드레스 마도사가 말문을 열었다.

“탑주님? 그럼 그 일은 언제 하실 생각이신지요?”

“뭐? 무슨 일?”

베스렐의 되물음에 메드레스 마도사는 어제 마탑에서 나눈 대화 중에 한 가지를 다시 꺼내 들었다.

“어제 제가 말씀드린 결계를 말하는 것입니다. 슈크란 산 주위에 설치되어 있는 결계가 수명이 다했는지 얼마 전부터 많은 수의 몬스터들이 자주 침입을 해 오고 있습니다. 일 년에 네 차례 있던 몬스터의 침입이 지금은 한 달에 한 번, 어떤 때에는 두 차례씩 있는데 그 일이 이곳 갈루안스 지역에 살고 있는 왕국민들의 생업에 조금씩 지장을 주고 있습니다. 그렇지 않아도 자연재해로 힘이 든데 거기에 몬스터들의 침입까지 잦다 보니 불안해 하는 사람들이 빠르게 늘어나고 있는 추세입니다. 그러니 빠른 시간 내에 대책을 세워야 할 듯싶습니다.”

“아아, 그거.”

베스렐은 메드레스 마도사가 말한 것을 생각해 보았다.

슈크란 산에 펼쳐진 결계.

그것은 반영구적이다. 몬스터들의 침입이 잦아졌다는 것은 결계를 유지하는 핵심인 마나석이 그 수명을 다했다는 것을 의미한다. 문제는 그 마나석을 베스렐이 작년 여름에 교체했다는 사실이다. 못해도 십여 년은 더 가야 할 마나석의 수명이 벌써 다했다는 것은 정말 이상한 일이 아닐 수가 없는 것이었다.

‘으음, 세계는 지금 혼돈으로 가고 있어. 세상의 마나가 불안정한 움직임을 보이니 결계에도 영향이 미치는 거야. 결계를 이루는 핵심인 마나석을 지금 다시 교체를 한다 해도 그것은 몇 달 못 갈 거야. 근원을 없애야 해. 카스트리온 그 개자식이 하고 있는 일을 멈추게 해야 결계가 다시 정상적인 모습을 보일 거야.’

결계의 힘을 약하게 만든 카스트리온.

지금 당장 잡기는 힘들다. 다른 대책을 세워야 했다.

베스렐은 말했다.

“걱정 마. 그건 조금 있다가 해결하지. 마법진을 좀 더 보강하고 마나석을 새로 교체하면 1년 정도는 견딜 수 있을 거야.”

"1년이요? 10여 년이 아니라 1년입니까?"

메드레스 마도사가 의아해 하는 눈빛으로 묻자 베스렐은 어쩔 수 없다는 표정을 지었다.

"할 수 없어. 그것도 길게 잡은 거야. 나니까 1년 정도로 유지시킬 수가 있는 거라고."

"……."

"으음, 자네도 느끼고 있겠지만 앞으로 시간이 가면 갈수록 세상의 마나는 극도의 혼란을 보일 거야. 그러면 결계의 힘도 당연히 더 약해질 수밖에 없어. 각국의 왕궁에 설치되어 있는 결계는 아마 그 수명이 1달도 못 갈걸? 그것도 길지. 마법사가 마법을 펼치기도 점점 힘들어지고 있는 판국에 결계가 무슨 수로 버티겠어. 원흉을 잡아야 해. 카스트리온 그 개자식을 잡으면 모든 게 다 해결이 돼."

결론은 다시 카스트리온으로 돌아간다.

자연재해도 마나의 혼란도 그 하나만 잡으면 깨끗이 해결이 되는 것이다. 그리고 그 같은 일은 일반의 사람들이 해결할 수 있는 문제가 아니다.

카스트리온과 같은 드래곤들이 나서거나 그도 아니면 인간을 초월한 베스렐만이 해결할 수가 있는 것이었다.

신은 소용이 없다.

신은 이 일을 해결할 수 없다.

천상계에 있는 신이 중간계로 강림을 해 오면 세계를 넘어오는 과정에서 그 힘이 대폭 약해져 버리게 된다. 시간이 어느 정도 지나야 본래 지니고 있던 힘의 3분지 1의 힘을 되찾을 수 있게 되는데, 그 같은 일을 드래곤들은 절대로 내버려 두지 않는다. 약해진 신을 두드려 패서는 다시 천상계로 쫓아 버릴 것이 틀림이 없었다. 예전에 마계의 마왕이 인세에 강림했을 때를 보면 알 수 있다. 마왕은 몇 마리의 드래곤에게 엄청 두드려 맞고는 비참하게 다시 마계로 돌아가야 했다.

"결계는 조금 있다가 해결할 거니까 그건 됐고, 으음, 그럼 그건 어때?"

"뭐가 말입니까, 탑주님?"

"자네 왼쪽 손목에 있는 마력 하트 말이야."

베스렐의 물음에 메드레스는 만족스럽다는 듯이 입가에 흐뭇한 미소를 지어 보였다.

"좋습니다. 이 마력 하트의 도움으로 전에는 쓸 수 없었던 마법을 사용할 수 있게 되었고 또한 마력이 안정적이게 되어 다른 마탑의 마도사들보다 캐스팅 속도가 월등해졌습니다. 지금처럼 마나가 불안정한 시기에도 저를 비롯한 갈루안스 마탑의 고위 마법사들은 상대적으로 괜찮은 거지요."

"잘됐군. 그런데 그 마력 하트를 몇 개 만들었지?"

"예, 현재는 저와 옆에 앉아 있는 바얀스 마도사, 그리고 5써클의 마법사 4명만이 마력 하트를 장착하고 있습니다. 그

리고 마력 하트를 만드는 데 필요한 마법재료가 충분히 확보
되면 그때는 몇 개를 더 만들 생각입니다. 다른 5써클의 마법
사들에게도 전해 주어야 하니 말입니다."

베스렐의 고개가 끄덕여진다.

"으음, 좋아, 잘했어. 그럼 앞으로도 마력 하트를 계속해서
만들어 나중에는 4서클의 마법사도 사용할 수 있게 해. 마력
하트는 4써클의 마법사부터 사용할 수 있음을 알리라고. 그
럼 하위 마법사들이 앞으로는 더욱더 열심히 마법에 매진할
테니까 말이야."

"예, 알겠습니다."

"그리고 이번에 두 사람이 경지에 들어섰다고 했지?"

베스렐의 시선이 기사들이 자리한 오른편으로 향했다.

라이언 기사단의 단장인 블레스와 새로 창설이 된 기사단
의 단장이 된 네 사람. 그중 로가드 기사단장과 에돈 기사단
장에게 시선이 갔다.

"하하, 예, 그렇습니다, 주군."

"모두 주군의 덕분입니다. 저희 두 사람이 소드 마스터의
경지에 들어설 수 있었던 데에는 주군의 가르침이 컸습니다.
오러 연공법이 아니었다면 어림도 없는 일이었습니다."

이제 보니 두 단장은 모두 오러 블레이드를 일으킬 수 있는
그런 소드 마스터의 경지에 들어선 모양이다.

그동안 마무왕국에는 블레스 기사단장만이 유일하게 소드

마스터로서 그 위용을 자랑했는데 이제 두 사람이 한꺼번에 블레스 단장과 같은 경지에 들어서 왕국의 힘이 좀 더 강해지게 되었다. 기사보다는 마법사의 힘이 훨씬 강한 마무왕국에 이제는 조금이나 균형이 맞춰지게 된 것이다.

"잘됐군. 다른 단장들도 열심히 수련해서 두 단장처럼 경지에 들 수 있도록 해."

"예, 알겠습니다. 주군."

"열심히, 아니, 죽도록 노력하겠습니다."

소드 익스퍼트 최상급의 경지에 있는 다른 두 단장이 힘찬 목소리로 대답을 했다.

"후후, 그래. 죽도록 노력해. 그럼 반드시 경지에 들 수 있을 거야."

베스렐은 회의실에 있는 모두와 일일이 눈을 마주치며 계속해서 회의를 진행했다. 묻고 답하고 의견을 나누는 시간이 생각보다도 길게 이어졌다. 하지만 좋았다. 다들 잘하니 신경 쓸 일이 없었다.

'세상은 어지럽게 변해 가고 있지만 이곳만큼은 큰 혼란 없이 잘 돌아가고 있어. 각자가 알아서 잘하고 있으니 내 마음이 다 편해. 그럼 이제는 나만 잘하면 되는 것인가? 세상이 무너지기 전에 그놈을 끝장내야 해. 그리고 그렇게 하기 위해서는 정보를 얻을 수 있는 그곳 아스트랄계에서 놈에 관한 단서를 계속해서 찾아봐야겠지.'

혼란한 세상이다.

이러한 세상에 가장 필요한 것은 각자가 하고 있는 일을 알아서 잘하는 것이다. 불안에 떨지 말고 잘될 것이라는 믿음을 가지는 게 중요하다. 인간은 인간의 길이 있고 초월자는 초월자의 길이 있으니 각자의 맡은 일만 잘하면 혼란한 세상은 금세 다시 안정을 되찾을 것이다.

＊　　　＊　　　＊

"주인님?"

"응. 말해."

늦은 밤, 리렌시아가 침대 위에 가부좌의 자세로 앉아 있는 베스렐의 어깨를 주무르며 말을 건다.

"저는 걱정이 드네요. 많은 사람들이 불안에 떨고 있잖아요. 가뭄이 들고 홍수가 나며 지진이 일고 있는데 과연 그 같은 일이 해결될 수 있을지, 사람들의 마음에 다시 희망을 줄 수 있을지 저는 잘 모르겠네요."

"왜 그렇게 생각하는데?"

"천상계의 신들도 힘을 쓰지 못하고 있잖아요. 중간계의 드래곤도 해결을 못하고 있고요. 한데 인간인 저희가 어떻게 그걸 해결할 수 있겠어요."

힘없는 음성이다.

그녀의 마음속에도 서서히 불안의 기운이 싹트기 시작하는 것이었다. 베스렐은 불안해 하는 그녀를 안심시켜 주기 위해 간단히 해결책을 알려 주었다.

"걱정하지 마. 카스트리온만 잡으면 돼. 그 개자식만 잡아서 족쳐 버리면 세상의 혼란스러움은 금세 가라앉아."

"하지만 찾을 수가 없잖아요."

"으음, 그건……."

리렌시아의 결정적인 한마디에 베스렐은 바로 대답을 할 수가 없었다.

찾아서 죽이면 일은 간단히 해결된다. 하지만 그녀의 말대로 찾을 수가 없었다. 이것은 큰 문제라 할 수 있는 것이었다. 시시각각 멸망의 길로 가고 있었는데 그 일을 주재하고 있는 자를 찾지 못하고 있으니 답답한 마음이 들었다.

하지만 그렇다고 해서 포기하는 마음을 가져서는 안 된다.

포기한다는 것은 끝을 의미하니 할 수 있는 것은 모두 다 해 보는 수밖에 없었다.

베스렐은 리렌시아에게 희망을 주고 싶었다.

그래서 자신에 찬 말을 해 주었다.

"리렌시아! 너, 나 못 믿는 거야?"

"……."

베스렐의 믿음직한 눈과 리렌시아의 부드러운 눈이 마주했다.

"나는 누구나 다 불가능하다고 생각한 그 무한비만증을 극복해 낸 사람이야. 카스트리온 그 개자식이 건 저주를 자아계에서 목 졸라 죽여 버렸지. 나는 포기하지 않았어. 그리고 남들처럼 불가능하다고 생각하지도 않았지. 그래서 가능했던 거야. 할 수 있다 생각하고, 이룰 수 있다고 믿으며, 거기에 죽을 듯이 노력을 하니 지금처럼 정상적인 몸을 유지할 수 있는 거라고. 그러니 믿어. 이번에도 믿어. 내가 카스트리온 그 개자식을 조만간에 찾을 수 있고 또한 잘근잘근 씹어 죽일 수 있을 거라고 믿으란 말이야."

순간, 베스렐의 머리 뒤에 있는 흐릿한 오색의 광채가 그 빛을 더하며 밝게 빛났다.

샤라라라라라랑.

따뜻한 느낌이 든다. 아니, 시원한 느낌 또한 같이 든다.

극과 극이라 할 수 있는, 따뜻함과 시원함이 공존하는 빛.

리렌시아는 신성의 힘이 느껴지는 그 오색의 빛을 바라보니 마음속에 자리하고 있던 어떤 불안한 기운이 싹 사라짐을 느낄 수 있었다.

"아아아……!"

입에서 저도 모르게 감탄사가 흘러나온다.

신기했다. 마음속에 믿음을 심어 주는 빛이다.

주인님은 자신의 머리 뒤에 있는 오로라와 같은 빛이 무공 수련의 부작용 때문에 생긴 것이라 했다. 태초의 기운을 너무 많이 흡수해 아직까지도 그걸 자신의 힘으로 만들기 위해 애쓰고 있다고 하셨다.

'이 오색의 빛 무리가 무공을 수련하다 부작용으로 생긴 거라니, 아무리 봐도 신기해. 느껴지는 것으로 봐서는 분명히 신성의 힘인데 말이야. 이 신성의 힘을 단지 무공수련을 통해서 얻을 수 있었다니, 정말 믿기 힘든 일이야.'

호기심이 인다.

그동안은 왠지 껄끄러운 마음이 들어 할 수가 없었는데 지금은 해도 별 탈이 없을 것 같다.

스윽.

리렌시아는 주인님의 어깨를 무르고 있던 손 중 오른손을 내밀어서는 눈앞에 있는 오로라를 매만져 보았다.

그러자 곧바로 그녀의 몸에 활(活)의 기운이 들어차기 시작했다. 몸속에 있는 나쁜 독소가 빠져나가고 좋은 기운은 심장의 마력과 마나 홀에 있는 호인공의 진기로 다가가 그 힘을 보태 주고 있었다.

'아아, 되는구나. 역시 특이한 기운이야. 마력과 신성력은 서로 반발을 하는데 주인님의 것은 전혀 그렇지가 않아. 오히려 내 힘을 더 키워 주고 있어.'

마음이 편안해진다.

눈을 감고 이대로 가만히 있고만 싶었다.

그때 베스렐이 그녀의 편안한 마음을 깨웠다.

"으음, 오늘따라 달빛이 곱네?"

창밖에 둥근 보름달이 떠 있었다.

늦가을의 마지막을 알리는 것 같은 그 보름달은 베스렐의 마음을 움직였고 그는 즉시 일어나 창가로 다가갔다. 리렌시아는 주인님이 자리에서 일어나자 자신도 따라 일어섰다.

드르륵. 탁.

창문이 열리자 한줄기 바람이 불어와 실내를 시원하게 해주었다. 베스렐은 아무 말 없이 밤하늘을 바라보았다.

리렌시아가 곁에 다가와서는 주인님과 같이 밤하늘을 올려다보며 그의 어깨에 몸을 기댔다.

밤하늘에 펼쳐진 멋진 풍경.

둥근 달과 수많은 별들이 혼란한 세상에 희망이 되어 주고 싶은지 그 빛을 더욱 밝게 일으키고 있다.

찌르륵. 찌르르륵.

창밖에 있는 정원에서 풀벌레 소리가 들려온다.

그 또한 아름답게 들린다. 희망이 되어 가슴을 울린다.

"정말 아름다운 풍경이네요, 주인님."

"으응, 그래."

왠지 마음이 들뜨는 기분이다.

밤하늘은 멋졌고 거기에 리렌시아가 어깨에 살며시 기대고서 있으니 마음이 어느 한곳으로 흐른다.

찌르륵, 찌르르륵.

계속되는 풀벌레 소리. 베스렐은 고개를 돌려 리렌시아를 바라보았다. 그러자 어느새인지 리렌시아도 자신을 바라보고 있었다.

“…….”

“…….”

아무 말 없는 두 사람.

뜨겁게 빛나는 남자의 눈과 물결처럼 부드럽게 빛나는 여인의 눈이 만나 무언의 속삭임을 갖는다. 말은 하지 않았지만 두 사람은 서로를 느낄 수 있었고 잠시 후, 실내에는 긴 입맞춤이 이어지게 되었다.

첫 번째 키스.

많이 늦었다. 스물두 살이라는 늦은 나이다.

두 사람은 그 늦은 나이에 마음이 하나가 되어 첫 키스를 하게 되었고 그것은 두 사람에게 잊을 수 없는 경험을 안겨 주었다. 두 사람은 마음이 허공으로 붕 뜨는 것 같은 그런 황홀경을 경험하게 된 것이다.

깊어 가는 밤, 달빛이 유난히 고운 그런 좋은 밤이다.

찌르륵. 찌르르륵.

*　　　*　　　*

한 달이라는 시간이 쏜살같이 지나갔다.

베스렐은 그 시간을 내내 카스트리온을 찾기 위해 애썼다.

몸을 직접적으로 움직여 돌아다닌 것은 아니고 아스트랄계에 수시로 들러 알트라스 대륙을 살폈다.

전에 블루 드래곤을 통해 얻게 된 정보. 그 정보를 토대로 카스트리온이 있을 거라 짐작되어지는 서대륙의 북부 지역을 중점적으로 살폈다.

하지만 더 이상의 정보는 들어오지 않았다. 분명 서대륙의 북부 어딘가에 있을 터인데 아무리 살펴도 특이점을 찾을 수가 없었다.

과연 녀석은 어디에 있단 말인가?

베스렐은 마음이 점점 초조해짐을 느낄 수 있었다. 한 달이라는 짧지 않은 시간이 다 지나갔는데도 불구하고 흔적조차 찾을 수 없으니 답답했다.

아무래도 상대는 조심하고 있는 모양이다.

베스렐이 아스트랄계에서 카스트리온 자신을 찾을 수 있다는 그 사실을 알고는 조심에 조심을 거듭하고 있는 것이었다.

조금이라도 실수를 하면 들키게 되는 카스트리온.

상대가 실수하기를 애타게 기다리는 베스렐.

세상은 점점 더 빠르게 혼돈으로 향하고 있었고 이제 시간은 그다지 많지 않아 보였다. 시간은 베스렐에게 불리하게 작용을 하고 있었다. 서둘러야 했다. 서둘러 찾아야 했다.

푸르른 공간이다.

이곳은 아스트랄계의 두 번째 세계인 공유계다.

오행신성령의 모습을 하고 있는 베스렐은 현재 이곳 공유계에서 조심스레 고룡인 카스트리온을 찾고 있었다. 조심스러운 이유는 혹시 천상계의 누군가가 자신이 있는 이곳 공유계로 내려오지 않을지 걱정이 들었기 때문이다.

전에 바람의 정령왕과 리오나드 여신이 자신을 찾은 적이 있지 않았던가. 보기 싫었다. 마음이 위축될까 두려워 만나기가 꺼려졌다. 그래서 수시로 그레이 홀에서 누군가가 내려오고 있지 않는지 살피며 카스트리온의 행방을 계속해서 찾았다.

'으음, 점점 심해지고 있구나.'

공유계에서 바라보면 세상이 어떻게 변화하고 있는지를 피부 깊숙이 알 수가 있었다. 보겠다고 마음을 먹으면 모든 게 보였다. 곳곳에서 일어나고 있는 천재지변들, 그리고 그 천재지변 속에서 들려오는 고통의 비명 소리들.

인간을 비롯해 대륙에 살고 있는 모든 동식물들은 가뭄과 홍수, 지진, 화산 폭발, 해일 등등에 피해를 입고 있었다.

'이 개자식을 빨리 찾아야 하는데 미치겠군. 큰일이야, 큰일. 놈이 하는 일이 구체적으로 뭔지는 모르겠지만 어쨌든 점점 완성을 향해 다가가고 있는 듯한데 말이야.'

오행신성령으로 이루어진 베스렐. 그의 미간이 시간이 흐를수록 점점 좁혀진다. 좀 더 집중을 해 보았다. 마음속으로 강한 열망을 담아 5,000여 년이 다 된, 그래서 죽을 날이 이제 얼마 남지 않은 카스트리온을 찾았다.

'카스트리온, 이 개식아! 어디 있는 거냐? 어서 네 모습을 내게 보여 줘! 네놈의 더러운 몸체를 이제는 그만 드러내란 말이다!'

우우우우우웅.

마음속에 강한 열망을 담아서인지 공유계가 들썩였다.

베스렐은 계속해서 열망을 드러냈다.

그날 이곳 공유계에서 본 카스트리온의 모습을 강하게 떠올렸다.

머리에서 발끝까지의 길이는 50여 미르 정도 된다. 피부는 광택이 흐르는 검은 비늘이 전신을 감싸고 있었고 거기에 두 눈은 약간의 광기가 스며 있어 잘못 보면 미친놈처럼 보였다. 아니, 미친놈이 맞기는 했다. 세상을 혼돈으로 몰고 가는 녀석이니 미친놈이 틀림이 없었다.

'이 씹어 먹어도 모자랄 놈아! 진짜 어디 있는 거야! 너 때문에 내가 식사 시간도 거르고 계속 이 짓거리를 하고 있잖아! 빨리 네 모습을 드러내란 말이다, 이 써글 놈의 개자식아! 이 지옥에 떨어져도 모자랄 빌어먹을 놈아!'

그때였다.

'으웅?'

속으로 카스트리온을 향해 한창 욕설을 퍼붓고 있던 베스렐의 두 눈에 무언가가 포착이 되었다.

지금껏 계속해서 관찰을 하고 있던 서대륙의 북부 지역.

그 북부 지역에서도 서쪽에 있는 카리온 왕국에 그의 관심을 끌 만한 일이 벌어지고 있었다.

'뭐야? 드래곤들이네?'

카리온 왕국에 있는 어느 이름 모를 도시의 상공 위로 빛이 일더니 그 사이로 드래곤들이 나타났다. 요즈음 이상하게 잘 보지 않았던 드래곤들이 한꺼번에 여러 마리가 보였다.

속으로 드래곤의 숫자를 세어 보았다.

'하나, 둘, 셋, 넷……'

빛이 일렁일 때마다 한 마리씩 나타났는데 가장 마지막에 나타난 드래곤까지 세어 보니 모두 아홉 마리가 되었다.

'으음, 떼거리로 몰려들었구나. 근데 무슨 일이지? 왜 저곳에 떼거리로 모인 걸까?'

결과라고 하는 것은 원인이 있기에 발생하는 것이다.

잠시 드래곤들이 하는 행동을 지켜보았다.

오래 걸리지는 않았다. 그들이 무얼 하려는지 금세 알 수 있었다. 아홉 마리의 드래곤은 도시의 상공 위에 나타나자마자 편을 가르기라도 하는지 세 마리의 드래곤과 여섯 마리의 드래곤으로 각자 뭉치기 시작했다. 그러더니 잠시 후에는 서로 싸우기 시작했다.

‘뭐야? 드래곤들끼리 싸움질을 다 하네? 책에서 읽기로는 드래곤끼리는 잘 싸우지 않는다고 들었는데 말이야. 으음, 정말 이상하군.’

드래곤은 집단 생활이 아닌 객체 생활을 한다. 그래서 다른 드래곤이 하는 일에 신경을 쓰지 않는다. 홀로 잘났다고 떠드는 드래곤은 그냥 잠자고 싶을 때 자고 먹고 싶을 때 먹으며 유희를 떠나고 싶을 때 떠난다. 드래곤끼리 만날 일은 거의 없으니 당연히 싸울 일은 더더욱 없는 것이다.

‘으음……’

베스렐은 잠시 드래곤들의 싸우는 모습을 구경하다가 시선을 돌려 카리온 왕국의 전체를 유심히 살펴보기 시작했다.

수상쩍었다. 드래곤들이 카리온 왕국에 모습을 드러낸 게 아무래도 뭔가가 있는 것 같았다.

샅샅이 뒤져 보았다. 무언가 작은 실마리도 놓치지 않기 위해 눈에 불을 켰다.

시간은 천천히 흘러갔다. 그리고 잠시 후에 무얼 발견하게 됐는지 베스렐의 입가가 씰룩거리기 시작했다.

—흐흐흐흐흐

음침한 웃음이다.

드디어 원하는 정보를 볼 수 있게 된 베스렐이다.

—흐흐흐, 거기였구나! 이 씹어 먹을 놈의 개자식! 네놈이 거기에 숨어 있었어!

참을 수 없는 기쁨.

후화아아아아아앙.

눈부신 빛이다. 주인의 마음을 알기라도 하는 듯 오행신성
령의 몸에서는 거대한 빛을 일으켜 푸르른 공간계를 더욱 밝
혀 주었다.

Chapter8
마그나드를 만나다

중간계에 있는 드래곤은 모두 42마리다.

수억의 인구인 사람과 비교를 하자면 극히 적은 숫자라 할 수 있었다. 하지만 솔직히 그 42라는 숫자도 인간이 보기에는 많은 것이었다.

드래곤은 사람들에게 절대자라고 불리는데 그건 줄루나 엘프와 같이 다른 지성체들도 마찬가지다. 지상에 있는 모든 생명체들은 드래곤을 절대자라 생각하고 있었고 또한 그들 드래곤을 두려워한다.

강력한 육체와 브레스라고 하는 권능. 그리고 마법이라기보다는 신의 힘이라 할 수 있는 9서클의 절대 마법. 그런 모든 것을 사용할 수 있는 절대자가 42마리나 있다는 것은 타 종족에게는 불행한 일이라 할 수 있었다.

드래곤에게 실수를 해서 잘못해 죄를 짓기라도 하면 그건 재앙으로 나타나니 모두가 두려워할 수밖에 없는 것이다.

한데 어느 날부터인가 이 드래곤의 숫자가 급격히 줄어들기 시작했다. 정확히는 작년 겨울이 그 시발점이다.

2,300여 년을 살아온 레드 드래곤이 한 인간에 의해 머리에 구멍이 뚫려서는 죽은 것이다. 그 이후로도 드래곤은 그 사내에게 5마리나 더 죽었다.

중간계의 절대자라는 드래곤이 한 인간에게 모두 6마리나 죽었으니 이것은 진정 경악할 만한 그런 일이라 할 수 있는 것이었다. 그리고 드래곤 6마리의 죽음은 끝이 아닌 시작이라 할 수 있는 것이었다. 드래곤의 죽음은 인간에 의한 것 말고도 같은 동족에 의해서도 벌어지고 있었다.

"크아아아아아아아아앙—!"
"크아아아아아앙!"
이른 아침, 드래곤들의 피어가 로렌 시의 상공 위에서 사방으로 퍼져 나갔다.
우르르르릉.
피어는 벽력성이 되어 지상에 있는 로렌 시를 강타했고 시민들은 공포를 부르는 그 피어에 다들 패닉 상태에 빠져서는 어떻게 할 줄을 모르고 있었다.

그렇지 않아도 천재지변에 힘들어 하던 시민들은 이제 세상이 끝났다고 생각했다. 드래곤들이 떼로 나타나 싸움을 하는 경우는 이 세상이 만들어진 이래 처음 있는 일이었던 것이다.

"크르르룽. 제기랄!"

나이가 4,497세에 이른 골드 드래곤이다.

카스트리온 다음으로 나이가 많은 그는 마그나드였고 현재 그는 세 마리의 드래곤과 싸움 중에 있었다.

치열한 싸움. 하지만 상황은 마그나드에게 점점 불리하게 돌아가고 있었다.

"크아아아아앙! 모두들 정신 차려! 중간계의 절대자라는 드래곤끼리 이게 무슨 짓이냐!"

크게 소리를 질러 보지만 소용이 없었다. 그리고 그 같은 일이 아무 소용이 없을 거란 걸 마그나드는 진즉에 알고 있었다. 이미 몇 번이나 해 보았던 것이다.

후우우웅. 후우우우우웅.

여러 마리의 드래곤이 날갯짓을 함께 일으키니 바람이 크게 일었다. 마그나드를 포위하고 있는, 덩치를 보아 이천여 년을 조금 넘게 산 것 같은 세 마리의 드래곤은 마그나드를 죽이기 위해 악착같이 덤벼들었다.

하늘의 구름 위에서 서로 가까이 붙다 보니 그들은 마법 공격보다는 육체적인 공격을 주로 감행했다.

"크아아아앙!"

레드 드래곤 하나가 마그나드의 왼쪽 날개를 물었다.

"크윽!"

신음성을 흘리는 마그나드.

그는 날갯짓을 세차게 일으키며 날개를 물고 있는 레드 드래곤을 떨쳐 냈고 그다음으로는 반격에 나서려는지 재빨리 자신의 양발에 나 있는, 황금빛이 일렁이고 있는 발톱으로 녀석의 등을 움켜쥐었다.

콰직!

"크아아아앙!"

고통에 찬 비명성이다. 살점이 크게 떨어져 나가며 붉은 피가 하얀 구름 속으로 떨어져 내렸다.

확실히 에이션트 드래곤은 일반의 드래곤에 비해 강한 것 같다. 하지만 마그나드는 지금 하나가 아닌 셋과 싸우고 있는 중이었다.

휘이이이이잉.

세찬 바람이 분다. 블랙 드래곤 한 마리와 실버 드래곤 한 마리가 어느새 마그나드의 양옆으로 날아와서는 합공을 가했다.

"크아아아아아앙!"

"크르르르릉."

콰직! 콰지직!

뭉개지는 소리가 크게 들린다. 블랙 드래곤의 발톱과 실버 드래곤의 이빨 공격이 제대로 먹혀 들어갔다.

"크르릉. 제기랄! 확실히 세 놈이 덤비니 버겁구나."

얼굴에 고통의 빛을 살짝 띠운 마그나드는 다시 날갯짓을 강하게 일으켜 놈들의 2차 공격을 피해 좀 더 높은 하늘 위로 날아 올라갔다.

"리스토어!"

화아아아악.

환한 빛이 일었다. 세 드래곤의 공격권에서 벗어나자마자 마그나드는 치료 마법을 펼쳐 등과 옆구리에 난 상처를 단숨에 고쳤다. 그리고 넓은 구름 위의 다른 곳에서 펼쳐지고 있는 싸움을 지켜보았다.

마그나드의 하나뿐인 자식인 앨마로와 자신을 돕기 위해 나선 화이트 드래곤인 브리스트.

"으음, 다들 밀리고 있구나."

현재 앨마로와 싸우고 있는 드래곤은 레드 드래곤으로서 나이가 2,710세인지라 그보다 한참 어린 앨마로를 압도하고 있었다. 그리고 브리스트는 지금 두 마리의 드래곤과 싸우고 있어 그 역시 밀리고 있었다.

결과가 보이는 듯했다. 보지 않아도 알 수가 있었다.

수에서 너무 차이가 났다.

드래곤이란 생명체는 하나같이 그 힘이 강대한 존재들인지라 지금처럼 쪽수로 밀어붙이면 나이가 많아도 소용이 없었다. 마그나드의 경우는 두 녀석이 한계였다. 둘이 덤비면 충분히 이길 수 있었지만 셋이 덤비면 절대적으로 불리할 수밖에 없었다.

"크르르릉! 카스트리온 이 미친놈! 동족의 정신을 제압해 자신의 수족으로 부리다니."

생각할수록 화가 난다.

마그나드는 현재 자신의 발길을 가로막고 있는 여섯 드래곤이 카스트리온의 조종을 받고 있다는 사실을 잘 알고 있었다. 벌써 세 번이나 카스트리온에게 정신을 제압당한 녀석들을 만나 보았고 또한 그들을 자신의 손으로 직접 죽이기까지 한 것이다.

슬픈 일이었다. 드래곤의 역사상 이런 일은 없었다.

드래곤이 같은 동족의 정신을 제압해 수족으로 부리고 또한 동족의 피를 손에 묻히고 있으니, 생각할수록 가슴만 답답해질 뿐이었다.

"크르릉, 나이가 3,000살 이상인 웜 급 드래곤의 힘이 절대적으로 필요한데…… 하지만 그들 또한 카스트리온의 흉계에 빠져 절대의 결계 속에 갇혀 버리고 말았으니……."

드래곤들의 모습이 요새처럼 어수선한 시기에 보이지 않는 이유. 그것은 지금 마그나드가 말한 것처럼 카스트리온의 흉계 때문이었다. 드래곤의 사명은 중간계를 지키는 것. 당연히 혼돈으로 가고 있는 세상을 구해야 하지만 드래곤들은 그 일보다는 먼저 자신들의 안위부터 챙겨야 했다.

"카스트리온이 하고 있는 일을 어떻게든 막아야 하는데 나 혼자의 힘으로는 어림도 없으니…… 진정 이 세상은 파멸로 치달아야만 하는 것일까?"

생각할수록 암울함만이 가득 찬다.

"크아아아아아앙!"

그때 구름 근처에 있던 세 마리의 드래곤이 크게 괴성을 터트리며 빠르게 마그나드가 있는 곳으로 날아올랐다.

그들의 마음속에는 마그나드를 죽여야 한다는 그 생각 하나뿐이었다. 다른 생각은 일체 들어 있지 않았다. 그래서 더 무서운 것이었다.

우우우우우웅.

구름 위의 마나들이 세찬 움직임을 보였다. 8써클에 속하는 고위 마법들이 세 드래곤에 의해 펼쳐질 준비를 하고 있었다.

"크르릉. 좋다. 그렇다면 나도 이제부터는 전력으로 싸워 주마."

마그나드의 금빛 눈동자에 강렬한 빛이 일었다.

자신이 어떻게든 해야 했다.

힘들더라도 에이션트 드래곤인 자신이 혼돈으로 가고 있는 세상을 어떻게든 구해 봐야 했다. 중간계를 지키는 일은 드래곤이 태초의 의지로부터 부여 받은 사명이지 않은가.

*   *   *

로렌 시가 보이는 한 야산의 정상이다.

드래곤들의 흉포한 싸움으로 동물들의 모습이 전혀 보이지 않는 이곳으로 누군가가 공간이동을 해 왔다.

화아아아아악.

눈부신 빛.

그 빛 사이로 큰 키의 사내와 금발의 아름다운 여인이 걸어 나왔다.

“여기인가요, 주인님?”

“응. 여기야.”

베스렐과 리렌시아다. 그들은 세상을 혼돈으로 몰아가고 있는 원흉을 처단하러 이 자리에 나타난 것이었다.

원래는 베스렐 혼자 이곳으로 오려고 했지만 전에 리렌시아가 만일 카스트리온이 있는 곳을 발견하게 되면 자신도 꼭 데려가 달라고 부탁을 하여 이렇게 함께 오게 된 것이다. 그리고 그건 그월더와 베로에게는 비밀이었다.

베스렐로서는 그들까지 챙겨 줄 여력은 없었던 것이다.

준신의 힘을 지닌 카스트리온이다 보니 괜히 옆에서 알짱거리다가는 별다른 저항도 못해 보고 그냥 그대로 명계로 가 버릴 수가 있는 것이었다.

우르르르르룽.

그때 마른하늘에 천둥소리가 일었다. 아니, 마른하늘은 아니었다. 멀쩡했던 하늘은 순식간에 짙은 먹구름으로 뒤덮였고 그 사이로 수백발의 벽력이 지상으로 내려쳤다.

콰콱! 콰콰콰콰콰콰콱!

로렌 시에 재앙이 닥쳤다.

드래곤의 피어에 패닉 상태에 빠져 있던 시민들은 비명 한 번 제대로 질러 보지 못하고 죽음을 맞이해야 했다.

"주인님! 드래곤들이에요. 드래곤들끼리 하늘 위에서 싸우고 있어요!"

리렌시아의 시선이 먹구름이 가득한 하늘로 향했다가 그곳에 있는 드래곤들을 보고는 놀란 음성을 내뱉는다. 그러다가 무얼 느꼈는지 그녀의 시선이 이번엔 로렌 시가 있는 곳으로 향했다.

"아아, 저기도 있어요."

드래곤은 하늘뿐만이 아니라 지상에도 있었다.

"크아아아아아아아앙!"

"크르르룽!"

시의 외곽이었다. 그곳에서 레드 드래곤 한 마리가 크게 피어를 터트리고 있었고 그 드래곤의 앞에는 덩치가 작은 골드 드래곤 한 마리가 신음성을 내며 쓰러져 있었다.

"어떻게 된 일일까요, 주인님? 왜 드래곤들이 싸움을 하고 있는 걸까요?"

"……."

베스렐은 리렌시아의 물음에 아무런 대답도 하지 않고 그저 드래곤들을 뚫어지게 노려만 보았다.

진화를 한 기감이 하늘과 지상에 있는 드래곤들을 분석하기 시작했고 잠시 후, 베스렐의 뇌리 속으로 몇 가지의 정보가 들어왔다.

'으음, 여섯 놈의 정신이 나갔구나. 저번에 나한테 죽은 그 자식들처럼 카스트리온에게 정신이 제압당한 녀석들이야. 그리고 다른 세 마리의 드래곤은…… 으음, 저것들은 그래도 다른 녀석들에 비해 정신이 제대로 박힌 녀석들이군. 아무래도 위기를 맞고 있는 저 세 마리의 드래곤은 카스트리온의 일을 저지하기 위해 나섰다가 낭패를 보고 있는 듯해.'

콰쾅! 화르르르르르르—

초고열의 열기다.

먹구름이 잔뜩 끼어 있는 하늘.

그 하늘 위에서 싸움을 벌이고 있는 일곱 마리의 드래곤 중 정신이 나가 있는 블랙 드래곤이 헬 파이어 마법을 시전했다. 그리고 그것은 로렌 시의 중심부에 떨어져서는 시를 불의 지옥으로 만들기 시작했다.

화르르르르르르르—

"으아아악! 사…… 살려 줘! 아…… 안 돼에에……!"

"오오, 신이이시여!"

"엉엉엉엉! 엄마아아아······!"

도시가 비명을 지른다. 신이 있다면 그 신이 나타나 자신들을 구원해 주기를 기도해 본다.

"아아아······!"

리렌시아의 얼굴에 다급한 빛이 떠오른다.

그녀는 급히 주인님에게 말했다.

"주인님! 주인님이 어떻게 좀 해 주세요. 드래곤들로부터 시민들을 구해 주세요. 주인님이라면 할 수 있잖아요."

"알았다. 그렇지 않아도 지금 나설 생각이었다."

두 눈에 살짝 불을 일으키는 베스렐.

세상에서 제일 싫은 게 드래곤이다.

그는 먼저 로렌 시의 외곽에 있는 레드 드래곤을 손봐 주기로 결심했다. 막 걸음을 옮기려다 무슨 생각이 떠올랐는지 그의 시선이 리렌시아에게로 향했다.

"주인님······."

간절한 바람이 리렌시아의 얼굴에 담겨 있다. 드래곤이라고 하는 재앙으로부터 시민들을 구해 달라는 그런.

베스렐은 미간을 찌푸렸다. 드래곤과 리렌시아를 한 번씩 바라보더니 결국 한마디를 꺼내 들었다.

"역시 안 되겠어. 불안해. 네가 아무리 7써클의 대마도사라고 해도 드래곤들 앞에서는 어린아이에 불과해."

위험했다. 드래곤들이 떼거리로 있다. 그리고 조금 있으면 카스트리온을 만나게 되는데 그럼 그때는 더 위험하게 된다.

위험한 곳에 괜히 데려왔다는 생각이 들었지만 이미 물은 엎질러진 것이니 리렌시아를 안전히 지킬 방도를 생각해야 했다. 머릿속이 순간 맹렬한 움직임을 보였고 곧 한 가지 괜찮은 생각이 떠올랐다.

스윽.

베스렐의 오른손이 들렸고 그 손에서 빛이 살짝 일더니 곧 사그라졌다.

"으응?"

리렌시아의 두 눈이 동그랗게 떠진다.

언제 생긴 것일까? 눈을 한번 깜박할 시간에 생성이 되어 있었다. 그것은 투명한 막이었다. 마치 8써클에 있는 배리어처럼 자신의 몸 주위를 감싸고 있었다.

'여섯 개의 구심점이 있구나. 호두알 크기의 구슬 여섯 개가 서로 연결이 되어 배리어 같은 막을 형성하고 있는 거야.'

"안심해라."

베스렐은 리렌시아에게 자신이 만든 방어막에 대해 간단히 설명해 주었다.

"염라수의 공격 초식인 염라지옥을 극성으로 펼치면 육합멸살이 되지. 그걸 수비무공으로 바꾸었어. 오행진결의 상생결을 그 육합멸살에 융합한 다음 의지의 힘으로 육합수호로 바꾸었으니 이제 그 어떤 공격도 방어해 낼 수 있을 거야. 그거라면 9써클에 있는 미티어 계열의 마법이라도 충분히 막아 낼 수 있을 거야."

안심이 되었다. 이제는 마음 놓고 이곳의 정신 나간 드래곤들을 끝장내 주어도 될 듯싶었다.

"주…… 주인님……!"

"금방 갔다 올게."

베스렐은 리렌시아에게 고개를 한번 끄덕여 주더니 곧 오른발을 로렌 시가 있는 방향으로 내밀었다. 그러자 그의 신형이 바람처럼 그 자리에서 사라졌다.

"크르르릉."

앨마로는 신음성을 흘렀다.

이제 끝장이라는 생각이 들었다.

정신이 나가 있는 레드 드래곤은 앨마로의 등판에 발을 얹고는 포효를 터트리고 있었다.

"크아아아아아아아앙—!"

자신이 승리자가 되었다는 것을 자축하려는 듯 미친놈처럼 괴성을 질렀다. 그러다 이제는 앨마로를 끝장낼 생각을 했는지 녀석의 등판에 올려진 다리에 힘을 주었다.

콰직!

붉은빛을 내는 발톱이 튀어나오며 앨마로의 등을 뜯는다.

녀석은 그것으로는 모자라다 생각했는지 몸통을 숙여서는 앨마로의 긴 목으로 주둥이를 가져가 댔다.

스물스물.

주둥이가 크게 벌어지며 그 안에서 침이 쏟아져 내린다.

'으으윽, 내가…… 내가 이제는 죽는구나……!'

앨마로는 이제는 끝장이라는 생각에 두 눈을 감았다.

찰나의 시간이 억겁의 시간처럼 느껴진다.

시간은 그렇게 흘러갔다.

"……."

아무 말 없는 앨마로.

무슨 일일까? 왜 자신이 아직까지도 죽지 않고 살아 있는 것일까?

그때다. 등 위에 올려져 있던 레드 드래곤의 다리에서 갑자기 힘이 풀리더니 곧 쓰러지는 소리가 났다.

쿠웅! 후드드드득.

주위에 있던 작은 건물이 드래곤의 무게를 견디지 못하고 무너져 내렸다. 앨마로는 이상한 생각에 힘이 잘 들어가지 않는 고개를 억지로 돌려 자신을 죽이려 했던 레드 드래곤을 바라보았다.

"뭐…… 뭐야? 왜에……?"

두 눈을 치켜뜨며 크게 놀라는 앨마로.

놀랄 수밖에 없었다. 아란트란 이름 가진, 카스트리온에게 정신을 제압당한 레드 드래곤이 어느새 죽어 있었던 것이다.
그것도 얼굴을 비롯한 전신에 수천 줄기의 핏물을 흘리며 죽
어 있었다.

슈아아아아앙.
베스렐은 먹구름이 낀 하늘을 향해 섬전처럼 날아갔다.
머리 뒤에 있던 오색의 빛 무리는 이제 모두 다 흡수를 한
상태다. 그래서 더 강해졌다. 더 이상 강해지기 힘들 정도로
강해졌다.
유령비의 섬전결은 공간을 접어서 베스렐을 원하는 장소에
내려놓았다.
"그럼, 먼저 저놈 둘을 끝장내 볼까?"
화이트 드래곤인 브리스트를 합공하고 있는 두 드래곤.
"크아아아아아앙!"
"크르르르릉!"
브리스트는 최선을 다했다. 하지만 이제 더 이상은 버틸 수
가 없었다. 온몸이 정신이 나간 두 드래곤에게 난자가 되어
피를 흘리고 있었는데 자신보다 어린 녀석들이지만 둘이서
합공을 가하니 어떻게 손을 쓰기가 힘들었다.
피를 많이 쏟아서인지 정신이 가물가물했고 정신이 그러하
니 날갯짓을 하기가 점점 힘들어졌다. 이제는 죽을 일만 남은
것 같았다.

바로 그때였다.

브리스트의 두 눈에 이상한 게 보였다.

'으윽. 저…… 저건, 뭐지?'

자신이 잘못 보고 있는 게 아닌지 착각이 들 정도로 그것은 너무도 이상해 브리스트는 두 눈을 몇 번이나 깜박여야 했다. 하지만 그렇게 해도 그 이상한 것은 변함없이 이상한 모습을 보여 주고 있었다.

"자아, 그럼 이 녀석도 아까 그 레드 드래곤처럼 진마각으로 쳐 죽여 볼까."

우우우우우웅.

단전에 자리한 오행의 진기가 맹렬한 움직임을 보이며 주인의 오른발 용천혈로 몰려들었다. 지금 베스렐이 서 있는 곳은 정신이 나가 있는 두 드래곤 중 한 녀석의 머리 위였다.

"크아아아아아앙!"

녀석이 자신의 머리 위에서 위험이 감지되자 크게 괴성을 터트린다. 하지만 그 같은 일은 소용이 없는 것이었다.

쿠웅!

마침내 진마각이 펼쳐졌다.

진마각의 절기는 지진을 일으키는 무공이다. 대지의 혈을 적당한 힘으로 가격해 원하는 강도의 지진을 일으키는 무공인 것이다. 한데 그 진마각의 절기가 이제 보니 지금처럼 사용할 수도 있었나 보다.

오행의 진기는 정신이 나가 있는 드래곤의 사혈(死穴)들을 하나하나 찾아서는 살짝 건드려 주었다. 크게 건들 필요는 없었다.

쩌저저저저적!

"크윽!"

짧게 신음성이 흘러나왔다. 몸에 지진이 일어났다.

목과 가슴의 연결 부위에 있는 드래곤 하트가 잘게 부수어졌고 기가 통하는 몸의 경맥들도 지진이 일어나서는 기의 통행을 방해했다.

기가 막혀 미치겠다는 말이 있다. 사실 그건 미치는 것에서 끝나지 않는다. 기가 막히거나 통하지 않으면 미치는 게 아니라 죽는 것이다.

"됐군, 이놈은 끝났으니 그럼 이제는 저놈을 노려 볼까?"

진마각의 절기에 가격당해 숨이 끊긴 드래곤은 지상을 향해 빠르게 추락했다. 죽었으니 이제는 신경 쓸 필요가 없는 녀석이었다.

합공으로 인해 거의 죽음 직전에까지 이른 브리스트.

그의 숨통을 완전히 끊기 위해 계속해서 덤벼들고 있던 또 하나의 정신 나간 드래곤은 동료가 지상으로 추락을 하자 위기감을 느끼고는 재빨리 날갯짓을 하며 뒤로 물러섰다.

"크아아아아앙!"

블루 드래곤인 녀석은 베스렐에게 위협을 가하려는지 포효를 내뱉었다.

하지만 베스렐은 녀석의 그 같은 포효에 콧방귀를 뀔 뿐이었다. 그는 곧 오른손을 들어서는 블루 드래곤을 향해 내밀었다.

"육합멸살!"

샤라라라라라랑.

오른손에서 빛이 일었다.

그리고 어느새인지 완성이 되어 있었다. 순식간이었다.

블루 드래곤의 주위로는 육합의 진이 완성되어 있었고 위기감을 느낀 녀석은 급히 텔레포트 마법을 펼쳐 도망치려고 했다. 하지만 이상하다. 안 된다. 아니, 안 되는 게 아니라 해서는 안 되는 것이다.

"크아아아아아앙!"

공포가 밀려온다. 괴성을 지를 수밖에 없다. 육합의 진에 갇히니 마나의 흐름이 지극히 불안정해지며 공간 계열의 마법을 사용하지 못하게 한다. 사용하려면 하겠지만 그건 백이면 백, 공간의 틈새에 갇혀 죽게 되는 일이었다.

'죽여 버려!'

베스렐이 마음속으로 죽음을 명했다.

그러자 완성이 된 육합멸살이 최후의 힘을 발휘했다.

콰쾅! 콰콰콰콰쾅!

비명성은 없었다. 수천 수만 조각으로 나뉠 뿐이었다.

상극결의 힘을 조금 보탰을 뿐인데 그것은 육합멸살을 진화시켜서는 정신이 나가 있는 드래곤을 수만 조각으로 갈가리 찢어서는 죽인 것이다.

'저…… 저럴 수가……!'

브리스트는 정신을 차렸다. 몸에 나 있는 수많은 상처로 피가 많이 빠져나가 정신이 어질어질했지만 지금 자신의 눈앞에서 벌어지고 있는 사태를 눈여겨보아야만 했다.

휘이이이잉.

그때 그의 주위로 바람이 분다.

그리고 그 바람 속에서 살벌한 말소리가 들려왔다.

"드래곤은 모두 찢어 죽일 것들이지. 하지만 참는다. 네 녀석 일행은 특별히 살려 주기로 하겠어."

베스렐은 참았다. 그다지 내키지는 않았지만 정신이 멀쩡한 세 마리의 드래곤은 살려 주기로 결심했다.

'흐음, 그럼 이제 저놈들만 끝장내면 되는 건가?'

베스렐의 시선이 밑으로 향했다.

칙칙한 구름 아래, 카스트리온에게 정신이 제압당한 나머지 세 드래곤은 지상과 가까운 곳에서 마그나드를 막다른 골목으로 몰아넣고 있었다.

"크아아아아아아앙!"

"쿠오오오오!"

어지러운 세상을 공포로 몰아가는 소리다.

주둥이가 크게 벌어지며 그 안에서 드래곤의 권능인 브레스가 무섭게 쏘아져 나갔다.

콰쾅!

마그나드의 몸에 펼쳐져 있는 앱솔루트 배리어에 1차적으로 타격이 가해진다. 하지만 타격은 이제부터가 시작이었다.

마그나드를 가운데에 두고 삼면에 위치에 있는 세 드래곤의 브레스가 본격적으로 그 힘을 내보이기 시작했다.

콰쾅! 콰콰콰콰콰콰콰쾅―!

파편이 튄다. 파이어 브레스를 비롯한 아이스 브레스와 포이즌 브레스가 절대의 방어막과 부딪치자 파편을 만들어 냈고 그 파편은 곧장 지상에 있는 로렌 시로 떨어져 내렸다.

콰앙! 콰앙! 콰앙……!

"으아악!"

"여보! 아이를…… 아이를……!"

"오오, 신이시여! 제발 저희에게 구원을……!"

비명 소리가 그치질 않는다.

붉은 마귀와 같은 불길이 크게 일었고 날카로운 얼음비가 내렸으며 검은 연기가 생명체의 호흡을 끊어 놓는다. 무섭고도 무서운 하늘의 재앙이다. 로렌 시는 짧은 시간에 서서히 무너지려 하고 있었다.

"크으윽! 이…… 이제 끝장인 것인가?"

마그나드의 얼굴이 잔뜩 일그러진다.

끼지직. 끼지지직.

잘게 금이 가기 시작했다. 에이션트 드래곤이 발휘하는 앱솔루트 배리어다. 하지만 그 절대의 방어막은 세 드래곤이 발휘하는 브레스 공격에 빠르게 금이 가서는 당장이라도 부서질 듯 보였다.

콰쾅! 콰콰콰콰콰콰콰콰쾅!

계속되는 브레스의 공격.

쩌저저저적.

'아아…… 끝이로구나.'

마침내 끝까지 저항의 몸짓을 보여 주던 앱솔루트 배리어가 세 드래곤의 브레스에 더 이상 버티지 못하고 완전히 깨져서는 사라졌다.

한데 이게 어찌 된 일인 것일까?

앱솔루트 배리어가 사라졌으니 이제 자신은 죽음을 맞이해야 했다. 한데 죽지 않고 이렇게 살아 있다. 녀석들의 브레스 공격이 앱솔루트 배리어가 깨지는 순간에 멈춘 것이다.

"……"

멀뚱한 표정의 마그나드.

그의 시선이 세 드래곤의 눈동자로 향했다.

초점이 맞지 않는다. 육체라고 하는 그릇에서 혼이 빠져나간 것처럼 빛을 잃어버린 상태였다.

휘이이이이잉.

한차례 세찬 바람이 불었다.

그러자 세 드래곤의 머리가 놀랍게도 몸통과 분리가 되며 지상으로 추락했다. 플라이 마법과 날갯짓을 통해 떠 있을 수 있었던 거대 몸체도 정신의 조종이 사라지자 바로 뒤따라 지상으로 추락했다.

"뭐, 뭐지……?"

마그나드는 황당해 하는 그런 표정을 지었다.

그때 그의 두 눈에 누군가가 나타났다.

언제부터 저기에 있었던 것일까?

거대 검인 그레이트 소드를 들고 있는 사내.

베스렐은 세 드래곤의 목을 단칼에 베어 버리고는 느긋이 마그나드를 향해 날아갔다.

"어이, 거기……!"

그는 마그나드에게 궁금한 게 많았다.

Chapter9

데스 드래곤

이 드넓은 우주에는 명계라고 하는 곳이 있다.

신들도 간섭을 못하는, 우주의 다른 차원에 존재하고 있다는 죽음의 세계. 그곳은 인간을 비롯한 이종족들이 죽음을 맞이하게 되면 가게 되는 곳이다. 아니, 꼭 그들뿐만이 아니고 천상계에 존재하는 신을 비롯한 신적인 힘을 지닌 초월자들도 마찬가지로 수명이 다하면 가게 되는 곳이다.

이 세상에 영원이라고 하는 것은 없다.

시작이 있으면 끝이 있는 법이다. 신들은 인간이나 드래곤족에 비해 상상할 수도 없을 만치 오래 산다는 것뿐이지 그들도 수명이라고 하는 게 있기 때문에 언젠가는 명계로 가야 했다.

그곳에서 새로 태어나는 것이다.

인간이나 신이나 태초의 의지가 정한 어떤 법칙에 의해서 그곳 명계에서 다음 생으로 넘어가는 것이었다.

카르마(업보)가 작용하고 있는 건지 어떤 건지는 알 수 없다. 명계는 오직 죽은 이들만 갈 수 있는지라 그곳이 어떠한 원리로 작동이 되고 있는지 신들도 모른다.

신들도 모르는 오직 죽은 이들만이 갈 수 있는 명계.

하지만 수명이 다하면 누구나 가야 하는 그곳이 중간계에 있는 어떤 한 존재들에게만은 해당이 되지 않는다.

수명이 다해 죽든, 누군가에게 살해를 당해 죽든 그 존재들은 일단 죽게 되면 소멸한다. 영혼이 우주 속으로 녹아 들어가 다음 생을 이어서 계속 살아갈 수가 없는 것이다.

유일한 종족, 그들은 드래곤족이다.

바쁘지만 시간을 냈다.

베스렐과 리렌시아는 지금 로렌 시가 보이는 한 야산 위에 자리를 깔고는 모닥불을 피워서 그 위에다 산토끼 두 마리를 굽고 있었다. 껍질을 벗기고 내장을 드러낸 다음 살코기만을 알맞게 잘라 내 기다란 나뭇가지에 꽂아서는 다 익기만을 기다리고 있었다.

타닥타닥!

불꽃이 가끔가다 튀기는데 아무래도 고기는 이제 거의 다 익혀진 것 같았다. 향기가 진동을 하며 후각을 자극했다.

고기에는 이미 양념이 첨가되어 있었기 때문에 익기만 하면 바로 시식할 수가 있었다.

그때 베스렐과 8미르 떨어진 곳에서 헛기침이 들렸다.

"흐흠."

세 사람이 작은 바위 위에 앉아 있다.

금발 머리의 인간 같지 않은 완벽한 외모를 지닌 두 청년과 새하얀 백발의 눈처럼 아름다운 여인이다.

그들은 사람이 아니라 드래곤들이었다.

방금 전까지 하늘과 지상에서 여섯 마리의 드래곤과 싸운 마그나드 일행인 것이었다.

"다 됐군."

"예, 그러네요."

토끼구이가 생각보다도 잘 익은 것 같았다.

리렌시아가 살코기가 꽂혀 있는 여러 개의 나뭇가지 중 하나를 빼 들어서는 주인님께 드렸다.

"여기요, 주인님."

"응. 너도 어서 들어. 냄새가 죽인다."

베스렐의 코가 재밌게도 벌렁거린다. 그리고 입가에는 침이 고이기 시작했다.

"예. 알았어요. 한데 저분들에게도 좀 드려야 하지 않을까요? 저희만 식사를 하기에는 미안한데 말이에요."

리렌시아가 조금은 두렵다는 그런 눈빛으로 세 드래곤이

있는 곳을 바라본다. 그러자 베스렐이 콧방귀를 뀌며 어림도 없다는 식으로 대답했다.

"흥! 됐어. 죽이지 않은 것만 해도 다행인 줄 알아야 해. 마음 같아서는 당장이라도 죽이고 싶은데 지금 억지로 참고 있는 거란 말이야."

베스렐은 토끼구이를 먹으며 세 드래곤이 있는 곳을 바라보았다. 그러자 오색의 무시무시한 눈빛이 그의 눈에서 쏘아져 나간다.

흠칫!

세 드래곤의 몸이 살짝 흔들린다.

에이션트 드래곤인 마그나드를 비롯한 모두가 식은땀을 흘렸다. 원래 드래곤이란 생물은 땀을 흘리지 않는 종이지만 현재는 인간의 모습으로 폴리모프를 하고 있어 긴장의 다른 이름인 식은땀을 흘리고 있는 것이었다.

'저…… 정말 무서운 눈빛이군. 드래곤의 정신에 타격을 줄 수 있는 그런 눈빛이라니.'

마그나드는 속으로 놀라운 마음을 품었다.

40여 분 전 하늘 위에서도 느낀 것이지만 상대는 정말 인간 같지가 않은 인간이었다.

'이름이 베스렐 갈루안스라고 했던가? 분명 사람임이 분명한데 어떻게 신성의 힘을 내보이는 건지 이해할 수가 없군. 천상계에 있는 신들이나 마왕은 내가 다 알고 있으니 그들은 아니겠고…… 그럼 도대체 저 사내는 어떻게 신성의 힘을 얻을 수가 있었던 것일까?

인간이지만 인간을 벗어난 자다.

궁리한다고 해서 알 수 있는 것이 아니었다. 베스렐이 직접 오행진결이라고 하는 신의 무공을 알려 주지 않는 이상엔 의문은 영원히 의문으로 남아야 했다.

그때 한창 고기를 뜯고 있던 베스렐이 마그나드를 보며 험악한 말을 꺼냈다.

"뭐야, 이 자식아? 뭘 그렇게 이상한 눈빛으로 쳐다보는 거야! 눈 안 깔아? 확 그냥!"

뒷골목의 건달들이나 쓰는 말이다.

그리고 그건 통했다. 마그나드는 베스렐을 관찰하는 것을 급히 멈추고는 괜히 먼 산을 바라보며 손부채질을 하기 시작했다.

"흐흠, 날씨가 꽤나 덥군."

지금은 겨울의 초입이다. 결코 더울 리가 없건만 마그나드는 연신 손부채질을 했다.

어울리지 않는 모습. 왠지 불쌍하게 느껴진다.

'그런데 생각해 보니 이상하네?'

토끼고기를 천천히 뜯고 있던 리렌시아.

그녀는 드래곤과 주인님을 한차례씩 바라보더니 곧 이상하다는 듯 고개를 갸웃거렸다.

‘주인님은 드래곤을 이 세상에서 제일 싫어하시잖아. 그런데 방금 주인님은 억지로 참고 있다고 하셨어. 왜지? 왜 참고 있는 거지?’

진정 이상한 일이다. 궁금했다.

리렌시아는 바로 곁에 있는 주인님의 귓가에 대고 조심스레 질문을 해 보았다.

“저어, 주인님. 주인님이 방금 전에 억지로…….”

세 드래곤의 귀가 쫑긋거린다.

리렌시아는 드래곤들의 눈치를 살피며 조심스레 곁에 있는 주인님에게 질문을 했고 베스렐은 그 질문에 별거 아니란 듯이 짧막하게 대답해 주었다.

“모두 다 죽이면 균형이 깨져서 그래. 자세한 것은 저택으로 돌아가면 그때 얘기해 주지. 우물우물.”

베스렐은 고기를 씹으며 가끔씩 앞에 있는 세 드래곤을 노려보았다. 그러면서 한편으로는 오행신성령의 경지에 들며 알게 된 세상의 이치를 생각해 보았다.

‘제길, 균형이야, 균형. 드래곤이라고 하는 게 세상의 균형을 이루는 한 축일 줄 어느 누가 알았겠어. 태초의 의지가 드래곤족을 괜히 만든 게 아니었던 거야. 그들에게 중간계의 혼란을 막게 하기 위해 만든 거였어. 천상계의 신이나 마왕, 또는 정령왕 등이 함부로 중간계로 강림하지 못하게 하기 위해서 말이지.’

세상은 완벽한 시스템으로 이루어져 있었다.

어렵게 만든 세상이다. 그 세상이 쉽게 무너지지 않게 하기 위해 태초의 의지는 여러 가지 안전장치를 만들었는데 드래곤은 그 여러 가지 안전장치 중의 하나였다. 그러니 함부로 죽일 수는 없는 노릇이었다. 아니, 죽이는 것은 상관없었다. 단지 모두 다 죽이지만 않으면 괜찮은 것이다.

'한데, 으음…… 내가 만약 이성을 잃고 드래곤을 싸그리 다 죽여 버리면 어떻게 될까?'

갑자기 궁금해진다. 큰 혼란이 일지만 않는다면 모두 다 죽이고 싶었다.

'그래도 지금처럼 세상이 혼돈으로 가지는 않겠지? 카스트리온이 하는 일이 구체적으로 뭔지는 모르겠지만 드래곤을 모두 다 죽이는 게 그 개자식이 하고 있는 것만큼 크게 세상의 법칙을 흔들지는 않을 거야. 그럼 과연 어느 정도로 피해가 일어날까?'

스스스스슷.

갑자기 기운이 일었다. 드래곤을 다 죽이게 되면 과연 이 세상이 어찌 될지 그런 생각을 하게 되니 베스렐의 몸에서 스스로도 모르게 거대한 기운이 피어 나와 마그나드 일행이 있는 곳으로 다가갔다.

흠칫!

세 드래곤의 몸이 움찔거린다.

‘뭐, 뭐지? 갑자기 가슴이 답답해지네?’

‘으으윽, 괴…… 괴롭군. 여기서 약한 모습을 보이면 안 되는데, 너무 힘이 들어…….’

마그나드를 비롯한 모두가 인상을 찡그리며 베스렐이 발하는 무형의 기운에 대항했다. 살기와 비슷한 느낌을 피우는 그 기운은 잠시 후에 물러갔다.

“에이, 됐어. 웬만하면 이제 손에 피를 묻히지 말자. 반드시 죽여야 할 놈만 죽이자. 카스트리온과 그놈을 따르는 녀석들만 목을 분질러 버리면 그때부터는 조용히 사는 거야.”

드래곤을 다 죽이면 어찌 될까 하는 생각은 머릿속에서 지워 버렸다. 앞날만 생각하기로 했다.

“우물우물, 정말 맛있군. 페리스 요리장이 준비해 준 것으로 토끼고기에다가 양념을 발랐더니 역시야. 아무리 생각해 봐도 페리스 요리장만 한 사람이 이 대륙에는 없는 것 같아.”

운이 좋은 것 같다. 최고의 요리사가 저택에 있다고 생각하니 미각이 즐거워지는 기분이다. 어렸을 때는 느끼지 못한 미각의 기쁨.

“우물우물. 어이, 이봐! 거기 나이 많은 드래곤!”

베스렐은 이제 얼마 남지 않은 토끼구이를 50번 이상씩 꼭꼭 씹으며 먼 산을 바라보고 있는 마그나드를 불렀다.

“나…… 나 말인가?”

마그나드가 손가락으로 자신을 가리킨다.

"그래, 너, 똥빛 드래곤! 여기서 너보다 나이 많은 놈이 누가 있어?"

"흐흠. 조금 무례하군. 나이가 4,500세가 다 된 나에게 흐흠, 똥빛 드래곤이라니……."

마그나드는 얼굴을 조금 붉혔다.

골드 드래곤을 보고 똥빛 드래곤이라니? 살다 살다 별 해괴한 소리를 다 듣는다. 기분이 나빠진다. 하지만 마법을 사용해 혼을 내 주기에는 힘이 모자랐다.

"아까 하늘 위에서 보니 피부가 똥빛이 나던데? 그럼 그게 똥빛이 아니고 뭐야? 그리고 나이가 많은 게 무슨 자랑인 줄 알아? 부끄러운 줄 알아야지. 카스트리온 그 개자식이 이상한 짓거리를 하고 있으면 진즉에 나서서 어떻게 했어야 할 거 아니야."

"……."

마그나드는 아무 소리도 못했다.

피부가 똥빛이 아니냐는 물음에는 금빛이라 대답을 해 줄 수 있었지만 이 세계를 혼돈으로 몰아가고 있는 카스트리온을 막지 못한 것에 대해서는 드래곤들 중 두 번째로 나이가 많은 그로서는 할 말이 있을 수가 없었다.

"우물우물, 어쨌든 다 필요 없고 그것만 말해 봐. 도대체 카스트리온 그 개자식이 무슨 일을 꾸미고 있는 건지 그걸 구체적으로 말해 봐."

지금의 이 질문, 베스렐이 가장 궁금해 하는 부분이다.

마탑의 마법사들도 궁금해 했고, 옆에 있는 리렌시아도 궁금했으며, 세상 모든 이들이 궁금해 하는 그런 질문이라 할 수 있었다.

"으음, 그건, 그러니까……."

마그나드는 베스렐의 지금 질문에 대답하기가 껄끄러운지 뜸을 들였다. 그러다 베스렐이 두 눈에 힘을 주어 그를 무섭게 쏘아보자 마그나드는 할 수 없는지 긴 얘기를 짧게 간추려 해 주기 시작했다.

'아아, 드디어 궁금해 하던 사항을 알 수 있게 되었구나.'

리렌시아의 귀가 쫑긋거린다.

그녀는 주인님처럼 두 눈을 빛내며 마그나드가 말하는, 카스트리온이 왜 세상을 혼돈으로 몰아가는지 그 이유를 들을 수 있었다.

잠시 후, 마그나드의 간추려진 설명이 모두 끝을 맺었다. 그리고 그때쯤에 토끼고기도 모두 리렌시아와 베스렐의 입속으로 들어가 사라지게 되었다.

타닥! 타다닥!

베스렐은 나뭇가지로 앞에 있는 모닥불을 흐트러트리며 불길을 잠재웠다.

"그러니까, 너희들 드래곤은 수명이 다하면 명계로 가는 게 아니라 그냥 우주 속으로 녹아 버린다 이거지? 윤회의 법칙에서 벗어나 환생을 못하고 일회용품처럼 한 번 쓰여졌다가 소멸하는 그런 운명. 한데 카스트리온 그 개자식은 그걸 바꾸고자 한 거고."

몰랐다. 드래곤이 윤회의 법칙에서 벗어나 있을 줄은 생각지도 못했다.

이건 불쌍하다고 해야 하는 것일까? 아니면 축복 받았다고 해야 할까? 행복과 불행이란 단어를 두고 보았을 때 윤회라고 하는 것은 행복도 불행도 아니다. 그냥 끝없는 윤회 속에서 사는 것이다. 그리고 영혼이 우주 속으로 녹아들어 간다라고 하는 것도 마찬가지로 행복도 불행도 아니다. 그저 사라질 뿐인 것이다.

"놈이 생각한 방법은 천상계에 새로운 세계를 하나 더 만드는 것. 그래, 나름대로 머리를 썼어. 새로운 세계를 만들어지가 그곳의 신이 되면 영혼이 우주 속으로 녹아들어 가는 것은 막을 수 있겠지. 나이가 어린 드래곤들이 혹할 만한 내용이야. 드래곤의 운명을, 그들의 미래를 바꿀 수 있다는데 어느 누가 돕지 않겠어. 수명이 다해 죽으면 천상계로 갈 수 있으니 녀석들로서는 눈에 불을 켜고 카스트리온 그 개자식이 하는 일을 돕겠다고 나설 수밖에 없는 거야. 하지만……."

베스렐은 잠시 태초의 의지가 세운 이 세상의 균형과 법칙에 대해 생각해 보았다. 큰 균형과 작은 균형, 그리고 법칙이 흔들리면 어찌 되는지 깊이 있게 생각을 해 보았다. 아니, 깊게 생각할 필요는 없었다. 이미 알고 있는 것이니.

오행진결이 오행신성령의 경지에 들어섰을 때, 의식이 아스트랄계에 들어섰을 때, 우주의 법칙을 어느 정도 깨달을 수 있게 되었다.

"하지만 그건 어리석은 짓이야. 그것도 아주, 매우 어리석은 짓이지. 아니, 그보다는 미친 짓이라 해야 옳겠어. 완벽한 균형 속에 있는 세상을 흔들어서 깨 버리면 결국엔 태초의 의지가 힘들게 세운 모든 세계가 무(無)로 돌아가게 될 테니까. 우리가 사는 중간계를 비롯한 신계, 마계, 정령계, 사요계가 동시에 무너져 버려. 으음, 명계는 어떨지 모르겠군. 그곳은 오직 죽은 이만 갈 수 있으니 그곳은 멀쩡할 수도 있겠어. 아니, 중간계와 천상계가 모두 사라졌는데 그곳이라 해서 멀쩡하다 말할 수는 없겠군. 명계란 곳도 어차피 태초의 의지가 만든 하나의 세계인 것이니까."

"……"

"……"

마그나드 일행과 리렌시아는 베스렐이 하는 말을 조용히 듣기만 했다. 리렌시아의 경우는 처음 듣는 이야기지만 드래곤들은 베스렐이 하는 말을 이미 다 알고 있었다. 다만 그가 세상의 법칙에 대해 좀 더 많은 것을 알고 있지 않나 싶어 지금처럼 숨죽여 듣고 있는 것이었다.

"카스트리온…… 카스트리온 그 개자식도 알고는 있었을 거야. 자신이 계획하고 있는 일이 매우 위험함을. 하지만 그 놈은 나이가 5,000살이 다 됐어. 그래서 모험을 생각하게 된 거야. 성격이 원래부터 좀 이기적인 놈인지 아니면 정신이 모자란 놈인지 모르겠지만 자신이 우주 속으로 녹아들어 가기 전에 한 번 시도를 해 보기로 한 거지. 중간계에 있는 세 종족을 이용해서 천상계에 새로운 세계를 하나 만들게 되면 자신이 그곳의 신이 된 뒤, 그다음에 재빨리 흔들린 균형을 맞추어야겠다고 생각을 했을 거야. 신이 됐으니 태초의 의지가 세운 균형쯤은 충분히 자신의 힘으로 다시 원래대로 되돌릴 수 있을 거라고 믿은 거지. 하지만 그건 아니야. 불가능해. 한 번 흔들려 깨진 균형은 다시 원래대로 되돌릴 수 없어. 오직 무극의 세계에 잠들어 있는 태초의 의지만이 가능한 일인데 놈은 그걸 몰라."

타닥! 타다닥!

마지막까지 버티던 모닥불은 마침내 불씨만을 조금 남기며 완전히 꺼져 버렸다.

"흐음……."

베스렐은 고개를 들어 하늘을 바라보았다.

우우우웅. 우우우우웅.

대기가 흔들리고 있다.

불안해 하고 있는 것이다. 세상의 마나가 몸을 떨며 자신들의 불안한 마음을 알리고 있는 것이다. 제발 균형을 깨지 말라고, 제발 법칙을 흔들지 말라고.

'그래, 조금만 참아라. 너희들의 근심걱정을 내 깨끗이 해결해 주마. 이곳에 그 죽일 놈이 있으니 곧 해결해 줄게.'

베스렐이 마음속으로 불안해 하는 세상의 마나를 다독여 주었다. 그러자 눈에 보이지 않는 마나가 베스렐의 주위로 다가와서는 그에게 고맙다는 인사를 했다.

스윽.

베스렐은 자리에서 일어났다.

"자아, 다들 일어나. 이제 그 개자식을 보러 가 보자고. 가서 회를 떠 버리는 거야. 눈물코물 흘리며 살려 달라고 빌게 만들어 주겠어."

단숨에 죽일 생각은 전혀 없었다.

복수는 아름답게 해야 한다. 온갖 고문을 가한 뒤에 나중에 천천히 죽여야 속이 시원할 것 같았다.

"좋다. 어서 가자. 가서 카스트리온 그 미친놈의 두꺼운 낯짝을 봐야겠다."

마그나드가 자리에서 일어나며 말하자 앨마로와 브리스트도 따라 일어서며 한마디씩 말을 꺼냈다.

"으음, 이제 더 이상 방해물은 없었으면 좋겠습니다."

"이곳 로렌 시에서 북쪽으로 130페르(km) 떨어진 곳이니 금방 갈 수 있겠군요. 거의 도착한 것이나 다름없습니다."

"그렇다, 브리스트. 이제 다 온 것이다. 그리고 앨마로, 이제는 방해물이 있다고 해도 상관없다. 신성의 힘을 지닌 저 사내라면 그 무엇이라도 뚫고 나아갈 수 있을 테니."

마그나드를 비롯한 앨마로와 브리스트 세 드래곤의 시선이 앞서 걷고 있는 베스렐의 등 뒤로 향했다.

여기까지 힘들게 왔다. 카스트리온에게 정신을 제압당한 드래곤들과 싸우느라 시간이 많이 지체되었다.

그러나 이제부터는 방해물은 더 이상 방해물이 될 수 없었다. 지금 리렌시아의 몸에 육합수호의 절대 방어막을 씌어 주고 있는 베스렐은 무력에 있어서만큼은 진정한 절대자인 것이다.

*　　*　　*

"크아아아아아아아아앙—!"

우르르르릉.

지하 광장이 고룡의 피어로 크게 흔들린다.

불안한 모습을 보이는 카스트리온.

그는 방금 전까지 아스트랄계에 있었다. 자아계에 머물며 자신이 자유계(공유계)라 이름을 붙인 그곳에 누가 있지 않은지 살핀 후, 아무도 없자 그곳으로 가서 세상의 정보를 취득했다. 그리고 거기서 베스렐을 볼 수 있게 되었다.

자신이 있는 이곳과 지척이었다.

베스렐이란 이름의 인간 같지 않은 인간은 자신이 정신을 제압한 여섯 드래곤을 물리치고는 지금은 마그나드 일행과 함께 다시 움직이고 있었다. 이곳으로 오고 있는 것이다.

"크르르룽. 큰일이군. 시간이 좀 더 필요한데. 괴물 같은 인간 놈을 막아야 하는데……."

다급했다. 시간을 벌어야 했다.

하지만…… 하지만 어느 누가 막을 수 있겠는가.

상대는 여섯 마리의 드래곤을 물리친 명실상부한 이곳 중간계의 최강자다. 화가 나지만, 입 밖으로 꺼내기가 차마 힘든 말이지만 상대는 자신보다 강자였다.

"크르르룽. 크르르르룽."

카스트리온은 콧바람을 강하게 일으키며 생각하고 또 생각했다. 머리를 쥐어짜서는 방법을 찾아 헤맸다. 하지만 아무리 생각해 봐도 해결 방도는 없었다.

"크르룽, 어쩔 수 없군. 시간을 앞당길 수밖에. 부작용이 좀 있을 수 있겠지만 놈에게 당하느니 그편이 나아. 그리고 어떻게든 약간의 시간이라도 벌어야 해. 나에게 정신을 제압당한 네 마리의 드래곤과 이번에 새로 만든 그 녀석을 보내는 거야. 그놈들이라면 내게 어느 정도의 시간을 벌어 줄 수는 있을 거야."

카스트리온에게는 강력한 무기가 하나 있었다.

이번에 새로 만든 최강의 병기.

그것이라면 마그나드 일행쯤은 큰 무리 없이 막을 수 있을 것이다. 하지만 베스렐이란 이름의 인간에게는 자신이 없었다. 다만 자신이 생각한 것보다 시간을 많이 벌어 주었으면 하는 그런 바람을 가질 뿐이다.

카스트리온은 두 눈을 감았다.

그리곤 자신과 심령으로 연결되어 있는 네 마리의 드래곤과 최강의 병기를 즉시 깨워서는 베스렐 일행의 걸음을 막게 하였다.

"이런, 젠장할!"

베스렐의 얼굴이 심각하게 일그러진다.

갑자기 세상의 마나가 급격히 흔들리기 시작한 것이다.

우우우웅. 우우우우웅.

심하게 몸을 떠는 마나들.

이것은 시간이 그다지 많지 않다는 것을 의미하는 것이었다. 진화를 한 기감이 세상의 정보를 알려 준다.

지진으로 인해 대지가 찢겨지고 멀쩡했던 휴화산이 갑자기 대폭발을 일으키며 해일이 도시를 덮쳐 수많은 사상자를 내고 있었다.

"으아아악. 사…… 살려 줘어……!"

"하늘이 노했다! 세상이 멸망의 길을 걷기 시작했다."

"지…… 지진이다! 오오, 대지의 여신이시여! 리오나드 여신이시여. 저희를 구원하소서!"

듣지 않으려 해도 저절로 들려오는 비명 소리.

세상을 향해 있는 기감이 베스렐에게 다양한 종족의 비명 소리를 가감 없이 들려 주었다.

"아아악! 여보오……!"

"정령왕이시여! 저희 엘프들을 굽어…… 크아악!"

산 자는 빠르게 죽음의 세계로 가고 있다.

서둘러야 했다. 더 늦기 전에 카스트리온의 일을 멈추게 해야 했다. 놈을 죽여야 했다.

한데 서둘러야 하는 이때에, 시간이 많지 않은 이때에 방해꾼이 나타났다. 하나가 아닌 다섯.

"크아아아아아아아앙─!"

"쿠오오오오오!"

공포를 부르는 피어와 미친 듯한 포효 소리가 앞에 있는 숲에서부터 들려왔다. 그리고 숲이 뭉개지며 그 사이에서 다섯의 드래곤이 나타났다.

정신이 제압당해 있는 듯 보이는 네 마리의 드래곤과 하나의 이상한 드래곤.

"크르릉! 크르르르릉!"

크기가 45미르에 몸에서는 검은 연기가 피어오르고 있는, 왠지 불길한 기운을 내뿜는 드래곤이다.

베스렐은 속으로 고개를 갸웃거렸다.

‘으음, 정말 이상한 녀석이군. 카스트리온에게 정신이 제압당해 있는 네 녀석과는 달라. 네 녀석은 그래도 혼백(魂魄)이 모두 다 있는 데 반해 저 녀석은 이상하게도 백은 있는데 혼이 없어.’

“이…… 이런! 카스트리온 그 미친놈이 결국 동족을 데스 드래곤으로 만들어 버렸잖아?”

아직까지도 인간의 모습으로 있는 마그나드 일행이다.

그들 모두의 얼굴에 놀란 표정이 담긴다.

“데스 드래곤?”

베스렐이 뭔가를 알고 있는 듯한 마그나드에게 시선을 주자 그는 침중한 얼굴로 설명해 주었다.

“앞에 있는 저 레드 드래곤은 이미 죽은 드래곤이다. 한데 카스트리온 그 미친놈이 용언의 힘으로 죽은 저 녀석을 다시 부활시켜 버렸다.”

“으음, 그렇군.”

더 이상 듣지 않아도 알 수 있었다.

검은 연기를 뿜고 있는 데스 드래곤에게서 정보가 흘러들어 오고 있다. 진화를 한 기감은 베스렐에게 눈앞에 있는 데스 드래곤이 얼마나 강한지 자세히 알려 주고 있는 것이었다.

‘드래곤은 죽으면 끝이야. 부활할 수가 없어. 그렇다는 건 저놈은 대지 속에서 정화되고 있던 백(魄)의 기운이 카스트리온의 용언의 힘에 의해 다시 세상으로 나와 죽은 지 몸뚱이속으로 들어간 거야. 으음…… 죽일 놈이긴 하지만 역시 대단한 녀석이군. 드래곤의 백은 일반의 사념체(思念體)들과는비교할 수 없을 정도로 강력한지라 제아무리 드래곤이라고해도 쉽게 부활시킬 수는 없었을 텐데. 이건 아마도 녀석이준신의 힘을 얻어서일 거야.'

"큰일이군."

마그나드는 어렵다는 표정을 지었다.

"데스 드래곤은 나로서도 상대하기가 힘이 드는데, 저놈을어떻게 상대해야 할지 모르겠군. 이제는 정말 시간이 많지 않은데."

"그게 뭔 소리야?"

베스렐은 마그나드가 별 쓸데없는 걱정을 다 한다고 생각했다.

"내가 있는데 뭘 그렇게 걱정해? 너, 똥빛 드래곤과 다른두 녀석은 얼른 폴리모프 마법으로 본체로 돌아가. 너희 셋이저 정신 나가 있는 네 드래곤을 맡아서 처리해. 그럼 나는 저강시처럼 변한 데스 드래곤을 맡지."

일을 분담했다.

사실 베스렐은 방해꾼 다섯을 혼자서 처치하고 싶었지만지금은 시간을 아껴야 하기 때문에 네 드래곤을 마그나드 일행에게 맡겼다.

'아아, 그렇군. 맞아. 우리에게는 인간 같지 않은 인간이 있었어.'

갑자기 마음이 편안해지는 마그나드다.

이제 보니 걱정할 필요는 없었던 것이다.

'똥빛 드래곤…… 으음, 그 말만 어떻게 다른 말로 대체를 해 주면 정말 괜찮은 인간인데.'

똥빛 드래곤이란 호칭이 자꾸 신경을 거슬리게 했다. 하지만 마그나드는 베스렐에게 알겠다는 듯이 고개를 한 번 끄덕여 주고는 곧바로 폴리모프 마법을 써서는 본체로 돌아갔다. 다른 두 드래곤인 앨마로와 브리스트도 마찬가지였다.

"폴리모프!"

"폴리모프!"

후화아아아아앙.

빛이 크게 일며 숲의 입구에 세 마리의 거대 드래곤들이 그 모습을 드러낸다. 이제 로렌 시의 북쪽 120페르 지점에 있는 카론 숲에는 죽은 드래곤 한 마리와 살아 있는 드래곤 일곱 마리가 함께 있게 되는 것이었다.

"주인님!"

어두운 표정의 리렌시아가 다가왔다.

9써클의 앱솔루트 배리어보다 훨씬 강력한 방어 능력을 보이는 게 육합수호다. 그 육합수호의 방어막 속에 있는 리렌시아를 보니 베스렐은 안심이 들었다.

"너는 그냥 가만히 있으면 돼. 세상이 망해도 너 하나만큼은 지켜 줄 수 있다. 나 믿지?"

"예, 믿어요."

리렌시아는 주인님께 힘내라는 말을 하려다 그만두었다.

자신감에 차 있는 주인님이다. 믿음직한 주인님이다.

자신은 그냥 주인님이 걱정하지 않게 옆에서 지켜만 보면 되는 것이다.

그때 드래곤들의 피어와 함께 싸움이 본격적으로 시작이 되었다.

"크아아아아아아아앙—!"

"크아아아아아앙!"

주둥이가 벌어지며 처음부터 드래곤의 권능이라 할 수 있는 브레스가 발사되었다. 마그나드가 두 녀석을 맡고 앨마로와 브리스트가 각기 한 녀석씩을 맡았다.

슈슈슈슈슉. 화르르르르르르르—

온 세상을 뭉개 버릴 것 같은 무지막지한 위력의 브레스.

다양한 색상을 지닌, 드래곤의 최강 공격 중 하나인 그것은 카론 숲을 완전히 뒤엎었다.

콰앙! 콰쾅! 쿠콰콰콰콰콰콰콰콰쾅!

가공할 위력이다. 거대 숲이 단숨에 날아가 버린다.

"어머?"

깜짝 놀라는 리렌시아.

브레스의 잔재가 그녀를 덮쳐 오고 있는 것이다.

팅! 팅팅팅!

하지만 드래곤의 브레스는 육합수호의 방어막에 모조리 팅겨져 나갔다. 조금의 그 어떠한 타격도 줄 수 없었다.

"휴우우……."

리렌시아는 안도의 한숨을 내쉬고는 곧 침착한 눈으로 주인님이 있는 곳을 바라보았다. 보통의 드래곤보다 훨씬 강력해 보이는 데스 드래곤이다. 그리고 주인님은 그 데스 드래곤의 앞에 서 있었다.

리렌시아는 마음속으로 주인님을 응원했다.

'주인님 힘내세요.'

"크르룽. 크르르르룽."

주둥이에서 거친 울음소리가 흘러나온다.

검은 연기에 휩싸인, 이 세상에 존재해서는 안 되는 마물.

베스렐은 카스트리온보다 5미르 정도 작아 보이는 데스 드래곤을 어찌 죽일지 생각했다. 시간이 많지 않으니 최대한 빠르게 죽여야 했다.

'되도록이면 한 번에 쳐 죽이자. 이 데스 드래곤을 단숨에 쓰러트린 뒤, 카스트리온 그 개자식이 있는 저곳으로 가는 거야.'

회색의 안개가 끼어 있는 산이다.

데스 드래곤의 뒤에 있는, 이곳 카론 숲에서 북쪽으로 10 페르 정도 떨어져 있는 그곳이 베스렐이 도착해야 할 마지막 종착 지점이었다.

"크아아아아아앙!"

귀청을 멍멍하게 하는 포효 소리다.

드디어 힘을 쓰기 시작하는 데스 드래곤이었다. 녀석은 자신의 눈앞에서 알짱거리고 있는 베스렐을 오른발을 들어서는 그대로 밟아 버렸다.

쿠웅!

정확히 밟혔다.

피하지 못한 베스렐이다.

데스 드래곤은 고개를 갸웃거리며 자신이 너무 쉽게 상대를 쓰러트린 게 아닌가 생각했다. 하지만 그것은 녀석의 명백한 착각이었다.

드드드드득.

땅바닥에서 어떤 소리가 나며 데스 드래곤의 거대 몸체가 들려진다. 정확히는 녀석의 오른발이 서서히 들려지고 있는 것이었다.

"데스 드래곤은 죽음의 기운이 뭉쳐져 있는 마물. 이 녀석은 전에 익혔던 고루불사마공을 생각나게 해."

후득. 후드드득.

땅이 크게 들썩였다.

머리가 보였다. 가슴이 보였다. 그리고 허리가 드러난다.

데스 드래곤에게 밟혀서는 머리끝까지 땅속으로 박혀 들어갔던 베스렐은 오른손 하나로 녀석의 오른발을 밀어 올리며 천천히 그 모습을 드러냈다.

"가능할까? 고루불사마공은 죽음의 기운. 그리고 고루불사마공에 있는 흡정결은 세상의 그 어떤 기운이라도 다 흡수할 수 있지만 특히나 데스 드래곤처럼 죽음의 기운을 풍기는 녀석을 아주 좋아해."

지금 베스렐은 무슨 말을 하고 있는 것일까?

그는 현재 오행진결을 익히고 있는 상태다. 한데 여기서 이제는 아무런 상관이 없는 고루불사마공을 무슨 연유로 다시 꺼내 드는 것일까?

"크르룽! 크르르르룽!"

오른발이 들린 데스 드래곤.

녀석은 콧바람을 일으키며 강하게 힘을 썼다.

자신의 키는 45미르가 넘는다. 그리고 상대의 키는 2미르가 조금 안 된다. 거기에 몸무게를 비교하자면 그건 아예 비교조차 할 수가 없는 것이었다. 한데 지금 자신이 힘에서 밀리자 녀석은 자존심이 상하는지 브레스와 같은 다른 힘은 사용하지 않고 오로지 발로 밟아 죽여야겠다는 그런 생각만 하게 되었다.

“오행진결에 있는 무극결. 그건 지금 초입의 단계야. 하지만 그 정도로도 고루불사마공의 흡정결쯤은 비슷하게나마 흉내 낼 수 있을 거야.”

데스 드래곤을 죽이기는 참으로 힘들다.

한번 죽은 녀석이기에 더더욱 그렇다. 하지만 베스렐에게는 데스 드래곤을 죽일 방법이 두세 가지가 있었고 지금 그는 그 두세 가지의 방법 중 하나를 골라서는 지금 바로 사용해 보기로 했다.

“크르릉! 크아아아아앙!”

데스 드래곤이 신경질이 나는지 크게 괴성을 지르며 더욱 강하게 힘을 주기 시작했다. 그러자 베스렐의 주위가 지진이라도 나는 듯이 갈라지기 시작했다.

쩌저저저저저저저적―

하지만 그래도 꼼짝을 않는다. 데스 드래곤은 이를 갈며 나머지 발을 들어 올렸다. 오른발에 왼발을 얹은 것이다.

그러자 희한한 모습이 연출이 되었다.

간난 아기가 오우거를 들고 있는 모습이라면 이해가 될까?

거대한 데스 드래곤이 한 인간의 오른손에 들려져 있는 그 모습. 웃긴다. 주변 상황은 죽느냐 사느냐 하는 그런 심각한 상황인데 베스렐과 데스 드래곤은 아주 웃긴 모습을 보여 주고 있는 것이었다.

‘흐음. 좋아, 해 보자.’

베스렐은 두 눈을 감았다. 데스 드래곤이 자신의 오른손 하나에 들려 있든 말든 상관하지 않고 눈을 감고는 오행진결의 법문을 떠올렸다. 상생결과 상극결, 그리고 마지막의 무극결로 나누어져 있는 오행진결.

단전에 자리한 오행진기가 들썩이기 시작했다.

우우우우웅.

처음으로 해 보는 무극결이다.

그 무극결은 만물을 지배하는 힘이 있었다.

그렇다면 만물을 지배할 수 있다는 그 말은 구체적으로 무얼 의미하는 것일까? 어떤 힘을 말하는 것일까?

조종하는 것이다.

세상을 이루는 근본들을 뜻대로 할 수 있다는 말이다.

작게는 마나를 조종하고 크게는 창조의 힘을 발휘할 수가 있는 것이다.

지이이잉. 지이이이잉.

세상을 이루는 근본인 오행은 서로 돕기도 하고 또한 서로 부딪치기도 하면서 서서히 무극의 기운을 띠우기 시작했다.

초입에 들어선 무극결.

베스렐은 오행진기가 무극의 기운을 띠자 즉시 의지의 힘을 일으켰다.

'세상의 만기(萬氣)를 흡수하는 흡정결. 오행의 기운은 즉시 흡정결로 바뀌어 데스 드래곤의 기운을 흡수한다! 녀석이

지닌 죽음의 기운을 흡수한다!'

우우우우우우웅.

진기가 요동을 친다. 찰나에 이루어진 변화.

무극의 기운을 띤 오행진기는 고루불사마공의 흡정결처럼 즉시 데스 드래곤의 기운을 흡수하기 시작했다.

"끄아아아앙!"

비명을 내지르는 데스 드래곤.

참기 힘들다. 몸을 감싸고 있는 검은 연기가 빠르게 흐트러지자 녀석은 베스렐의 곁에서 떨어지기 위해 날개를 펼쳤다.

하지만 어찌 된 일인지 꼼짝도 할 수가 없었다. 자석에라도 붙은 듯 녀석의 오른발과 베스렐의 오른손은 떨어지지가 않는 것이다.

"끄아아아아아아앙—!"

찢어지는 소리. 몸부림을 쳐 보지만 소용이 없다.

슈슈슈슈슈슉.

작아진다. 데스 드래곤의 거대 몸체는 베스렐의 오른손 위에서 빠르게 작아지기 시작했다. 몸이 작아지니 힘 또한 약해져 녀석이 지닌 최강의 힘인 데스 브레스를 사용할 수가 없었다.

무극결 속에서 탄생한 흡정결.

그것은 고루불사마공의 흡정결과는 전혀 달랐다.

얼마 걸리지도 않았다. 순식간이었다.

오른손 위에 있던 데스 드래곤은 곧 먼지가 되어 어디선가 불어오는 바람과 함께 사라졌다.

휘스스스스스.

Chapter10

지옥재림

"크윽!"

짧게 신음성이 흘러나왔다. 큰일이었다.

신음성의 주인공인 카스트리온. 그는 방금 심령을 통해서 자신이 심혈을 기울여 만든 데스 드래곤이 소멸했음을 알 수 있었다. 생각한 것보다 너무 빨리 끝났다.

정말 괴물 같은 인간이란 생각이 들었다. 죽이기 까다로운 데스 드래곤을 그토록 빨리 소멸시켜 버리다니…….

시간이 없었다. 이제는 베스렐뿐만 아니라 카스트리온도 서둘러야 했다.

"크르르릉. 제길! 어쩔 수 없군. 녀석이 오기 전에 그냥 여기서 마무리 단계에 들어가야겠어."

카스트리온의 시선이 지하 광장을 한차례 훑어봤다.

하이 엘프와 데빌 엠, 그리고 줄루족의 족장을 비롯한 대장
로. 13개의 유리관은 18개가 되어 그들을 가두고 있었다.

좀 더 빠르게 새로운 세상을 열기 위해 그렇게 유리관의 숫
자를 늘린 것이다.

카스트리온은 급히 고룡의 권능인 용언을 발휘했다. 그러
자 곧 지하 광장에 커다란 진동음이 들려왔다.

지이이이이잉.

18개의 유리관에서 환한 빛과 함께 진동음이 흘러나오자
그 안에 있던 이종족들의 몸이 빠르게 메말라 가기 시작했다.

세 명의 줄루족 족장과 일곱 명의 대장로.

그들의 머리에 나 있는 뿔이 빛을 발하자 공간을 만드는 능
력이 극에 이르도록 발휘됐다. 그에 따라 줄루들의 몸은 더욱
더 빠르게 메말라 갔다.

생명체가 가지고 있는, 활동을 하는 데 필요한 기운.

그것은 쓴 만큼 채워 넣어야 한다.

일을 했으면 쉬어야 한다. 쉬지 않고 계속해서 일을 하게
되면 어찌 되겠는가.

죽는다. 과로사로 죽는 것이다.

다른 이종족들도 과로를 하고 있는 줄루처럼 말라 갔다.

다섯의 데빌 엠은 줄루가 만들고 있는 공간을 급격히 증폭
시켜 나갔고 세 명으로 가장 적은 수인 하이 엘프는 그 공간
을 조화롭게 안정시켰다.

‘서둘러야 해! 시간이 없어.’

카스트리온의 두 눈에 광기가 들어찼다.

늦기 전에 새로운 세상을 만들어야 했다.

세 종족은 카스트리온의 용언의 힘에 의해 싫지만 자신들의 힘을 극한으로 발휘하기 시작했는데 서둘러서인지 잠시 후에 이곳엔 변화가 일기 시작했다.

우우우우우웅.

마나가 울음소리를 토해 낸다.

회색의 기운이다.

카스트리온이 엎드려 있는 곳의 바로 위.

그러니까 지하 광장의 천장 부근에 방금 전까지는 없었던 회색의 안개 같은 게 생겨났다.

사람 주먹만 한 크기다. 마치 천상계로 통하는 문인 그레이홀처럼 그 작은 회색의 덩어리는 회전을 하기 시작했다.

“크르르룽. 좋아, 됐어. 새로운 세계의 씨앗이 뿌려졌으니 이제는 최대한 빠르게 키우기만 하면 돼.”

카스트리온은 자신의 머리 위에 만들어지고 있는 회색의 덩어리에 용언의 힘을 사용했다. 말은 필요 없었다. 생각하는 것만으로도 용언의 힘은 발휘가 되었고 카스트리온은 자신의 정신이 가느다랗게 허공에 떠 있는 회색의 덩어리와 연결됨을 알 수 있었다.

지이잉. 지이이잉.

이제부터는 시간과의 싸움이었다.

베스렐이 먼저 이곳으로 오느냐 그가 먼저 새로운 세계를 여느냐 하는 그런 싸움이 되었다.

"크아아아아아앙!"

화가 난다. 피어가 그의 주둥이에서 크게 퍼져 나갔다.

마그나드는 지금 두 드래곤과의 싸움에서 크게 우세를 점하지 못하고 있었다. 단번에 끝장내기 위해 전력을 다하고 있는데도 뜻대로 되지가 않았다.

그는 4,500세에 가까운 나이로 용언의 힘을 쓸 수 있는 에이션트 드래곤이다. 당연히 일반의 드래곤 두 마리쯤은 충분히 제압할 수 있어야 했다. 하지만 실제로 그렇게 하지 못하고 있는 이유는 로렌 시에서 진이 다 빠졌기 때문이다. 먼저 있었던 세 드래곤과의 싸움. 그때 힘을 너무 많이 소모했던 것이었다.

일을 했으면 쉬어야 한다.

그것은 드래곤이라고 해서 예외일 수는 없었다.

"헬 파이어!"

화르르르르르ㅡ

집채만 한 크기의 불덩이다. 초고열의 열기는 곧장 마그나드가 있는 곳으로 날아왔고 마그나드는 자신도 같은 마법을 용언의 힘을 이용해서 펼쳤다.

"헬 파이어!"

화르르르르르르르―

상대가 발휘한 것보다 월등이 강력해 보이는 불길.

콰쾅! 콰콰쾅!

귀청을 떨쳐 울리는 폭음이다. 용언의 힘으로 만들어진 헬 파이어는 상대의 헬 파이어를 뭉개 버리고는 그대로 계속해서 날아가 상대의 몸을 강타했다.

퍼석!

약하다. 힘이 다한 헬 파이어는 상대에게 생체기 하나만을 남기고는 그대로 사라졌다.

"제길! 이렇게 해서 언제 끝내……!"

신경질이 나는 마그나드다. 그는 몸에 두르고 있는 앱솔루트 배리어가 시간이 다 되어 사라지려 하자 다시 같은 마법을 용언의 힘을 이용해서 신체에 둘렀다.

"으음, 저쪽은 벌써 데스 드래곤을 끝장냈군. 정말 괴물 같은 인간이야."

콰쾅! 콰콰콰콰콰쾅!

앱솔루트 배리어에 강한 충격이 왔다.

마그나드는 두 드래곤의 합공을 견뎌 내며 베스렐이 있는 곳을 바라보았다.

데스 드래곤이 있던 자리.

하지만 그 자리에는 이제 더 이상 데스 드래곤은 보이지 않고 있었다. 마그나드는 괴물 같은 베스렐이 그 불사의 데스 드래곤을 어떻게 사라지게 했는지 알 수가 없었다. 자신을 비롯한 앨마로와 브리스트는 한눈을 팔 수 없는 그런 싸움을 계속해서 하고 있었기 때문이다.

"나도 빨리 끝내야겠어."

마그나드는 힘을 냈다.

그는 느끼고 있었다. 주변의 마나가 심상치 않게 돌아가고 있음을. 불안에 떠는 마나를 보니 놈이 하는 일이 이제 막바지에 이른 듯했다. 서둘러야 했다.

장내에는 다시 마법을 비롯한 드래곤이 발휘할 수 있는 모든 무력이 펼쳐지게 되었다.

콰쾅! 콰콰콰콰콰콰쾅!

"주인님!"

리렌시아는 플라이 마법을 펼쳐서 베스렐이 있는 곳으로 날아갔다. 융합수호는 융합멸살과는 다르다.

융합멸살은 공격 초식이었고 그 안에 갇힌 자는 마나의 불안정으로 인해 마법을 펼치기가 힘들다. 하지만 융합수호는 베스렐이 오행진결의 힘을 빌려 새로 만든 것인지라 그 안에 있는 사람은 마법을 사용하는 데 있어 전혀 지장이 없었다.

절대의 방어막 속에서 아무런 불편 없이 마법을 쓸 수가 있으니 리렌시아는 이곳의 살벌한 싸움터를 마음껏 돌아다닐 수 있었다.

"주인님, 괜찮아요?"

리렌시아가 가까이 다가와 괜찮은지 물었다.

"응, 괜찮아, 안심해. 지금의 나는 누구에게도 지지 않아."

스윽.

오른손이 들린다.

베스렐은 방금 전 데스 드래곤을 죽인 그 오른손을 바라보았다. 리렌시아의 시선이 베스렐의 시선을 따라갔다. 그러자 순간적으로 그녀의 예쁜 두 눈이 동그랗게 떠졌다.

"어어? 손이 검어요, 주인님?"

시커멓다. 반들반들 광택이 흐르는 검은 손이다.

"괜찮아요? 아프거나 그러지 않아요?"

"으응, 괜찮아. 방금 데스 드래곤이 가진 모든 걸 흡수해 버려서 지금 잠시 검게 보이는 것뿐이야. 곧 단전에 있는 오행진기의 힘에 녹아들어 갈 거니까 안심해."

우우우우웅.

오른손에서 강력한 힘이 느껴졌다.

죽음의 기운, 그렇다. 오른손에서 지금은 사라진 고루불사 마공의 향기가 느껴졌다.

"가자. 이제 더 이상 방해꾼은 없을 거야."

두―둥실.

베스렐은 허공으로 몸을 띄웠다.

"저기 있는 드래곤들은 그냥 놔두실 건가요?"

"놔둬. 지들이 알아서 하겠지."

콰쾅! 우르르르릉.

"크아아아아앙!"

육체와 육체, 마법과 마법, 그리고 브레스와 브레스가 서로 부딪치며 굉음이 끝도 없이 들려왔다.

콰쾅! 콰콰콰콰콰콰쾅!

밀리지는 않고 있었다. 어느 한쪽도 밀리지 않고 마그나드 일행과 카스트리온의 수족들은 팽팽히 맞서고 있었는데 베스렐이 보기에 마그나드 일행이 곧 네 드래곤을 쓰러트릴 수 있을 듯싶었다. 경지에 이르고 보니 팽팽한 접전 속에서도 누가 이길지 예측이 가능했다.

"어서 가자! 시간이 없어."

"예, 알았어요. 플라이!"

리렌시아는 베스렐의 재촉에 플라이 마법을 써서는 하늘로 날아올랐다. 그리곤 주인님과 보조를 맞추며 빠른 속도로 회색 안개가 피어오르고 있는 페리온 산으로 향했다.

공간 계열의 마법을 쓸 수는 없었다. 근방의 마나가 불안정한 모습을 보이는지라 텔레포트 마법을 썼다가는 잘못하면 공간의 틈새에 갇혀 죽을 수가 있었다.

'으음, 좋지 않아……!'

리렌시아와 사이좋게 날고 있는 베스렐의 얼굴빛이 조금

어두웠다. 심상치 않았던 것이다.

데스 드래곤을 죽인 후, 세상이 가파르게 혼돈으로 가고 있었는데 아무래도 카스트리온이 녀석의 죽음을 알고는 서두르고 있는 게 아닌가 싶었다.

베스렐은 가슴에 돌덩이라도 얹어진 듯 답답해졌다.

이제 남은 거리는 9페르.

거리를 좁혀야 했다. 시간을 아껴야 했다.

'늦으면…… 늦으면 큰일이야. 지금 당장 끝장을 봐야 해.'

그는 고개를 돌려 옆에서 플라이 마법을 써서 날고 있는 리렌시아에게 짧게 말했다.

"안 되겠다. 나 먼저 갈게!"

스팟―!

공간을 가르는 파공성이 들렸다.

베스렐의 신형은 하늘 위에서 유령처럼 사라졌고 리렌시아는 서운하다는 표정을 살짝 짓더니 자신도 전력으로 플라이 마법을 펼쳐 목표 장소를 향해 날아갔다.

쉬이이익.

＊　　　＊　　　＊

우우우우우우웅.

지하 광장이 크게 흔들렸다. 가속이 붙었다.

18개의 유리관 속에 있는 이종족들은 매우 빠른 속도로 메말라 갔고 그에 따라 카스트리온의 바로 위 천장에 있는, 회색 안개처럼 보이는 불길한 덩어리는 그 크기를 빠르게 키워 나갔다.

처음 주먹만 한 크기를 하고 있던 회색 덩어리는 호박 크기가 되었고 시간이 좀 더 흐르자 그것은 곧 사람보다도 훨씬 크게 변했다.

우우우웅. 우우우우웅.

빠르다. 너무 빨라 걱정이 들 정도다.

하지만 카스트리온은 개의치 않았다. 시간이 없으니 할 수 있는 최선의 바를 다해야 했다.

"공간은 들어라! 새로운 세계의 이름은 용황계! 나는 그 용황계의 신이다! 공간은 즉시 나를 새로운 세계의 신으로 받아들여라—!"

후화아아아아앙!

세상을 뒤엎는 강력한 염파(念波).

용언의 말이, 의지의 말이 회색 덩어리 속으로 파고들어 가 파장이 일었다. 물결이 일듯이 녀석의 뜻은 회색 덩어리 속에서 멀리멀리 퍼져 나가 각인을 시켰다.

용황계란 새로운 세계의 주인이 자신임을 카스트리온은 온 우주에 알렸다.

지이이잉. 지이이이잉.

비틀린다. 지하 광장이 환상을 보는 것처럼 이지러져 보인다.

"크아악!"

그때 비명 소리가, 아니 비명의 뜻이 카스트리온의 뇌리를 울렸다.

"아…… 안 돼에에에……!"

"저주받을…… 저주 받을 카스트리온……!"

"크르르릉! 카스트리온! 조…… 좋아하지 마라! 너의 말로도 결코 좋지는 아…… 않을 것이다!"

유리관 속에 갇혀 있는 이종족들이었다. 그들의 최후의 뜻이 카스트리온에게 전해지고 있는 것이다.

하나 카스트리온은 기쁠 뿐이었다.

녀석들이 자신을 저주하든 욕을 하든 상관이 없었다.

원천의 힘이 사라졌기에 곧 죽을 녀석들이다. 그리고 자신은 곧 신이 될 것이고.

"크르릉. 크르르릉."

콧바람이 강하게 일었다. 신이 된다는 생각에, 영혼이 우주 속으로 녹아들지 않고 새로운 세계의 주인이 된다는 생각에 가슴이 흥분되고 떨렸다.

처음엔 드래곤의 미래를 위해서였다. 드래곤만의 새로운 세계를 만들어 영원은 아니지만 영원처럼 오래도록 생을 이어 가게 하고 싶었다. 하지만 지금은 스스로도 몰랐던 욕심이라는 마물에 마음이 잠식되어 버려 이 세상을, 이 세계를 집어삼키고만 싶었다. 천상계의 모든 신들과 마왕들, 그리고 정령왕들을 비롯한 신적인 힘을 지닌 초월자들을 제압해 만신만령(萬神萬靈)의 으뜸이 되고 싶었다.

"크르릉! 크르르르릉!"

마음속 열망이 곧 이루어진다는 생각 때문인지 카스트리온의 콧바람은 점점 더 강해져만 갔다.

바로 그때였다.

'으응?'

무슨 낌새를 느꼈는지 카스트리온의 고개가 천천히 위로 들려졌다.

후드득. 후드드득.

갑자기 천장에서 돌무더기들이 떨어져 내렸다. 그리고 그것은 점점 심해져 당장이라도 지하 광장이 무너질 듯이 보였다.

"이…… 이런……! 놈이 나타났구나!"

카스트리온의 두 눈이 이글거리며 불타올랐다.

그가 있는 이곳은 로렌 시에서 북쪽으로 130여 페르 거리에 있는 페리온 산의 지하였고 지금 밖에서는 카스트리온의 최대의 적이라 할 수 있는 베스렐이 산을 무너트리고 있는 것이었다. 아니, 정확하게는 무너트리는 게 아니라 산을 가르는 것이었다.

콰쾅! 콰콰콰콰콰쾅!

벽력성이 들리며 카스트리온 그가 산의 주위에 설치한 결계가 무너졌다. 그리고 곧 지진이 일어나는 것처럼 카스트리온이 있는 곳의 천장이 두 쪽으로 갈라졌다.

쩌저저저저저저적―

"크르룽. 어, 어떻게 하지?"

위험했다. 막을 수 없는 거대한 힘이 갈라진 천장에서부터 카스트리온을 향해 다가왔다.

찰나의 시간이 억겁처럼 흐른다.

바로 그 순간, 카스트리온의 두 눈에 광기의 기운이 가득 들어차더니 침이 홍건한 주둥이가 벌어지며 공포를 부르는 피어가 크게 터져 나왔다.

"크아아아아아아아아아앙―!"

휘이이이이이잉.

차가운 바람이 줄기차게 불어오는 하늘 위.

베스렐은 그 하늘 위에서 상황을 살폈다.

방금 그는 그레이트 소드로 페리온 산을 수직으로 갈라 버렸다. 진화가 된 기감이 가리키는 방향으로, 카스트리온이 있겠다 싶은 그곳으로 지옥도법의 3초식인 지옥절규를 전력을 다해 펼쳤다.

과연 최강의 공격다웠다. 페리온 산을 보호하고 있던 절대의 결계는 힘없이 부서졌고 산은 지하로 수백 미르까지 갈라지고 말았다.

"주인님, 주인님……!"

멀리서부터 들려오는 목소리.

리렌시아가 플라이 마법을 전력으로 펼쳐 날아와서는 베스렐의 뒤에서 말을 걸었다.

"주인님. 어떻게 됐나요?"

"조용! 아직 끝난 게 아니다."

베스렐은 리렌시아를 조용히 시켰다. 그리곤 기감을 크게 일으켜 방금 자신이 죽였을 거라 믿어지는 카스트리온의 숨결을 자세히 느껴 보았다. 녀석의 생사유무를 확실히 알아야 했다. 정보는 금세 전해져 왔다. 그리고 그 정보는 불행히도 달갑지 않은 것이었다.

"이런! 조금 늦은 건가?"

짜증이 묻어나는 음성이다.

살아 있었다. 분명 상대의 위치를 정확히 파악해서 공격했건만 죽이지 못했다. 그건 지금의 광경을 보면 알 수 있는 것이었다.

드드드득. 푸스스스스스숫.

지옥절규의 공격에 만신창이가 되어 버린 페리온 산이 잘게 들썩이더니 곧 어디선가 불어오는 겨울바람에 사라졌다.

먼지가 되어 사라지는 것이었다. 그리고 그 사이에서 무언가가 올라왔다.

"어, 어어……!"

리렌시아의 입이 크게 벌어졌다.

그녀가 바라보고 있는 광경이, 사라진 산의 밑에서부터 올라오고 있는 그것이 할 말을 잃게 만들었다.

[크르릉. 크르르르릉.]

50미르 크기의 회색의 덩어리다. 그레이 홀처럼 회전을 하고 있는 그것의 밑으로는 가느다란 줄기에 200미르는 충분히 넘어 보이는 괴이한 생명체가 붙어 있었다.

그 괴이한 생명체의 피부는 윤기를 잃은 검은색이었고 전체적인 모습을 설명하자면 드래곤의 머리처럼 보이는 흉측하면서도 기다란 게 등에 가 있고 팔다리와 날개는 기괴하게 꺾여서는 아무 데나 꽂혀져 있었다.

"으음, 죽이지는 못했지만 그래도 나쁘지는 않군. 놈을 병신으로 만들어 버렸으니 말이야."

베스렐은 괴상하게 생긴 생명체가 카스트리온임을 알아봤다. 녀석은 자신의 공격을 미처 피하지 못하고 기괴한 모습으로 변해 버린 것이었다.

[크르릉. 주…… 죽인다!]

카스트리온은 베스렐에게 텔레파시를 보냈다. 주둥이가 화상을 입은 것처럼 들러붙어서는 말을 할 수가 없었다. 아니,

정확히는 소리를 내는 목구멍의 기관이 처음부터 없었다는 듯이 사라져 버려 아예 소리를 낼 수가 없었다.

[크르르르릉. 베스렐 갈루안스! 감히…… 감히 나의 일을 방해하다니…… 용서 못해. 절대 용서 못해! 너를…… 너를 죽여 버리겠다!]

피가 거꾸로 치솟는 느낌이다.

억울했다. 천상계에 새로 들어설 자신의 세계가 마지막 순간에 사라져 버리고 말았다. 시간이 조금만 더 주어졌더라면 좋았을 것을 이제는 기회를 놓치고 만 것이다.

"오오! 이거…… 이거 이제 보니 성공이구나."

베스렐은 웃었다. 녀석을 비웃어 주었다.

그는 느낄 수 있었다. 지금 느껴졌다. 혼돈으로 가고 있던 세상이 태초의 의지가 정한 법칙에 순응해 다시 균형을 이루고 있음을 알 수 있었다.

우우우우웅.

불안에 떨던 주위의 마나가 서서히 칭얼거림을 멈추며 베스렐에게 고마움의 뜻을 전하고 있다. 그의 몸을 살랑이듯 터치하며 기분 좋은 감각을 느끼게 해 주었다.

"하하하하하하하."

베스렐은 자신이 늦지 않았음에 기뻐 크게 웃음을 터트렸고 그걸 바라보는 카스트리온은 머리에 불이라도 붙는 듯 화가 크게 치밀어 올랐다. 사실 지금 베스렐은 일부러 그렇게 크게 웃고 있는 것이었다. 카스트리온의 속을 어떻게든 더 뒤집어 놓을 생각으로.

[이 녀석! 죽여 버린다!]

분노에 찬 텔레파시.

베스렐은 자신도 텔레파시를 보냈다.

[죽일 수 있으면 죽여 봐라, 이 미친 새끼야! 내가 세 살 난 어린애도 아니고 너 같은 새끼한테 겁먹을 줄 알아!]

[크아아앙! 뭣이라?]

[귓구멍이 막혔어? 이 병신 같은 놈아! 이 덜떨어진 멍청한 놈아! 덤빌 테면 어서 덤벼, 그렇게 몸을 부르르 떨고만 있지 말고. 저번에 아스트랄계에서 나한테 한번 혼쭐이 나더니, 덤비기가 겁나지? 앙! 이 개 쓰레기 같은 자식아.]

베스렐은 상대를 도발했다.

그리고 그 도발은 반만년이라는 긴 세월을 살아온 카스트리온에게 어울리지 않게도 통했다.

[크아아아아아앙! 진짜 죽여 버린다!]

후화아아아아악.

불길해 보이는 회색의 기류였다.

50미르 크기의 회색의 덩어리에서 나온 그것은 빠른 속도로 하늘에 떠 있는 베스렐과 리렌시아를 덮쳤고 곧 녹아드는 듯한 그런 소음이 그 두 사람에게서 들려왔다.

치지직. 치지지직.

"어어? 이런 제길……!"

방금 전까지 상대의 속을 읽던 베스렐의 얼굴에 다급한 기색이 어렸다. 자신과 리렌시아의 몸을 지켜 주고 있던 육합수호가 회색의 기류에 천천히 녹아내리고 있는 것이었다.

"주…… 주인님!"

자신을 지켜 줄 수 있을 거라 믿은 육합수호가 힘없이 녹아내리자 리렌시아는 당황의 빛을 내보였고 베스렐은 즉시 그녀에게 말했다.

"안 되겠다. 너는 얼른 뒤로 물러나! 저기 뒤에서 오고 있는 세 드래곤과 함께 있어."

마그나드 일행이 보였다.

"크아아아아아아아앙!"

"크아아아아앙."

공포를 부르는 피어가 터져 나왔다. 하지만 약했다.

그들은 카스트리온의 수족인 네 드래곤을 겨우겨우 물리치고는 이곳 페리온 산으로 날아오고 있는 것이었다. 힘겨워하는 표정을 보니 정말 험한 싸움이었던 모양이다.

마그나드 자신이 용언의 힘을 사용할 수 있는 그런 에이션트 드래곤이 아니었다면 어쩌면 싸움의 결과는 달라졌을 수도 있었다.

"어서 가! 진짜 위험하단 말이야."

베스렐은 리렌시아가 자꾸 미적거리며 가지 않으려고 하자 크게 소리를 질렀다.

"예, 예에, 알았어요, 주인님."

주인님과 함께하고 싶었다. 하지만 절대의 방어막이라 할 수 있는 융합수호가 녹아들고 있으니 주인님께 짐이 되지 않기 위해서는 그만 물러서야 했다. 자신은 다만 주인님께 마음으로라도 크게 응원을 해 주면 되는 것이다. 방금 전 주인님이 데스 드래곤을 처치했을 때처럼 말이다.

'주인님, 힘내세요.'

베스렐은 리렌시아가 하는 응원 소리를 들었다.

독심술을 특별히 사용하고 있는 것은 아니었지만 자신을 생각하는 그 따뜻한 마음이 자연스럽게 들려왔다.

'그래. 내 힘을 내마.'

베스렐은 속으로 리렌시아의 응원에 화답을 해 주었다.

치지직. 치지지직.

녹아드는 듯한 소리가 계속해서 들려왔다.

현재 베스렐의 몸을 보호하고 있는 융합수호는 리렌시아처럼 회색 기류에 천천히 녹아들고 있었는데 다만 한 가지 차이가 있다면 베스렐은 융합수호가 녹아들면 다시 기운을 일으켜 녹아들고 있는 융합수호를 빠르게 복구하고 있다는 사실이었다.

'이건 브레스라고 해야겠지?'

베스렐은 자신의 융합수호를 녹이고 있는 회색 기류의 정체를 분석했다.

'카스트리온은 블랙 드래곤이고 그가 권능처럼 사용할 수 있는 브레스는 포이즌 브레스야. 색상을 말하자면 검은색. 하지만 지금 녀석이 내쏘고 있는 것은 회색이야. 으음, 그렇다면 녀석의 브레스도 진화를 한 것일까?'

아무래도 그런 것 같았다.

회색의 기류 속에는 브레스의 향기가 나고 있었다. 그 브레스는 포이즌 브레스였고 그것은 기존에 볼 수 없었던 최강의 브레스였다. 만물을 녹여 버릴 수 있는 그런 극강의 브레스로 진화를 한 것이다.

'으음, 이거 까다롭겠는데……. 아니, 그보다는 조금 힘들다고 봐야 하나?'

고수는 고수를 알아본다는 말이 있다.

오행진결이 오행신성령의 경지에까지 이른 베스렐은 지금 허공으로 빠르게 떠오르고 있는, 기괴한 모습을 하게 된 카스트리온의 무력을 짐작할 수가 있었다.

'비슷해. 나와 무력이 엇비슷해. 오행신성령의 경지에 이르러 이제 이곳 중간계에서는 무적이라 생각했건만, 녀석이 병신이 되더니 힘이 더 강해졌어. 아니, 잠깐!'

무슨 일일까?

베스렐의 두 눈이 조금 커졌다.

[크아아아아앙! 가만두지 않겠다!]

후드드득.

거대 몸체에 묻어 있는 흙덩이들이 떨어져 나갔다. 흉측하게 변한 카스트리온은 빠르게 하늘로 올랐고 베스렐은 뭔가를 좀 더 생각할 게 있는지 신형을 날려 구름이 있는 곳으로 유령비를 펼쳐 날아갔다.

[크아앙! 어디를 도망가려 하느냐?]

베스렐은 악착같이 뒤따라오는 카스트리온을 심각한 눈으로 바라보았다. 진화가 된 기감이 새로운 정보들을 속속들이 그에게 전해 주고 있었는데 그에 따라 베스렐의 얼굴은 점점 더 심각하게 변해만 갔다.

잠시 후.

"이런 젠장……! 저 병신이 된 녀석의 힘이 점점 강해지고 있잖아? 이게 어떻게 된 일이지?"

큰일이었다. 분명 방금 전까지는 비슷했다.

정확히 말하자면 베스렐이 약간 앞서 있었는데 그게 시간이 흐르자 달라졌다. 놀랍게도 카스트리온의 힘은 조금씩이긴 하지만 강해지고 있었고 조금씩 느는 그 힘은 곧 베스렐을 능가하게 되었다.

[크아아앙! 죽어라!]

그때 브레스의 향기를 지닌 회색의 기류가 베스렐이 있는 구름을 뒤엎었다.

후화아아아아악.

회색 기류는 2페르(km)에 걸쳐 퍼져 나갔고 거대 구름은 그대로 소멸했다.

치지직. 치지지직.

융합수호가 다시 녹아들기 시작했다.

"으음……."

베스렐은 피하지 않았다. 구름이 사라진 자리에 서서는 회색의 기류를 융합수호 하나로 막아 내며 상대에 대한 정보를 계속해서 수집해 분석해 나갔다.

시간은 그리 오래 걸리지 않았다.

카스트리온이 왜 강해지고 있는지 그것만 따로 추려내 분석을 하니 금방 알 수 있게 되었다.

"그렇군. 이제 보니 저 죽일 놈의 개자식은 죽어 가고 있는 중이야. 페리온 산의 지하에서 한창 새로운 세계를 만들고 있는 그때에 나의 지옥절규의 공격에 맞아서는 혼에 타격을 입은 거야. 으음, 그렇다면 저 녀석이 강해지고 있는 것은 그 때문이군. 혼을 불사르고 있는 거야. 자신이 가지고 있는 원천의 힘을 폭발시켜 능력 이상의 힘을 발휘하고 있는 거야."

자신보다 강한 상대다.

베스렐의 미간이 살짝 찌푸려졌다.

'어떻게 하는 게 좋을까? 그냥 여기서 바로 싸울까, 아니면 시간을 좀 끄는 게 나을까? 으음, 아무래도 시간을 끄는 게 낫겠지?'

[크아아아아아아아앙!]

카스트리온의 울부짖음이 텔레파시가 되어 베스렐의 귀를 두드렸다.

그 울부짖음에는 원한이 스며 있었다.

수백 년을 연구해서 이제야 간신히 성공이라는 이름의 문 앞에 설 수 있게 되었는데 그 일이 한 인간에 의해 실패를 하고 말았으니 그 원한은 이루 말할 수 없이 큰 것이었다. 이 세상 모두를 불살라 버려도 모자랄 극에 이른 원한이었다.

[크아아앙! 가만두지 않아! 네 녀석을 시작으로 해서 이 세상을 끝장내 주겠다. 나의 열망을 꺾다니……! 나의 희망을 없애다니……! 모두 다 같이 죽는 거야. 중간계에 존재하는 모든 것을 다 없애 버리겠다!]

후화아아아아아앙.

강력한 염파가 세상에 퍼져 나갔다.

이 세상을 끝장내 버리겠다는 그런 불같은 의지가 용언이 되어 세상에 새겨졌다.

"뭐라고? 모든 걸 다 없애? 이런 개 같은 놈을 봤나!"

카스트리온이 세상에 새겨 놓는 용언의 의미에 베스렐의 미간에 자리한 불꽃 모양의 주름이 심하게 이지러졌다.

마음에 안 들었다.

원한을 얘기해 보자면 자신이 더했다.

자신의 가문에 무한비만증이라는 지저분한 저주를 건 장본인이 누구이던가. 힘들게 살아온 나날들. 잊지 않고 있었다.

베스렐은 언젠가는 카스트리온을 찾아가 죽여 버리리라고 다짐에 다짐을 거듭했던 사람이다.

"좋다. 네놈이 나보다 강해져 버려 시간을 끌려 했다만 그 생각을 바꾸마."

우우우우우우웅.

마음에 살심을 드러내니 단전에 자리한 오행진기가 크게 진동했다. 방금 전까지만 해도 베스렐은 카스트리온이 자신 보다 강해졌음을 알고는 시간을 끌려고 했다.

기감을 통해 살펴보니 카스트리온의 생명줄은 어림잡아 5일 정도다. 그래서 그 5일간을 녀석의 공격을 피해 기다렸다가 마지막 순간에 잡아서는 온갖 고문을 가한 뒤에 끝장을 내려고 했었다.

하지만 이제는 그 생각을 접기로 했다.

비겁한 방법을 쓰지 않고 당당하게 놈을 쳐 죽이기로 결심했다. 순순하게 무력만을 비교해 놓고 보자면 분명 베스렐이 카스트리온에 비해 조금 모자랐다. 그러나 놈을 꺾을 수 있을 것으로 짐작이 되는 최강의 절기들이 그에게는 있었다.

'네 번이야, 단 네 번! 지금까지 그 위력을 충분히 보여 준 두 가지의 절대무공과 아직까지는 제대로 사용해 본 적이 없는, 극성으로 펼쳐 본 적이 없는 그것을 사용해 보는 거야. 그리고 만약 세 번째의 그 공격이 실패를 하면 마지막으로……

마지막으로 단 한 번도 사용해 본 적이 없는, 이제 초입의 경지에 들어선 지옥도법의 후 일식을 사용해야 해.'

단 네 번의 공격.

베스렐은 이 네 번의 공격 중 세 번째를 가장 믿었다. 첫 번째와 두 번째는 불안했고 마지막 네 번째는 한 번도 펼쳐 본 적이 없는 데다 이제 초입의 경지에 들어선지라 절기가 제대로 펼쳐질지 확신을 못했다.

그때 카스트리온이 용언으로 9써클의 마법을 펼쳤다.

[크아아아아앙! 미티어 스웜!]

미티어 스웜! 하늘 밖에 있는 운석을 소환해 지상을 지옥으로 만드는 그런 공포의 마법이다. 그리고 그 마법은 한 번으로 끝나는 게 아니라 연달아 시전이 되었다. 미티어 계열의 마법이 다섯 번 연속으로 펼쳐진 것이다.

"아아아……!"

머리가 어질어질했다. 그러나 리렌시아는 감겨지려는 두 눈을 악착같이 치켜뜨며 지켜보았다.

콰쾅! 콰콰콰콰콰콰콰콰쾅!

대지가 무너지는 소리다. 하늘에서 떨어지고 있는 수천의 운석은 페리온 산의 주위를 초토화시키고 있었다. 거리상으로 보자면 반경 100페르가 넘으니 당연히 리렌시아에게도 피해가 가고 있었다. 하지만 다행이 그녀는 육합수호의 방어막

속에 있어 운석으로 인한 피해는 입지 않고 있었다. 육합수호
는 운석이 다가오면 그 운석을 옆으로 흘려버렸다.

"크르르릉! 정말 대단하군."

"맞아요. 정말 엄청난 광경입니다."

감탄의 음성. 마그나드 일행은 몸에 앱솔루트 배리어를 두
르고는 리렌시아와 같이 저 멀리 어두운 하늘 위에서 펼쳐지
고 있는 싸움을 지켜보았다.

우르르르르릉, 콰쾅! 콰콰콰콰쾅!

먹구름이 일고 그 사이에서 수천 발의 벽력이 쏟아졌다.

거대한 불길이 일어나 종횡으로 날아다녔고 얼음의 폭풍이
지금은 사라지고 없는 페리온 산 주위를 얼려 버렸다. 거기에
하늘 밖에서 나타난 운석 다발이 지칠 줄 모르고 쏟아져 내리
고 있으니 이곳은 진정 지옥이라 할 만했다.

"방금 베스렐이란 이름의 초월자가 사용한 것은 무엇이었
을까요?"

화이트 드래곤인 브리스트가 마그나드에게 질문을 던졌다.

"크르릉. 모르겠다. 그가 사용한 첫 번째의 공격도 잘 모르
겠는데 두 번째를 어찌 알겠느냐."

마그나드는 브리스트에게 모르겠다는 대답을 해 주면서도
시선은 밑으로 내려 리렌시아를 바라보았다. 그녀가 자신 대
신 대답해 주기를 바란 것이다.

리렌시아는 에이션트 드래곤인 마그나드가 자신을 부담스

러운 눈빛으로 바라보자 할 수 없는지 곧 떨리는 음성으로 대답을 해 주었다.

"오…… 오색의 빛 무리가 크…… 크게 인 첫 번째 공격은 육합멸살이에요. 그리고 방금 전에 들려온 그 끔찍한 소리는 지옥절규란 초식입니다."

처음엔 떨려 나오던 음성이 나중엔 정상적으로 나왔다.

드래곤은 이곳 중간계의 절대자다. 하지만 자신의 주인님은 그런 드래곤을 잡는 진정한 의미의 절대자이니 기죽을 필요는 없었다.

"크르르릉. 육갑멸살과 지옥절규라……."

"육갑이 아니라 육합입니다."

미묘한 발음이었다. 리렌시아는 마그나드의 그 이상한 발음을 정정해 주었다.

"흐흠."

마그나드는 무안한 듯이 헛기침을 한번 하더니 다시 시선을 돌려 하늘 위에서 펼쳐지고 있는 싸움을 지켜보았다.

"아버지! 누가 이길까요?"

"모르겠다. 나의 능력을 벗어난 자들끼리 싸움을 벌이고 있으니 누가 이길지 모르겠구나."

앨마로의 물음에 마그나드는 고개를 흔들며 대답을 했고 그 말을 들은 리렌시아는 곧바로 반박의 말을 꺼내 들었다.

"주인님이 이겨요. 우리 주인님은 이 중간계에서 자신보다 강한 자는 있을 수가 없다고 하셨어요."

확신의 말이다. 그리고 그걸 듣는 앨마로와 브리스트는 이상하게도 믿음이 갔다. 하지만 마그나드는 달랐다.

그는 괴물이 된 카스트리온과 초월자인 베스렐에 비해 그 힘이 많이 모자랐다. 그러나 4,497년이라는 기나긴 세월을 살아 보니 보는 눈이라는 게 생겼고 지금 그 눈은 카스트리온이 베스렐을 서서히 압도하고 있는 게 아닌지 그런 생각을 하게 만들었다.

'아니겠지? 카스트리온 저 미친놈이 이기면 그건 정말 끔찍한 일이니까 말이야.'

마그나드는 이성적으로는 카스트리온의 무력이 베스렐에 비해 우위에 있을 거라고 생각이 들기는 했지만 감정적으로는 그걸 부인했다. 무조건 이겨야 했다. 베스렐이란 이름의 초월자가 이겨야 세상이 안정이 될 터였다.

하지만······.

치지직. 치지지직.

베스렐의 몸을 보호하고 있는 융합수호가 점점 빠르게 녹아들어 가기 시작했다.

콰쾅! 콰콰콰콰콰콰콰쾅!

하늘에서 쏟아지고 있는, 대지를 지옥으로 만들고 있는 운석은 그다지 문제가 아니었다. 문제는 카스트리온이 수시로 사용하고 있는 브레스의 향기를 지닌 회색 기류가 문제였다.

"제기랄! 육합수호를 복구하는 속도보다도 녹아드는 속도가 더 빠르니 큰일이군. 거기에 회색 기류를 공간이동을 시켜 사용하니 피하기가 힘들어."

[크아아아아앙! 이놈! 어디를 도망가느냐!]

카스트리온은 200미르가 넘는 거대 몸체를 빠르게 움직여 베스렐의 뒤를 쫓았다. 녀석은 마법 공격으로 상대의 공격을 늦추면 그때 회색 기류를 사용한다는 그런 계획을 세웠는데 그게 생각보다 잘 먹혀들어 가고 있었다. 회색 기류를 용언의 힘으로 공간이동을 시켜 베스렐이 있는 곳의 근처로 보내니 공격을 하면 공격하는 대로 모두 다 상대에게 맞출 수가 있는 것이었다.

"세 번째 공격이었던 심즉살. 그 심즉살이면 될 줄 알았는데 그것마저 실패를 하고 말았으니……. 흐음, 그럼 이제는 어쩔 수 없이 네 번째 절기를 사용해야겠군."

믿었던 것이 실패를 하니 약간은 불안한 마음이 일었다.

정신을 파괴하는, 의형살인보다 상위에 있는 심즉살. 그것은 현재 완성이 되어 있는 상태였다.

드래곤처럼 정신력이 강한 녀석들은 바로 죽이지는 못하지만 그래도 시간이 어느 정도만 주어지면 충분히 죽일 수 있는 게 심즉살이었다. 하지만 그 심즉살도 카스트리온에게는 통하지 않았다. 녀석은 베스렐이 심즉살을 펼치자 자신도 '파워 워드 킬' 보다 강력한 정신공격을 펼쳐 심즉살의 공격을 상쇄

시켜 버린 것이었다.

*[크아아앙! 죽인다! 너를 죽이고 이 세상을 지옥으로 만들
리라!]*

세상에 새겨지는 절대의 의지.

후화아아아아아악.

50미르 크기의 회색 덩어리에서 또다시 브레스의 향기를
지닌 회색 기류가 공간이동을 해서는 날아갔다.

치지직. 치지지직.

"으윽!"

약한 신음성이 흘러나온다.

절대의 방어막인 융합수호가 순식간에 사라졌다가 다시 빠
르게 복구가 되었다. 회색 기류에 닿아 녹아들던 피부 또한
빠르게 복구가 되었다. 하지만 입고 있던 옷은 이미 다 녹아
버려 베스렐 그는 이제 벌거숭이가 되었다.

"제길! 회색 기류의 파괴력이 점점 더 강력해지는구나."

위기감이 크게 일었다.

아무래도 이제는 마지막 네 번째의 절기를 펼쳐야 할 듯싶
었다. 더 늦기 전에 말이다.

"좋아, 그럼 지옥도법을 펼치기 전에……."

시작은 유령비. 놈을 쓰러트리기 위해서는 우선적으로 그
유령비를 극성으로 펼쳐야 했다.

스스스스스숫.

안개가 일며 신형이 나누어졌다.

베스렐의 신형은 하나에서 셋으로, 그 셋은 순식간에 아홉으로 나뉘어졌다. 유령비의 궁극인 구유현세가 다시 하늘 위에 펼쳐진 것이다.

"좋아, 구유현세를 이루었으니 이제는 초입에 이른, 지옥도법의 후반일식인 지옥재림을 펼치기만 하면 돼."

스윽.

괴물검인 그레이트 소드가 아홉 명의 베스렐에 의해 천단세의 자세로 하늘 높이 들려졌다.

머리는 산발이 되어 흩어졌고 베스렐의 마음엔 지옥재림의 구결이 빠르게 되새겨지고 있었다.

우우우우웅! 우우우우우우웅!

대기가 심하게 떨리기 시작했다.

주변의 마나가 공포에 질려서는 소리를 질렀다.

베스렐을 쫓아 빠르게 날고 있던 카스트리온은 주위가 이상하게 돌아간다는 것을 눈치 챘다. 원천의 힘을 폭발시켜 머리가 이상해진 그였지만 자신에게 매우 위험한 무언가가 다가오고 있음을 느낄 수 있었다.

[크아아아앙! 뭐냐? 네 녀석은 지금 무얼 하는 것이냐!]

카스트리온은 텔레파시로 베스렐에게 뜻을 보냈다. 하지만 베스렐은 대답하지 않았다. 그의 마음속에는 오직 단 하나의 뜻만이 크게 일고 있었던 것이다.

'죽인다! 죽여 버린다! 카스트리온 너를 죽이고 이 세상을 지옥으로 만들어 버리겠다!'

우우우우우우우웅!

베스렐의 머리도 약간 이상해진다.

지옥재림의 구결을 떠올려 그걸 몸으로 구현하려고 하니 카스트리온처럼 이 세상을 지옥으로 만들어 버려야겠다는 생각이 머릿속에 강하게 들어차기 시작하는 것이다.

위험했다. 하지만 베스렐은 끝까지 지옥재림의 구결을 읊어서는 몸으로 구현시키기 위해 애썼다. 세상을 지옥으로 만들어 버리겠다는 생각은 자신이 충분히 컨트롤을 할 수가 있다고 믿었다. 최악의 경우이기는 하지만 만약에 컨트롤이 안 되면 스스로 목숨을 끊어 버리겠다는 그런 마음까지도 품었다.

[크아아앙! 멈춰라!]

카스트리온은 베스렐을 죽이기 전에 자신이 먼저 당할 것만 같은 그런 좋지 않은 예감에 회색의 기류를 압축시켜서는 넓게 퍼져 있는 아홉의 베스렐에게 날려 주었다.

후화아아아아아악.

치지지직.

공간이동을 해서 날아간 회색 기류는 한순간에 육합수호를 날려 버렸다. 아홉의 베스렐은 모두 그 공격에 당했고 결국 신체의 일부분이 녹아 버리게 되었다.

“크으윽!”

참아 보려 했지만 신음성이 저도 모르게 흘러나왔다. 내장이 보이고 뼈가 드러났으며 붉은 피가 뭉텅이로 하계로 떨어져 내렸다. 심각한 중상. 하지만 베스렐은 짧게 신음성을 한 번 내지르는 걸로 끝을 맺었다.

그는 오직 하나만을 생각했다.

그것은 멸(滅)이다.

세상을 멸하겠다는 그 하나의 생각. 그리고 마침내 인세에 단 한 번도 구현된 적이 없는 지옥재림(地獄再臨)이 베스렐에 의해 펼쳐졌다.

“지옥재림—!”

후화아아아아아아아앙!

아홉의 베스렐이 일제히 초식명을 외치며 그레이트 소드를 종횡으로 휘두르니 카스트리온이 있는 곳의 하늘 위에서 검은 구멍이 만들어졌다. 칠흑보다도 더 어두운 구멍, 불길한 기운을 잔뜩 내보이는 구멍.

“크아아앙! 뭐, 뭐냐?”

카스트리온은 그 구멍을 보고는 깜짝 놀랐다.

블랙홀처럼 회전을 하고 있는 그 검은 구멍이 너무도 무서워 몸이 저도 모르게 떨려 왔다. 그 검은 구멍은 매우 빠르게 커져 가고 있었다.

‘죽여랏! 죽여랏! 죽여랏……!’

마음속으로 거대한 살심을 일으키니 그 불길한 구멍이 더욱 더 빠르게 커져 갔다. 원래는 그렇게 되기가 힘들었다.

하나의 베스렐로서는 불가능한 일이었다. 그러나 지금 베스렐은 아홉 명이었고 그 아홉이 힘을 하나로 모아 지옥재림을 펼치니 초입에 이른 그것은 충분한 위력을 보여 주고 있었다.

지옥도법의 후 일식이자 마지막 초식인 지옥재림.

베스렐의 전생인 여국현이 처음 그것을 구상하게 되었을 때는 혼돈을 생각했다. 무질서한, 어지럽게 돌아가는 그 혼돈 속에서 소멸의 기운을 따로 또 생각해 그것을 무공으로 어떻게 만들 수 있지 않나 생각했다.

모든 것을 무(無)로 돌려 버리는 소멸.

그것은 진정 지옥의 절기라 할 수 있는 것이었다.

'피…… 피해야 해!'

카스트리온은 불길한 생각에 자신의 200미르에 이르는 거대 몸체를 빠르게 움직였다. 한데 이게 어찌 된 일일까?

몸이 움직여지지 않는다.

마법을 써서 공간이동을 해 보았다.

안 된다. 공간이동도 안 된다.

전부 안 되었다. 신형을 움직이는 것도 마법을 사용하는 것도 모두 불가능했다.

마나가 사라져 있었던 것이다.

세상을 이루는 근본인 마나가 카스트리온이 있는 곳의 주변에만 어찌 된 일인지 사라지고 없었다.

그때다. 가속이 붙어 500미르의 거대한 크기로 변한 그 검은 구멍에서 무언가가 조금 튀어나왔다.

뭐라고 설명하기가 힘들었다.

[크르릉! 뭐, 뭐야?]

검은 기류에 휩싸인 그것은 마치 무언가의 주둥이 같았다.

처음 보는 그것은 곧바로 주둥이를 벌려서는 200미르의 몸체를 가진 카스트리온을 빨아들였다.

후화아아아아아악.

피할 수 없었다. 버텨 보려고 하지만 소용이 없었다.

마나가 사라진 공간에 떠 있는 카스트리온은 검은 구멍에서 나온 그 괴이한 것에 빠르게 빨려 들어갔다.

[크아아아아앙! 안 돼……! 이대로 죽을 수는 없어! 저놈을 죽여야 해! 저 인간 놈을 죽이고 세상을, 이 세계를 끝장내야 해!]

죽음이 임박했음을 깨달았다.

억울했다. 모든 게 다 틀어졌다. 원천의 힘을 폭발시키면서까지 힘을 증폭시켰는데 죽여야 할 인간을 죽이지 못했으니 그 억울한 마음이 한이 되어 버렸다.

카스트리온은 저 멀리 1페르 밖에 있는 아홉의 베스렐에게 원한에 찬 뜻을 보냈다. 텔레파시는 마나를 필요로 하기 때문에 순수한 정신의 힘으로 뜻을 보냈다.

[네놈은 저주를 받으리라. 나 카스트리온의 마지막 저주! 그것은 영원할 것이다!]

'뭐라고?'

베스렐은 카스트리온의 뜻을 읽었다.

'저 개자식이 자기가 이제 죽는다고 말을 함부로 하네?'

화가 난다. 힘들게 벗어난 저주인데 또 다른 무언가를 걸겠다고 하다니.

'참자! 막바지니 집중을 하자! 잘못하면 내가 이 세상을 지옥으로 만들 수가 있어.'

베스렐은 카스트리온에게 욕을 한 바가지 해 주려다 참았다.

지옥재림은 미숙하다. 그래서 위험하다. 유령비의 궁극인 규유현세로 미숙한 지옥재림을 제대로 사용하고는 있었지만 그것은 편법이라고 할 수 있는 것이기에 집중을 해야 했다.

잘못하다가는 지옥재림이 폭주를 해서는 이 세상을 진짜 지옥으로 만들 수가 있는 것이었다.

'혼돈의 자식인 소멸이여! 저 카스트리온을 지옥으로 데려가라! 저 개자식을 무의 세계로 끌고 가라!'

화르르르르.

베스렐의 두 눈에서 귀화(鬼火)가 피어올랐다.

지금 펼치고 있는 지옥재림에 강력한 염원을 담아 보내니 잠시 후에 기다리던 결과가 나타나기 시작했다.

콰직!

[크아아아아아앙!]

마침내 카스트리온이 비명을 질렀다.

50미르 크기의 회색의 덩어리가 마침내 정체를 알 수 없는 거대 주둥이에게 씹혔다.

콰직! 콰직! 콰직……!

계속해서 씹혔다. 그리고 더 이상 비명은 없었다. 회색 덩어리 밑에 있는 200미르 크기를 지닌 카스트리온은 700미르 크기로 커진 거대 주둥이에게 몇 번 씹히고 나니 흔적도 없이 사라지고 말았다. 그것은 육체뿐만이 아니고 영혼까지 소멸시켜 버린 것이었다.

"아아아아……!"

"크르릉! 정말 무섭군."

감탄과 공포가 함께 일었다.

리렌시아와 마그나드 일행은 저 멀리 하늘 위에 나타난 거대 주둥이에게서 시선을 뗄 수가 없었다. 미티어 스웜의 공격은 모두 끝이 났기에 집중해서 잘 볼 수가 있었고 그것은 어떻게 말로 설명하기가 힘들 정도로 놀라운 광경을 안겨 주었다.

누가 믿을 것인가?

검을 휘두르니 갑자기 허공중에 블랙홀과 같은 게 생성되어서는 그 안에서 기괴하게 생긴 거대 주둥이가 나타나 마왕보다도 더 강력한 힘을 지니고 있던 카스트리온을 잡아먹어버렸다.

말을 해도 믿지 못할 것이다.

이것은 시간이 흐르면 전설이 되고 나중에는 신화가 되리라. 아니, 전설은 없다. 그리고 신화도 없을 것이다.

본 사람이 없는 것이다. 하늘 위에 펼쳐졌던 엄청난 광경은 드래곤인 마그나드 일행과 리렌시아만이 볼 수 있었고 그들은 입이 무겁다.

'으음, 정말 소름이 다 돋는군. 저건 지옥의 칼날이라고 해야 할까? 아니면 지옥의 괴물이라고 해야 할까?'

믿기 힘든 하늘의 변화. 두 눈으로 직접 보았으면서도 믿기가 힘들었다.

'검 하나로 마나를 사라지게 만들고 거기다 생명체의 영혼을 잡아먹는 그런 거대 괴물을 만들어 내다니. 궁금하군. 아무래도 나의 남은 생은 저 힘에 대해 연구를 하는 것으로 끝내야 할 것 같아.'

마그나드 그는 오래도록 살아온 에이션트 드래곤으로서 더이상 이 세상에 대해 연구할 만한 것이 없었다. 하지만 이제는 다르다. 드래곤의 호기심을 불러일으키는 그런 새로운 힘을 보게 되었으니 이제는 연구를 하기만 하면 되는 것이었다.

"아아, 검은 공간이 사라졌어요!"

리렌시아가 생각에 잠겨 있는 마그나드를 깨웠다.

"크르룽! 그렇군."

카스트리온을 삼켰던, 불길하게도 점점 커져만 가고 있던 블랙홀은 베스렐의 악착같은 노력으로 다시 그 크기를 줄이더니 순식간에 사라졌다. 그 블랙홀이 작아지지 않고 계속해서 커져 버렸다면 이 세상은 정말 지옥으로 변해 버렸을 것이다.

휘이익, 휘이익.

곧 리렌시아를 비롯한 세 드래곤이 베스렐이 있는 곳으로 날아갔다. 지상은 운석들의 공격으로 초토화가 되었지만 베스렐이 있는 하늘은 먹구름이 사라지고 다시 밝은 태양을 드러내고 있었다. 그리고 그 태양 아래에서 베스렐을 부르는 소리가 크게 울려 퍼졌다.

"주인님! 주인님……!"

잠시 후, 태양이 비치고 있는 하늘 위에서는 길고 긴 키스가 이어졌다. 사랑하는 사람을 잃지 않고 앞으로도 계속해서 볼 수 있게 되었다는 그런 안도의 키스. 그 키스는 두 사람의 마음을 하나로 만들어 주었다.

에필로그

저벅저벅.

불안해 하는 발걸음 소리가 크게 들려왔다.

3층 복도에 한 사내가 마음을 잡지 못하고는 이리저리 왔다 갔다 하고 있었다. 큰 키에 갈색 머리를 하고 있는 그는 저택의 주인인 베스렐 폰 갈루안스 국왕이었다.

그는 국왕이 되었지만 터를 버리지는 않았다.

130여 년을 이어 온 갈루안스 가의 4층 대저택을 왕궁으로 삼아 계속 이곳에 머물렀다. 마무왕국은 라단 총리가 알아서 잘하고 있기에 그는 평온한 일상을 보낼 수 있었다.

"으음, 빨리 나왔으면 좋겠는데……."

기감을 통해 보니 나올 듯 말 듯했다.

녀석도 어미의 뱃속을 나오기 위해 애를 쓰고는 있는 것 같은데 쉽지는 않아 보였다.

그때다. 베스렐이 보고 있는 문의 입구 안쪽에서 비명 소리가 터져 나왔다.

"아아아아아악!"

묵묵히 참고 있던 것이 마침내 더 이상 참지 못하고 나오는 그런 소리다. 그리고 그 비명 소리 속에는 베스렐이 기다리던 아기의 울음소리가 섞여져 나왔다.

"응애, 응애, 응애!"

"오오, 나왔구나! 리렌시아가 드디어 해냈어!"

베스렐의 어두웠던 얼굴이 대번에 밝아졌다.

그는 즉시 전음을 펼쳐 실내에 있는 리렌시아에게 뜻을 보냈다.

"수고했다, 리렌시아. 정말 장하다. 그리고 고맙다."

기감으로 보니 태어난 아기는 아들이었다.

베스렐은 즉시 왕비의 건강 상태를 살펴보았다. 오래 걸리지는 않았다. 그는 전생에 신의였던 사람이다.

'으음, 괜찮군.'

괜찮았다. 베스렐의 뇌리에 전해져 오고 있는 정보는 리렌시아가 건강하게 아이를 낳았음을 알려 주고 있었다.

'좋아, 그럼 이번엔……'

이번엔 아기의 건강 상태를 살펴볼 차례다.

"응애, 응애, 응애, 응애……!"

기감은 눈으로 보는 것보다도 자세히 아기의 전체적인 건강 상태를 체크했고 곧바로 베스렐에게 다양한 정보를 전해주었다.

"으응?"

무슨 일일까?

베스렐의 고개가 갸웃거려졌다.

건강한 아기였다. 그것은 틀림없었다. 다만 한 가지가 마음에 걸릴 뿐이었다.

끼이익.

잠시 후, 문이 열리며 저택의 시녀장인 에나스가 왕자를 안고는 밖으로 나왔다. 주위에 함께하고 있는 시녀들은 흐뭇한 표정들을 짓고 있었다. 밝은 기운이 저택을 감싸 안는 그런 기분이었다.

"국왕폐하! 왕자전하이시옵니다."

에나스가 미소를 지으며 아기를 조심스레 국왕에게 보였다. 그냥 아기가 무사함을 보이는 선에서 끝내려 했다. 하지만 베스렐은 에나스의 품에 안겨 있는 아기를 빼앗듯이 안고는 녀석을 눈으로 직접 살펴보았다.

새근새근 잠들어 있는 아기.

아기치고는 상당히 통통한 몸에 큰 얼굴이다.

"으음, 몸무게가 4.6크롬 정도 되는군. 그렇다면 우량아 중의 우량아라는 소리인데……."

문득 2년 전에 있었던 카스트리온과의 싸움이 떠올랐다. 그날 녀석은 죽기 직전에 베스렐에게 저주의 말을 쏟아 냈다. 저주의 이름을 말하지는 않았지만 자신의 마지막 저주라며 용언의 힘을 사용했었다.

"저주인가? 이 녀석에게 무한비만증 같은 그런 지저분한 저주가 내려진 것인가?"

불길한 단어, 그 이름 무한비만증이다.

하지만 베스렐은 이내 고개를 가로저었다.

"아니야. 저주는 내게 안 통해. 놈이 저주의 말을 내뱉었지만 오행신성령의 힘은 그 저주를 튕겨 냈어. 그렇다면 이 녀석은 저주를 받은 게 아니라 선천적으로 이렇게 우량아로 태어났다는 얘기가 되는 거야."

기감으로 살펴보아도 아기에게는 아무런 이상 징후도 없었다. 저주의 흔적이 전혀 없는 것이다.

"으음……."

그래도 왠지 불안한 느낌이 들었다.

무한비만증의 저주는 사라졌다. 하지만 그 저주가 너무 오래도록 갈루안스 가문을 괴롭혔기에 베스렐은 혹시나 하는 그런 생각이 들었다. 틀림없이 아니지만 괜한 불안감이라고 할까?

'저주는 아닌데…….'

아기를 걱정스럽다는 듯이 바라보는 베스렐.

그의 눈빛이 시간의 흐름에 따라 점점 강렬해졌다.

평범한 게 좋았다. 우량아라는 게 나쁜 것은 아니지만 마음 속에서 강한 거부감이 들었다.

키에 맞는 적당한 몸무게, 그게 좋았다.

"좋아. 어쩔 수 없구나."

결국 어떤 마음의 결심을 하게 된 베스렐이다.

"안됐지만 너도 나이가 3살이 되면 그때부터는 다이어트를 시작하는 거다. 물론 네가 3살이 되었을 때 적당한 몸무게를 유지하고 있다면 괜찮겠지만 그렇지 않을 경우는 나와 같은 길을 걷게 될 것이다."

시녀장인 에나스가 베스렐의 그 같은 말에 화들짝 놀랐다.

"구…… 국왕폐하……!"

"아아아……!"

에나스 곁에 있는 시녀들도 놀라기는 마찬가지였다.

아기는 잘 먹고 잘 크는 것이다. 다이어트라는 것은 나이가 어느 정도 든 후에 해도 충분한 것이었다. 한데 아기가 3살이 되면 그때부터는 다이어트를 시키겠다니.

"처음엔 적당한 다이어트다. 하지만 그렇게 해도 살이 빠지지 않으면 그때는 다이어트가 죽음의 다이어트로 바뀔 것이다. 나한테는 죽음의 다이어트에 대한 노하우가 꽤 쌓여 있으니 저주라고 해도 충분히 물리칠 수가 있지."

죽음의 다이어트.

듣는 것만으로도 몸서리가 처지는 무서운 말이다.

그때 새근새근 잠들어 있던 아기가 갑자기 크게 울음을 터트리기 시작했다.

"응애, 응애, 응애……!"

보통의 아기가 우는 것보다 배로 큰 울음소리다. 뭔가에 화들짝 놀라서 우는 것이라 더욱 그랬다.

"걱정하지 마라, 아가야! 다이어트를 한다고 해서 죽는 그런 불상사는 없을 테니까. 내 어릴 때를 생각하면 네가 하게 될 다이어트는 정말 아무것도 아니란다. 나 때는 얼마나 힘들었는지 세상이……."

베스렐은 아기를 달랬다.

다이어트라고 하는 게 별거 아님을 알려 주었다. 자신의 어릴 때를 설명하며 달래고 또 달랬다. 하지만 그럴수록 아기의 울음소리는 점점 더 커져만 갔다.

"응애, 응애, 응애, 응애……!"

녀석은 마치 자신의 운명을 알기라도 하는 듯이 그렇게 계속해서 서럽게 울었다. 계속해서…….

〈『헬 블레이드』 完〉

헬 블레이드

1판 1쇄 찍음 2008년 7월 12일
1판 1쇄 펴냄 2008년 7월 15일

지은이 | 정희재
펴낸이 | 정 필
펴낸곳 | 도서출판 **뿔미디어**

기획, 편집 | 지영훈, 김대식, 허경란, 김재영, 권지영, 김유경
관리, 영업 | 김기환
출력 | 예컴
본문, 표지 인쇄 | 광문인쇄소
제본 | 대명제책사

출판등록 | 2002년 9월 11일 (제1081-1-132호)
주소 | 부천시 원미구 중3동 1058-2 중동프라자 402호 (우)420-849
전화 | 032)651-6513 / 팩스 032)651-6094
E-mail | BBULMEDIA@paran.com

값 8,000원

ISBN 978-89-5849-828-5 04810
ISBN 978-89-5849-752-3 04810 (세트)

※파본은 본사나 구입하신 서점에서 교환하여 드립니다.